Gard Sveen

Der einsame Bote

Gard Sveen

DER EINSAME BOTE

Kriminalroman

Aus dem Norwegischen
von Günther Frauenlob

List

Seele in Flammen, tanzendes Blut.
Wo bin ich, Tommy?

Dagbladet, 20. Januar 2005

Kommentar
von Frank Krokhol

Die umfangreichste Mordermittlung der letzten Jahre scheint jetzt ihrem Ende entgegenzugehen. Aber – tut sie das wirklich?

Die Zeitung *Dagbladet* hatte als Erste öffentlich in Frage gestellt, dass Anders Rask tatsächlich der Täter ist, der im Frühjahr des Jahres 1992 sechs junge Mädchen ermordete, auch wenn er diese Morde gestanden hat. Leider zeigte sich, dass wir mit unserer Unschuldsvermutung recht hatten. Kurz vor Weihnachten wurde bekannt, dass Elisabeth Thorstensen und Jon-Olav Farberg hinter den bestialischen Taten standen.

Thorstensen war in die Wohnung einer Kommissarin eingebrochen, die an den Ermittlungen beteiligt war. Dort behauptete sie, dass Jon-Olav Farberg ihren blutigen Bund nicht habe weiterführen wollen und sie ihn deshalb ermordet und seine Leiche in einem alten Fabrikofen zu beseitigen versucht habe. Dies konnte bis jetzt jedoch nicht bestätigt werden. Die Überreste der verkohlten Leiche sind zur Identifizierung an ein auf DNA-Analysen spezialisiertes Institut in Tuzla geschickt worden, aber es kann lange dauern, bis der Polizei die Analyseergebnisse vorliegen.

Die Osloer Polizei scheint mit dem derzeitigen Ermittlungsstand ganz zufrieden zu sein, die Frage ist nur, ob Polizei und Staatsanwaltschaft nicht im Begriff sind, sich neuerlich in einen Skandal zu verstricken.

Am gleichen Tag, an dem Farberg angeblich von Elisabeth Thorstensen getötet wurde, verschwand nämlich die dreizehnjährige Amanda Viskveen aus Kolbotn. Es kann sich um einen Zufall handeln, aber unseren Quellen zufolge sind einzelne Mitarbeiter der Polizei überzeugt davon, dass Farberg noch am Leben ist. Sollte das stimmen, könnte Farberg durchaus etwas mit Amandas Verschwinden zu tun haben. Die Osloer Polizei scheint komplett gelähmt zu sein: Die Ermittlungen im Fall Amanda stehen still, und die kritischen Stimmen im Präsidium werden – nach allem, was wir erfahren haben – zum Schweigen gezwungen. Dass die Macht sich selbst schützt, ist nichts Neues. Dass dies aber auf Kosten einer Dreizehnjährigen und ihrer Familie geschieht, kann weder von der Polizeipräsidentin noch von der Staatsanwaltschaft geduldet werden.

Teil 1

1

Montag, 11. April 2005

Der Cross traf ihn direkt am Kinn. Tommy Bergmann erinnerte sich nur noch daran, dass er seitlich auf die Matte stürzte, nachdem er das Gefühl für seine Beine verloren hatte. Hinter ihm verstummte das Klatschen der Boxhandschuhe auf die Boxsäcke.

»Verdammt. Alles okay, Kumpel?«

Er hörte Bents Stimme über sich. Blinzelte in Richtung der Lüftungsrohre. Die niedrige Decke schien sich wie eine Müllpresse auf ihn zu senken.

»Was für einen Tag haben wir heute?«, fragte Bent.

Einer der Trainer schwang sich in den Ring.

»Das kann dir doch scheißegal sein«, brummte Tommy.

Bents Lachen klang verächtlich. *Wenn du Hege noch einmal anfasst, bringe ich dich um. Das ist dir doch wohl klar, Tommy?*, hatte er einmal gesagt. Hätte Tommy jemals an diesen Worten gezweifelt, wären seine Zweifel spätestens jetzt ausgeräumt gewesen. Er versuchte sich aufzurappeln, aber ohne Erfolg.

»Du musst aufpassen, mein Junge«, sagte der Trainer, ein Mann jenseits der siebzig, der von allen nur der Alte genannt wurde. »Du boxt ja wie Rocky, komplett ohne Deckung. Wie oft muss ich dir das denn noch sagen?«

Der Alte und Bent stützten ihn, als sie aus dem Ring kletterten. Verdammt, Bent ist einen ganzen Kopf kleiner als ich, dachte er. Aber schnell wie ein Teufel und mit den Instinkten eines Terriers ausgestattet. Er war es gewesen, der Tommy vorgeschlagen hatte, doch wieder mit dem Boxen anzufangen. Schon als Tommy in der Jugendmannschaft von Oppsal Handball gespielt hatte, waren sie einmal in der Woche zum Boxen gegangen. Er mochte diesen Sport, so dass er sowohl beim Militär als auch auf der Polizeischule damit weitergemacht hatte. Und auch noch in den ersten Jahren, als er schon als Polizist gearbeitet hatte. Aber wenn man boxen wollte, musste man topfit sein und nicht auf seinem Arsch sitzen und dreißig Zigaretten am Tag rauchen.

»Ich kann dich zum Arzt fahren«, sagte Bent. Sie hatten Tommy auf einen Stuhl außerhalb des Rings gesetzt. Sein Blick ruhte auf ein paar Jugendlichen, die am Rand der Boxhalle auf Boxsäcke eindroschen. Die Spiegel am Ende des Raumes ließen ihn doppelt schwindelig werden. Wie im Spiegelkabinett eines Jahrmarkts zweifelte er daran, jemals wieder den Ausgang zu finden.

Bent hockte sich vor ihm hin.

»He, bleib bei uns«, sagte er.

Tommy hatte Schwierigkeiten, sich an den Wochentag zu erinnern, und keine Ahnung, wie spät es sein konnte. Verdammt, war er wirklich derart weit weg? Er blieb eine Weile mit geschlossenen Augen sitzen und ließ sich von Bent die Handschuhe ausziehen. Sein Kopf dröhnte, und er hatte das Gefühl, als wollte sein Kinn abfallen, doch irgendwann erinnerte er sich wenigstens daran, dass Montag war.

Er atmete tief aus und lehnte den Kopf nach hinten. Klopfte mit dem Schädel sanft gegen die Wand, nur um sicher zu sein, dass er auch wirklich festsaß.

»Sicher, dass er nicht zum Arzt muss?«, fragte Bent.

Der Alte schnaubte. »Wenn er nicht plötzlich einschläft oder zu kotzen anfängt, ist alles in Ordnung.« Er klopfte Tommy auf die Schulter.

»Geh duschen«, sagte Bent. »Ich warte in der Garderobe auf dich. Du musst aufpassen, Mann. Boxen ist nichts für Träumer.«

Tommy stand auf und schob ihn zur Seite.

»Lass mich in Ruhe«, sagte er und stützte sich auf dem Weg zur Garderobe an der Wand ab.

Ich darf doch wohl vor die Hunde gehen, wenn ich das will, dachte er und stolperte durch die Tür. Hinter ihm verstummte das Geräusch von gut zehn Paar Boxhandschuhen.

Tommy versuchte, seine Schritte unter Kontrolle zu bekommen, als er zu den Waschbecken ging, und bemerkte kaum, dass die beiden jungen Pakistani, mit denen er schon so oft gesprochen hatte, aus der Dusche kamen, weiße Handtücher um die Lenden gewickelt. Er stützte sich am Waschbecken ab, während sich um ihn herum alles im Kreis drehte; wie damals, als er sechzehn gewesen war und zu schnell zu viel getrunken hatte. Sein Kopf kippte nach vorn. Irgendwann gelang es ihm wieder, sich aufzurichten und die paar Meter zu den Toiletten zu taumeln. Ohne die Tür zu schließen, kniete er vor der Schüssel nieder.

Mehrere Minuten lag er mit dem Kopf auf der Klobrille und wartete darauf, dass er sich erbrach, aber es kam nichts. Vielleicht hatte er doch keine Gehirnerschütterung.

Oder er hatte überhaupt kein Gehirn.

Eigentlich die plausibelste aller Erklärungen.

»Lasst mich in Ruhe« war alles, was er rausbrachte, als einer der beiden Pakistani sich erkundigte, ob er Hilfe brauche.

»Kannst du dich an meinen Namen erinnern?«, fragte der junge Mann.

Es gelang Tommy nur mit Mühe, den Kopf zu drehen.

»Ali«, sagte Tommy. »Ich komme klar, du brauchst nicht Doktor zu spielen.«

»Ich glaube, dein Handy klingelt«, sagte Ali.

Tommy hörte den vertrauten Ton aus der Garderobe.

»Es hat schon ein paarmal geklingelt.«

Tommy streckte ihm den Arm entgegen. »Hilf mir hoch.«

Von Ali gestützt, schaffte er es in die Garderobe, wo er das Handy aus seiner Jackentasche fischte, ehe er sich auf die Bank fallen ließ.

»Tommy Bergmann?«, fragte eine Stimme am anderen Ende.

»Ja«, sagte Tommy, wusste aber nicht, ob er auch so laut sprach, dass er zu hören war.

»Hier Gundersen. Der Anwalt von Anders Rask. Anders hat sich nun doch umentschieden. Er möchte Sie gerne treffen.«

»Wann?«

»Heute Abend.«

Verdammt typisch, dachte Tommy, sagte aber nichts. Seit Wochen versuchte er, ein Treffen mit Anders Rask zu vereinbaren, aber dessen Anwalt hatte ihn immer auf Distanz gehalten. Wenn er die Chance, die sich ihm jetzt bot, ausließ, würde der Anwalt ihm sicher nie wieder eine zweite geben. Aber weder Fredrik Reuter noch sonst jemand im Präsidium durfte jemals von diesem Treffen erfahren, sonst war er fertig und konnte seine Karriere gleich im Klo hinunterspülen.

Tommy schloss die Augen und ließ den Kopf langsam

nach hinten kippen, bis er die Wand traf. Es fühlte sich wie ein neuerlicher Schlag an.

»Die Besuchszeit ist von sieben bis acht«, sagte der Anwalt. »Morgen kann er es sich schon wieder anders überlegt haben.«

2

Irgendwann war ihm mal erzählt worden, die Halbinsel Nesodden habe genau die Größe von Manhattan. Trotzdem erinnerte Tommy wenig an New York, als er die höchste Stelle des Nesoddenbakken erreichte.

Das Rehazentrum Sunnaas lag auf der Westseite der Halbinsel, von wo aus man in der Regel eine grandiose Aussicht über den Fjord und die westlichen Vorstädte von Oslo hatte. An diesem Abend aber war die Klinik eingehüllt von tiefhängenden, dicken Regenwolken, so dass der Blick nicht einmal hundert Meter weit reichte.

Tommy wusste genau, dass dies nicht der richtige Abend war, um Anders Rask gegenüberzutreten. Das hatte er nur zu deutlich gespürt, als er durch die engen Kurven in Richtung Sunnaas gefahren war, aber er hatte ganz einfach keine andere Wahl. Seit Weihnachten war er der Einzige, der daran glaubte, dass Jon-Olav Farberg noch am Leben war und die dreizehnjährige Amanda Viskveen versteckt hielt – wenn er sie nicht bereits getötet und irgendwo verscharrt hatte.

Mit zitternden Fingern zündete er sich eine Zigarette an und ließ das Feuerzeug wieder in seine Tasche gleiten. Dann versuchte er seinen Blick auf die Dokumente zu richten, die auf dem Beifahrersitz lagen: ein Auszug aus der Polizeiakte über Amanda Viskveen, an den oben mit einer Büroklammer ein Passfoto des Mädchens geheftet war. Eine Kreditkartenabrechnung von Jon-Olav Farbergs Bank. Eine Bilanz von einer seiner Firmen und eine erste schriftliche Abmahnung der Personalabteilung des Osloer Polizeidistrikts an Tommy, sich nicht weiter mit dem Fall Amanda Viskveen oder Jon-Olav Farberg zu beschäftigen.

Anders Rasks Anwalt erwartete Tommy an der Rezeption des Rehazentrums. Tommy hatte ihn im letzten Jahr schon einmal in der Psychiatrie in Ringvoll getroffen. Der Anwalt aus Gjøvik hatte überraschend schnell die Wiederaufnahme von Rasks Verfahren erreicht, und inzwischen war klar, dass Rask die Mädchen nicht getötet hatte. Ob es Anwalt Gundersen gelänge, auch einen Freispruch für die Morde an dem Wachpersonal in Ringvoll zu erwirken, war hingegen noch fraglich.

»Ich bin dankbar für diese Gelegenheit«, sagte Tommy und gab dem Anwalt die Hand. Ihre Blicke begegneten sich, und Tommy wurde klar, dass er dem Anwalt einen großen Gefallen schuldete.

Vor seinen Augen flimmerte es, als er Gundersen in die geschlossene Abteilung folgte, die extra wegen Rask eingerichtet worden war. Er schwitzte, und der schmale Flur zog sich mit einem Mal vor ihm zusammen. Alles begann sich zu drehen, so dass er sich an die weiß gestrichene Wand lehnen musste. Die Unterlagen rutschten ihm aus der Hand. Gundersen drehte sich um und sah ihn überrascht an.

»Alles in Ordnung?«, fragte er, als er mit der Zugangskarte in der Hand vor der stählernen Sicherheitstür stand.

»Ich glaube, ich werde krank«, sagte Tommy und versuchte sich an einem Lächeln.

Er wollte wirklich nicht, dass Rask ihn so sah. Schon die Tatsache, dass Tommy selbst um dieses Treffen gebeten hatte, war ein Zeichen der Schwäche.

3

Anders Rask saß in einem Aufenthaltsraum. Sie sahen ihn im Profil vor einer riesigen Fensterfront, die zum Freigelände hinausging. Er trug einen lila Cardigan und hatte sich eine Wolldecke über die Beine gelegt, als wollte er die Tatsache vertuschen, dass er nicht mehr laufen konnte.

»Jetzt ist er da, Anders«, sagte Gundersen und ging zu dem Sofa, das rechts neben Rask stand.

Tommy musterte den Mann, der sechs Morde an Mädchen und jungen Frauen gestanden und später dann widerrufen hatte. Der einzige Mann in Norwegen, der Jon-Olav Farberg gut genug kannte, um dessen Handlungen zu verstehen.

Tommy hatte zweimal mit Farbergs Exfrau Anne-Britt gesprochen. Sie war sich vollkommen sicher gewesen, dass ihr Mann so etwas niemals hätte tun können. Aber das sagten alle Ehepartner oder Lebensgefährten, wenn sie erfuhren, dass ihr Partner ein Mörder war. In Farbergs Fall ein regelrechter Schlachter.

»Tommy will bestimmt mit mir allein sein«, sagte Rask und drehte den Rollstuhl zur Fensterfront, weg von Tommy und dem Anwalt. »Hab ich recht, Tommy?«

Tommy sah zu Gundersen hinüber, der eine Grimasse schnitt, ein paar Sekunden nachdachte und dann den Raum verließ.

Rask blieb mit dem Rücken zu Tommy sitzen und sah aus dem Fenster. Nebel, Regen und zunehmende Dämmerung.

»Jetzt habe ich wenigstens die Aussicht, die Arne Furuberget mir in Ringvoll nie zugestanden hat«, sagte Rask leise. »Nur schade, dass ich die heute Abend nicht mit Ihnen teilen kann.«

Tommy nahm auf dem Sofa Platz, auf dem Gundersen gesessen hatte, und legte die Unterlagen neben sich ab. Das leise Rascheln ließ Rask den Rollstuhl umdrehen.

Er nahm die Hornbrille ab und klappte sie zusammen.

Tommy dachte, dass er sich gut gehalten hatte: Er sah jünger aus als Tommy, und das, obwohl er elf Jahre in Ringvoll eingesessen hatte und auf der Flucht dann auch noch von einem Beamten in Trondheim in den Rücken geschossen worden war.

»Kristiane wäre heute zweiunddreißig«, sagte Rask und starrte seitlich von Tommy in die Luft.

Tommy sagte nichts. Für Kristiane Thorstensen kam die Rettung mehr als sechzehn Jahre zu spät. Aber vielleicht konnte er ja einem anderen Mädchen helfen, so dass es die Chance bekam, zweiunddreißig zu werden.

Er holte die Akten des Amanda-Falls hervor.

»Ich will Ihnen keine Lügen auftischen«, sagte Tommy. »Der Grund, weshalb ich heute hier bei Ihnen bin, ist dieses Mädchen hier.«

Er stand auf, reichte Anders Rask die Papiere und setzte sich wieder auf das Sofa.

»Ich glaube, Jon-Olav Farberg hat sie«, sagte Tommy.

Rask hielt die Brille noch immer in der Hand und machte keine Anstalten, einen Blick in die Unterlagen zu werfen.

Eine Zeitung lag aufgeschlagen neben ihm auf dem Tisch. *Aftenposten*. Internationales. Tommy versuchte zu lesen, aber es war zu dunkel, außerdem stand die Schrift von ihm aus gesehen auf dem Kopf. Er bemerkte aber, dass die Ausgabe schon ein paar Tage alt war.

»Jon-Olav ist tot«, sagte Rask. »Ich gehe davon aus, dass Sie bei seiner Beerdigung waren. Polizisten lieben doch solche Beerdigungen.«

Tommy gab nur ein verächtliches Schnauben von sich. Seit Farbergs vermeintlichem Tod waren vier Monate vergangen, doch die DNA-Analyse der verkohlten Leiche aus dem Ofen in Nydalen war angeblich noch immer nicht abgeschlossen. Er hatte den Verdacht, dass Oberstaatsanwalt Svein Finneland die Ergebnisse des Institutes in Tuzla unter Verschluss hielt. Die Analyse konnte unmöglich so lange dauern. Und wenn der Tote wirklich Jon-Olav Farberg war, gäbe es keinen Grund, diese Information nicht bekanntzumachen.

»Ich werde Ihnen etwas sagen, was niemand sonst weiß«, sagte Tommy. Ihm war bewusst, dass er an seinem persönlichen Tiefpunkt angelangt war, wenn er einen Mann wie Anders Rask ins Vertrauen ziehen und ihm glauben musste.

»Jon-Olav Farberg war vor Weihnachten in Lillehammer. Als ihn alle für tot hielten, war er mit einem Lieferwagen auf dem Hof Suttestad. Was, glauben Sie, war in diesem Lieferwagen, Anders?«

Tommys Worte schienen Rask vollkommen kaltzulassen. Er setzte sich die Brille auf die Nase und warf einen Blick auf die Papiere.

»Hübsches Mädchen«, sagte er. »Wirklich hübsch, finden Sie nicht auch? Was meinen Sie, Tommy, wie sieht sie wohl ohne Kleider aus? So kleine, feste Brüste haben sie nur in diesem Alter. Und wie empfindsam die sind.« Ein Lächeln zuckte über Rasks Lippen.

Tommy dachte, dass er Rask am liebsten selbst eine Kugel ins Rückgrat gejagt hätte, aber wenn er sich provozieren ließ, war der Besuch vertane Zeit.

»Vielleicht hat Jon-Olav sie deshalb auserwählt«, sagte Rask. »So verlockend sind nur Dreizehnjährige. Sie glauben nicht, welche Faszination von denen ausgeht. Haben Sie schon mal die Vulva einer Dreizehnjährigen gesehen, Tommy?« Anders Rask konnte sich ein jungenhaftes Grinsen nicht verkneifen. »Warum antworten Sie nicht auf meine Frage?«, fuhr er fort. »Ich versichere Ihnen, der Anblick ist göttlich. Und glauben Sie mir, es ist nie mehr dasselbe, wenn Sie anschließend wieder mit einer erwachsenen Frau schlafen.«

»Sie erwarten doch wohl nicht von mir, dass ich mich provozieren lasse?«, sagte Tommy. »Außerdem wusste ich gar nicht, dass Sie auch mal mit einer erwachsenen Frau geschlafen haben. Sie haben ein großes Mundwerk, Rask, aber eigentlich sind Sie nur ein kleiner Junge, nicht wahr? Hat Ihre Mutter Sie nicht liebgehabt? Ist das Ihr Problem?«

Rask schlug den Blick nieder. Seine Augen hatten für einen Moment einen feuchten Glanz bekommen.

»Lassen Sie uns über Jon-Olav Farberg reden«, sagte Tommy.

Der ehemalige Lehrer nahm die Büroklammer von den Dokumenten und hielt sich das Passfoto vor die Augen.

»Ich glaube, es gibt einen ganz konkreten Grund dafür, dass er Amanda Viskveen ausgesucht hat, Anders.«

Rask erwiderte nichts, stieß nur Luft durch die Nase aus.

»Und ich glaube, Sie wissen, was für ein Grund das ist.«

»Warum sollte ich Ihnen helfen, Tommy?« Rask sprach seinen Namen mit sarkastischem Unterton aus und warf das Bild der Dreizehnjährigen auf die Unterlagen. »Können Sie mir irgendwas bieten?«

»Farberg war mit Amanda in Lillehammer. Und ich glaube, dass sie da noch am Leben war. Vielleicht ist sie das ja noch immer.«

Anders Rask schloss die Augen und blieb lange so sitzen. Es sah aus, als wäre er kurz davor einzuschlafen.

»Ich denke, Sie haben die Fahndung an Interpol gegeben?«, sagte er plötzlich und öffnete die Augen. »Sie werden inzwischen doch wohl ein bisschen klüger geworden sein und ihm keine Geschenke mehr machen, sondern ihn mit allem jagen, was Ihnen zur Verfügung steht?«

Tommy antwortete nicht. Es war, als hätte Rask seine Gedanken gelesen. Tommy hatte um die Interpol-Fahndung gekämpft, aber ohne Erfolg.

»Was glauben Sie, wohin kann er gegangen sein?«

»Was glauben *Sie*, wenn er denn wirklich noch am Leben ist?«, fragte Rask. »Aber fragen Sie sich doch bitte auch mal, warum in aller Welt ich Ihnen helfen sollte?«

Rask nahm die Zeitung vom Tisch, als wollte er wieder lesen, schien sich dann aber anders zu entscheiden und faltete sie zusammen.

Tommy stand auf, dieses Mal aber etwas zu schnell, so dass der Kopfschmerz mit neuer Intensität hinter seiner Stirn aufflammte. Die Paracetamol, die er im Auto liegen gehabt hatte, wirkten nicht mehr.

»Ich glaube, Sie wollen mir helfen, weil Sie Jon-Olav Farberg eigentlich gar nicht mögen. Er hat sie betrogen, dabei haben Sie ihn für einen Freund gehalten, nicht wahr? Wie viele Freunde haben Sie eigentlich? Nur Jon-Olav? Freund und Kollege, jemand, der Sie glauben hat lassen, dass Sie die Mädchen getötet haben, die eigentlich er auf dem Gewissen hatte. Und er hat noch mehr umgebracht, Anders, weit mehr. Glauben Sie das nicht auch?«

Rask rieb sich die Augen. Es schien, als fände er die ganze Situation im höchsten Maße unangenehm.

»Ich habe das hier gefunden«, sagte Tommy. Er beugte sich vor, um die Mappe zu öffnen, musste sich aber auf der Tischplatte abstützen. Unter den Unterlagen war auch eine Kopie einer Restaurantquittung, die Tommy bei Farbergs Buchhalter gefunden hatte, sowie diverse Kreditkartenabrechnungen.

Rask schob sich die Brille etwas höher auf die Nase und griff nach den Unterlagen.

»Setzen Sie sich«, sagte er. »Ich seh mir das an.«

Rask sah zu Tommy hinüber, ehe er die Mappe öffnete.

»*Essen mit R*«, las Rask leise für sich.

Die Quittung war auf einen A4-Zettel kopiert worden: zweimal Entrecote, einmal Lammkotelett, dreimal Crème brûlée, zwei Flaschen Wasser und zwei Flaschen Rotwein. Das Restaurant hieß Totorino und lag in der Totoriugatve in Vilnius. Auf der Rückseite war notiert: *Essen mit R am 10. Juni 2004.*

»Farberg und dieser geheimnisvolle R müssen verdammt hungrig gewesen sein«, sagte Tommy, »wenn da keine dritte Person zugegen war.«

Anders Rask strich sich über das unrasierte Kinn, sagte aber nichts.

»Der Buchhalter meinte, die Quittung würde vom Finanzamt sicher nicht anerkannt werden«, sagte Tommy,

»da Farberg keine Geschäftsverbindungen im Ausland habe, die mit R anfangen. Außerdem fehlten sowohl die Quittung für die Flugreise nach Litauen als auch die Hotelquittung für den Aufenthalt.«

»Kann diese geheimnisvolle R nicht einfach irgendeine Hure gewesen sein, Tommy?«, fragte Rask. »Litauen ist doch bekannt für seine großartigen kleinen Huren, wie hieß noch mal diese Kleine in Frogner? Dina?«

»Nein, Daina«, sagte Tommy, bereute seine Worte aber sofort. Er wusste, dass Rask sich sehr wohl an den Namen des letzten Opfers von Jon-Olav Farberg und Elisabeth Thorstensen erinnerte.

»Es ist vielleicht kein Zufall, dass diese Daina aus Litauen war, oder was meinen Sie?«

Tommy nickte. In diesem Moment fasste er einen Entschluss: Morgen würde er den ersten Flieger gen Osten nehmen.

»Nehmen wir mal an, Farberg lebt. Was glauben Sie, wo er sich jetzt befindet? Und was er macht? Sie kannten ihn damals doch recht gut?«

Rask nickte vor sich hin. Schließlich sagte er vollkommen ernst: »Was soll er schon machen? Er bringt kleine Mädchen um.«

»Dann glauben Sie, dass er es wieder tun wird?«

»Wenn Sie recht haben und er wirklich noch am Leben ist, wird das wohl das Einzige sein, was ihn am Leben hält, denken Sie nicht?«

»Und was ist mit dem Mädchen? Mit Amanda?«

Rask zuckte mit den Schultern. »Ich kann doch nicht alles wissen, Tommy. Die ist schon lange weg. Vielleicht hat er sie längst irgendwo abgeladen, wo sie nie gefunden werden wird.«

Tommy schloss die Augen und legte den Kopf in die Hände. Sein Schädel war unglaublich schwer. Was machte er hier eigentlich? Hatte er Rask wirklich aufsuchen müssen, um sich von ihm demütigen zu lassen?

»Sagen Sie mir etwas, das ich noch nicht weiß«, forderte Tommy. »Etwas über Farberg. Wie sind Sie Freunde geworden?«

Er öffnete die Augen und sah Rask an. Der ehemalige Lehrer von Kristiane Thorstensen, der Mann, der als das größte Monster der modernen Zeit beschrieben worden war, bot einfach nur einen traurigen Anblick, wie er dort in seinem Rollstuhl saß. Von dem aufgeblasenen Narzissten, den Tommy im letzten Herbst in Ringvoll getroffen hatte, war nicht mehr viel übrig. Schon erstaunlich, was eine Kugel im Rücken aus einem Menschen machen konnte, dachte Tommy.

»Jon-Olav und ich teilten unser Interesse für schöne Kinder und gute Bücher, sowohl historische Sachen als auch etwas … saftigere Themen.«

»Was hat er am liebsten gelesen?«, Tommy war öfter in Farbergs Haus auf Malmøya gewesen, als ihm lieb war, und er hatte dort alle Schubladen, Schränke und Regale durchsucht, ohne etwas von Interesse zu finden.

»Besonders gern hat er über die tschechoslowakische Legion gelesen«, sagte Rask und lächelte traurig.

Tommy zog die Stirn in Falten und schüttelte langsam den Kopf.

»Die *tschechoslowakische* Legion?«

»Jon-Olav hat viele Bücher bei sich zu Hause.«

»Wie meinen Sie das?«, fragte Tommy.

Es klopfte an der Tür. Anders Rask reagierte nicht. Er sah aus wie eine Statue, fahl, starr und unnahbar. Draußen war es inzwischen vollkommen dunkel, nur der Lichtschein der Tischlampe fiel auf sein Gesicht.

»Tut mir leid«, sagte Anwalt Gundersen, als er den Raum betrat. »Die Zeit ist leider gleich um, Bergmann.«

Tommy beachtete ihn nicht.

»Anders? Hat Farberg Sie dazu gebracht, die Schuld für seine Morde auf sich zu nehmen?«

Rask wandte den Kopf ab. Sein Gesichtsausdruck änderte sich schlagartig wie bei einem Kind.

»Anders?«

»Ich habe selbst daran geglaubt. In all diesen Jahren habe ich mir wirklich *gewünscht*, ich hätte die alle getötet.«

Tommy antwortete nicht. Irgendwie gelang es ihm nicht, sich von dem Gedanken zu befreien, dass Rask schuld an den Morden war, die er gestanden hatte. Das Bild, das die Medien von ihm gezeichnet hatten, steckte noch in seinem Kopf, obwohl er besser als jeder andere wusste, dass Jon-Olav Farberg der Mann war, auf den sie Jagd hätten machen müssen.

»Ich bin müde«, sagte Rask. »Ich bin das Leben so … leid.«

»Sehe ich aus wie Mutter Teresa?«, fragte Tommy.

Eine Schwester betrat den Raum. Sie lächelte den Anwalt und Tommy freundlich, aber entschieden an.

Als er zum Auto ging, regnete es in Strömen.

Tommy starrte auf seinen Notizblock.

Die tschechoslowakische Legion.

4

Als Tommy nach Hause kam, war er unruhig. Ihm war klar, dass eine Gehirnerschütterung nicht gerade eine beruhigende Wirkung hatte, trotzdem war er sich sicher, dass das, was ihn quälte, irgendetwas mit dem zu tun haben musste, was Anders Rask gesagt hatte.

Er nahm die Mappe zum Fall Amanda und breitete die einzelnen Dokumente auf dem Couchtisch aus, während im Hintergrund der Fernseher lief.

»Die tschechoslowakische Legion«, murmelte er vor sich hin. Was für einen Bären glaubte Rask ihm damit aufbinden zu können?

Der Fernseher zeigte Reklame für eine Realityshow. Man suchte Teilnehmer für einen Aufenthalt auf einer Tropeninsel. Tommy musste grinsen, er hatte wirklich Lust, sich dort anzumelden.

Er zündete sich eine Zigarette an und betrachtete das Passfoto von Amanda.

Er hätte die Gastwirtin oben in Suttestad dafür verfluchen können, dass sie ihre Aussage zurückgenommen hatte, aber konnte er ihr wirklich einen Vorwurf machen? Auf jeden Fall hatte sie ihn wie einen Idioten aussehen lassen, wie einen Mann am Rande des Nervenzusammenbruchs.

Als Tommy bei ihr vor der Haustür stand und ihr das Foto von Farberg zeigte, hatte sie nur gesagt: »Ich habe keine Ahnung, wovon Sie reden. Diesen Mann habe ich *wirklich* noch nie gesehen.« Sie hatte ihn dabei lange angesehen und dann wiederholt: »Wirklich nicht.«

Sie hatte ihre Rolle gut gespielt und irgendwie beinahe erleichtert gewirkt, als Tommy ihr Farbergs Foto gezeigt hatte.

»Lass die Sache ruhen«, hatte Reuter anschließend gesagt. »Weck keine schlafenden Hunde, verstanden?« Dabei hatte er ihn auf eine Art angesehen, die Tommy an seinen Psychiater erinnert hatte, an Viggo Osvold.

Tommy nahm den Brief von der Personalabteilung vom Tisch. Erste Abmahnung. Im Klartext bedeutete das: Ermittelte er weiter im Fall Amanda, würden sie ihn rausschmeißen. Die Sache war ganz einfach. Es sollte um jeden Preis daran festgehalten werden, dass Elisabeth Thorstensen Jon-Olav Farberg getötet hatte, und sollte Farberg in ein paar Jahren dann doch plötzlich irgendwo im Ausland auftauchen, würden Reuter, Oberstaatsanwalt Svein Finneland und Polizeipräsidentin Hanne Rodahl einfach die Verantwortung von sich weisen und behaupten, nach bestem Wissen und Gewissen gehandelt zu haben.

Tommy konnte kaum auf den Fernsehbildschirm schauen. Sein Kopf fühlte sich etwas besser an, aber die Müdigkeit überwältigte ihn, so dass er sich auf dem Sofa ausstreckte und sich die Decke bis zum Kinn zog.

Unmittelbar bevor er einschlief, holten seine Sorgen ihn ein. Hatte man eine Gehirnerschütterung, musste man alle zwei oder drei Stunden geweckt werden, auch in der Nacht. Aber so wie er sein Leben gelebt hatte, war es beinahe eine Selbstverständlichkeit, dass er niemanden hatte, der über ihn wachte. Wer passte schon auf einen Mann auf, der die Frau, die er liebte, umbringen wollte?

Während der Schlaf ihn umfing, glaubte er Hege im Bad zu hören. Und in seinem Traum stand sie vor ihm. Sie hatte ihm den Rücken zugedreht, obwohl er sie gebeten hatte, sich umzudrehen. Sie war nackt, und ihr Körper sah irgendwie anders aus. Älter.

Im nächsten Augenblick war er umringt von dichtem, finsterem Wald. Er starrte auf seine im feuchten Erdreich versunkenen Füße. Irgendwo vor sich sah er das Licht einer Taschenlampe hin und her zucken.

Er begann zu laufen.

Der Mann dort vor ihm war Kåre Gjervan, sein alter Kollege aus dem Jahre 1988, da war er sich ganz sicher.

Seine Schritte erstarrten, als er hinter sich ein Geräusch hörte.

Ein Knacken.

Er schlug die Augen auf.

Das Wohnzimmer lag im Dunkeln. Nur aus dem Bad fiel ein schwacher Lichtschein auf das Parkett im Flur.

Sein Kopf dröhnte noch immer. Irgendwo weit entfernt hörte er noch die Geräusche aus der Boxhalle in Sandaker.

Oder war das die Tür im Treppenhaus?

Er stand langsam auf, fürchtete, die Besinnung zu verlieren, und ging zur Wohnungstür, wo er lange stehen blieb und durch den Spion schaute. Der Gedanke, dass Elisabeth Thorstensen oder Jon-Olav Farberg im letzten Herbst in seiner Wohnung gewesen waren, bohrte sich quälend in sein Bewusstsein.

Langsam drehte er sich um und sah zum Bücherregal, wo das Porträtfoto seiner Mutter gestanden hatte. Das Bild war in der Schwesternschule des Roten Kreuzes in Tromsø aufgenommen worden – ein Jahr vor seiner Geburt, 1965. Elisabeth kannte seine Mutter bestimmt aus ihrer Jugend in Nordnorwegen. Vielleicht hatte sie das Bild an sich genommen. Aber warum?

Er verstand das alles noch immer nicht.

Im Treppenhaus war erneut ein Geräusch zu hören. Wieder presste Tommy sein Auge an den Spion. Er hatte Übersicht über die Treppe bis nach unten zur Haustür und auf der anderen Seite bis zur Wohnung seines Nachbarn.

Er wartete darauf, dass das Gesicht von Jon-Olav Farberg auftauchte.

Dann hörte er einen dumpfen Laut aus der Etage über ihm, gefolgt von schnellen Schritten nach unten.

Er warf einen Blick auf seine Armbanduhr.

Es war sechs Uhr morgens.

Der Zeitungsbote, dachte er.

Tommy lehnte die Stirn an die Tür, während er durch den Spion schaute. Vielleicht sollte er wirklich tun, worum Reuter ihn so inständig gebeten hatte: den ganzen Fall aufgeben. Jon-Olav Farberg aufgeben.

Der Zeitungsbote, ein Tamile etwa in Tommys Alter, huschte am Spion vorbei und war mit zwei großen Sätzen bei der Haustür.

Tommy drehte sich um und ging zurück ins Wohnzimmer, als ihm der Gedanke kam. Die Unruhe, die ihn am Abend zuvor so gequält hatte, war keine Folge der Gehirnerschütterung, sondern hatte mit der Zeitung zu tun, die neben Anders Rask auf dem Tischchen gelegen hatte.

Er riss die Jacke von der Garderobe im Flur und zog das Notizbuch aus der Innentasche, als hätte er keine Zeit zu verlieren.

»*Aftenposten*«, las er. Die Zeitung, die der Bote gerade ausgetragen hatte.

Internationales und *Seite 6/7* hatte Tommy notiert, und er wusste noch, dass die Ausgabe mehrere Tage alt gewesen war.

5

Dienstag, 12. April 2005

Um sieben Uhr rief er Susanne Bech an. Er wusste genau, welch hohes Risiko er einging: Es war, als wollte er sich selbst den letzten kleinen Stoß versetzen, um in den Abgrund zu stürzen. Im Februar war Susanne zusammen mit Oberstaatsanwalt Svein Finneland in ein großes Haus in Grefsen gezogen. Fand Finneland heraus, dass er noch immer am Amanda-Fall arbeitete, war Tommy geliefert, dann würde er vermutlich nicht mal mehr als Privatdetektiv – oder noch schlimmer: als Wachmann – arbeiten können.

Im Hintergrund hörte er ihr Autoradio.

»Du musst mir die Schlüssel für Farbergs Haus besorgen.«

»Tommy …«

»Ich war gestern bei Anders Rask.«

Es vergingen ein paar Sekunden, bis er sie wieder hörte.

»Wenn Svein herausfindet, dass du …«

»Kannst du mich in der Stadt treffen? In Grønland? Ich habe mich heute übrigens krankgemeldet.«

Sie setzte an, etwas zu sagen, aber er unterbrach sie.

»Siehst du nicht, was da passiert? Svein hält doch unter Garantie irgendwas zurück.«

Er stoppte sich selbst.

»Ich kann nicht«, sagte Susanne.

Im Hintergrund hörte er Matheas Stimme: *Mama, mit wem sprichst du da?* Sie waren bestimmt auf dem Weg in den Kindergarten.

»Geh für mich zur Morgenbesprechung und triff mich dann um zehn am Eingang der U-Bahn. Bitte. Das kannst du doch für mich tun.«

Er stand bereits vor der Tür, als die Stadtteilbibliothek in Lambertseter um neun Uhr öffnete.

Die ältere Bibliothekarin musterte ihn wie ein Buch, das sie selten oder nie auslieh, über das sie aber gerne reden würde.

»Um diese Uhrzeit sind sonst nur Rentner hier«, sagte sie mit einem Lächeln, das er nicht zu deuten wusste.

»Wo finde ich die *Aftenposten*?«, fragte er, darauf bedacht, sich nicht in ein Gespräch verwickeln zu lassen.

»Die Ausgabe von heute?«, fragte sie. »Und Kaffee? Möchten Sie eine Tasse?«

»Ich habe nicht viel Zeit«, sagte Tommy. »Etwa eine Woche alt, denke ich, vielleicht zwei.«

Warum hatte er es nur versäumt, einen Blick auf das Datum der Zeitung zu werfen? Er fühlte sich nicht selten zu dumm für seinen Job, aber dieser Fehler war ja vielleicht auf die Gehirnerschütterung zurückzuführen.

»Ich weiß nicht, ob wir die Ausgaben über zwei Wochen hinweg aufbewahren, aber schauen Sie selbst, die Zeitungen liegen da drüben im Zeitungsregal.«

Die Bibliothekarin hob den rechten Arm, ohne Tommy dabei aus den Augen zu lassen.

Auf dem Stapel waren nur neun Zeitungen.

Er hielt sie hoch und sah zur Bibliothekarin. »Ist das alles, was Sie haben?«

»Wenn Sie mehr brauchen, müssen Sie runter in die Stadt zur Hauptbibliothek.«

Ich würde nach Wladiwostok fahren, wenn es nötig wäre, dachte er.

Widerwillig nahm er die erste Zeitung vom Stapel. Die Ausgabe war vier Tage alt.

Internationales, Seite 6/7, wenigstens das hatte er sich notiert.

Und es erleichterte ihm die Suche.

Fünf Minuten später hielt er die Sonntagsausgabe vom 3. April in der Hand.

Beinahe unmittelbar fiel sein Blick auf die kleine Notiz der französischen Nachrichtenagentur AFP, die auf Seite 6 abgedruckt war.

MORD IN LITAUEN. Anonymen, aber glaubwürdigen Quellen zufolge führte die litauische Polizei eine Razzia gegen eine extreme Sekte durch, die ihren Hauptsitz im Land haben soll. Diese Sekte wird mit dem Fund einer grausam zerstückelten Frauenleiche in Verbindung gebracht, die im vergangenen Winter gefunden worden war.

Es musste diese Notiz sein, auf die Rask ihn mit der alten Zeitungsausgabe hatte hinweisen wollen. Rask überließ nichts dem Zufall. Tommy fühlte sich dem alten Lehrer auf unangenehme Weise unterlegen.

Aber was hatte das alles zu bedeuten? Es passte gut zu Farbergs Interesse an Litauen. Aber befand Farberg sich jetzt gerade dort? Wollte Rask das andeuten?

Oder hatte Farberg Zuflucht bei einer Sekte gesucht, die Frauen ermordete?

Er kopierte die Zeitungsseite.

Was hatte Rask sonst noch gesagt?

Die tschechoslowakische Legion?

Anders Rask war ihm ein Buch mit sieben Siegeln. Was Winston Churchill einmal über Russland gesagt hatte – ein Rätsel innerhalb eines Geheimnisses, gehüllt in ein Mysterium –, traf seiner Ansicht nach ebenso auf die Person Anders Rask zu.

Tommy ging noch einmal zu der Bibliothekarin. »Dürfte ich mal an einen Ihrer Computer?«

»Willkommen im Reich der Osloer Bibliotheken«, sagte sie, bat ihn, ihr zu folgen, und führte ihn zu drei nebeneinander eingerichteten Computerarbeitsplätzen. Neben eine der Tastaturen stellte sie eine Tasse Kaffee.

»Ist nur Nescafé«, sagte sie.

Tommy trank einen Schluck, während der alte Rechner hochfuhr.

Er öffnete die Suchmaschine und gab *Tschechoslowakische Legion* ein.

Nur wenige Treffer wurden angezeigt.

Offensichtlich sprach Rask in Rätseln, trotzdem schien er ihm einen konkreten Hinweis gegeben zu haben. Oder nicht?

While retreating towards Vladivostok, The Czechoslovak Legion lived several weeks in a small village outside Yakutsk in Siberia, where they met members of the Skoptsy sect, little known to westerners at the time.

Und, fragte sich Tommy. Was sagt mir das jetzt? Die tschechoslowakische Legion hatte im Russischen Bürgerkrieg, der 1917 nach der Revolution ausgebrochen war, auf

Seiten der Weißen Armee gekämpft. Als die Kommunisten immer mehr Land gewannen, wurde die Legion nach Osten gedrängt, bis sie schließlich in Sibirien landete. Wenn Rask Tommy nicht für einen absoluten Fanatiker der Kriegsgeschichte hielt, musste er auf etwas anderes anspielen als diese Militäreinheit.

»*Skoptsy sect*«, sagte Tommy vor sich hin. »Das muss es sein.«

Er tippte die Buchstaben ins Textfeld.

Die ermordete Frau in Litauen, dachte er.

War sie wirklich von einer Sekte getötet worden? Und hatte Rask ihm das zu sagen versucht?

Eine Reihe von Schwarzweißbildern tauchte auf dem Bildschirm auf.

Zuerst hielt Tommy die Aufnahmen für manipuliert. Alte, verblasste Fotografien von einem kastrierten Mann und einer Frau, der die Brüste und Schamlippen abgetrennt worden waren. Die Fotos sahen echt aus.

Kurz darauf schaltete er den PC wieder aus.

Wenn diese Bilder eine Vorwarnung darstellten, was ihn erwartete, wollte er nicht mehr wissen.

6

Exakt um zehn Uhr erschien Susanne Bech auf dem Grønlandsleiret. Ihre frisch gefärbten blonden Haare fielen sogleich auf unter all den somalischen Männern, die auf dem Platz in Grüppchen beieinanderstanden und sich unterhielten.

Susanne reichte ihm einen Umschlag und wich seinem Blick aus.

»Du siehst wirklich schrecklich krank aus«, sagte sie und versuchte nicht einmal, ihren Sarkasmus zu verstecken.

»Litauen«, sagte Tommy. »Es war kein Zufall, dass Daina aus Litauen kam.«

Susanne schüttelte den Kopf.

»Ich fahr da hin, vielleicht schon morgen. Aber sag nichts davon, das würde dir nur Probleme bereiten. Wenn ich nicht zurückkomme, kannst du dich ja auf meine Stelle bewerben.«

»Kannst du die Sache nicht einfach auf sich beruhen lassen?« Ihre Stimme war gedämpft, die Worte sollten wohl gleichgültig klingen, als hätte sie die Hoffnung selbst schon längst aufgegeben.

»Habe ich jemals irgendwas auf sich beruhen lassen?«

»Tommy«, sagte sie leise. »Pass auf dich auf.«

»Was weißt du über die tschechoslowakische Legion?«

Susanne schüttelte nur irritiert den Kopf über diese abwegig klingende Frage.

»Okay. Vielleicht bewerbe ich mich um deinen Posten, wenn du ihn verlierst«, sagte sie, ehe sie auf dem Absatz kehrtmachte und zurück in Richtung Präsidium ging. Sie zog die Kapuze ihrer Jacke über den Kopf, um sich vor dem leichten Regen zu schützen.

Er nahm ein Taxi nach Malmøya, ließ den Fahrer aber ein paar hundert Meter vor Farbergs Haus anhalten.

Das letzte Stück ging er zu Fuß und rauchte eine Zigarette. Sein Kopf fühlte sich im Vergleich zum Tag zuvor schon deutlich besser an, richtig klar war er aber noch immer nicht. Bei der Auffahrt zum Haus blieb er stehen und suchte mit den Augen die Fenster der Villa ab. Etwas sagte ihm, dass Farberg im Laufe des Winters noch einmal im Haus gewesen war, ohne dass Tommy wusste, wie er hineingekommen sein sollte, ohne das Siegel zu brechen.

Er riss den Aufkleber durch und steckte den Schlüssel ins Schloss.

Die alte Tür gab ein lautes Knirschen von sich, als er sie öffnete. Es musste Monate her sein, dass zuletzt jemand im Haus gewesen war. Tommy verstand nicht, warum das Haus nicht freigegeben war, wenn Reuter, Finneland und Rodahl die Welt für rosarot und sowohl Elisabeth Thorstensen als auch Jon-Olav Farberg für tot hielten.

Was Elisabeth anging, gab es keinen Zweifel. Bei Farberg kam es nun auf ihn an, nur er konnte beweisen, dass der Mann noch am Leben war.

Tommy ging vorsichtig den langgestreckten Flur entlang, der mit persischen Teppichen ausgelegt war. Das ganze Haus wirkte absurd, dachte man daran, wer hier gewohnt hatte. Die Bücher, die Kunst, die Teppiche und die dänischen Designermöbel ließen gutsituierte, politisch eher sozialdemokratisch eingestellte Bewohner erwarten, auf jeden Fall warmherzige Anhänger von Humanismus und Nächstenliebe.

Es war einfach nicht zu glauben, dass ein Mann, der so viele junge Mädchen umgebracht, sie gedemütigt und auf eine Weise geschändet hatte, die jede normale Phantasie überstieg, in einem solchen Haus gewohnt haben sollte. Dass er all die hübschen Sachen gekauft, all die Literatur in den Regalen gelesen haben sollte.

Die Kriminaltechniker hatten Plastikfolie über die beiden roten Designersofas in der Bibliothek gezogen und sich nicht die Mühe gemacht, diese wieder zu entfernen. Tommy setzte sich trotzdem und zündete sich eine Zigarette an.

Er holte das Notizbuch heraus und las, was er sich notiert hatte. Fast hörte er die weiche Stimme von Anders Rask: *Jon-Olav hat viele Bücher bei sich zu Hause.*

Nach einer Weile wurde ihm bewusst, dass er auf dem Sofa saß, auf dem Farbergs Frau ermordet worden war. Er sprang auf, schockiert, dass er das hatte vergessen können. Nur die dünne Folie hatte ihn von dem eingetrockneten Blut getrennt. Er schüttelte seinen bleischweren Kopf.

Eine Wand des Zimmers wurde komplett von einem maßgeschreinerten Regal eingenommen, nur unterbrochen durch eine schmale Nische.

Die Wand aus Büchern versetzte seine Gedanken in Schwingung, er wusste nur noch nicht, auf was genau er sich konzentrieren musste.

Allein für die obersten beiden Regalbretter brauchte er eine Stunde.

Er machte sich nicht die Mühe, die Bücher wieder zurückzustellen, sondern ließ sie in Stapeln auf dem Boden und dem Couchtisch liegen.

»Zur Hölle mit diesem Anders Rask«, murmelte er und betrachtete das Regal. Reihe um Reihe von Romanen, alten Nachschlagewerken und Atlanten.

Warum sollte er Rask glauben?

Er machte noch eine Stunde weiter, ehe er schließlich aufgab und auf dem geschliffenen Holzboden zusammensank. Nach einer Weile nahm er sein Handy aus der Tasche und rief Gundersen an. Rasks Anwalt.

»Könnten Sie ein weiteres Treffen mit Rask für mich organisieren?«

Tommy dachte, dass er schon gestern tief genug gesunken war, aber vermutlich gab es wirklich keine Grenzen.

Dann zog er ein altes englisches Lexikon vom untersten Regalbrett.

Das letzte Buch des Regals, dachte er.

Dieser gottverdammte Rask. So ein Arschloch.

»Es wird morgen eine Presseerklärung geben«, sagte Gundersen.

Tommy stutzte. »Eine Presseerklärung?«

»Anders ist tot«, fuhr Gundersen fort.

»Tot?«

Der Anwalt schwieg.

»Tot?«, wiederholte Tommy, als wäre es komplett unvorstellbar, dass Rask so plötzlich das Zeitliche gesegnet hatte.

»Er muss Schlaftabletten gehortet und heute Nacht genommen haben. Als die Schwester heute früh in sein Zimmer kam, war er bereits einige Stunden tot, meinte der Arzt.«

Tommy wusste nicht, was er sagen sollte. Er hatte oft gedacht, dass er Rask und seinen Kumpan erschossen hätte, wäre er selbst bei dieser Verkehrskontrolle in Trondheim gewesen. Dass er sein ganzes Magazin auf die beiden abgefeuert hätte. Aber jetzt brauchte er Rask lebend.

»Sichern Sie sein Handy. Ich vermute, er hat Kontakt mit Jon-Olav Farberg gehabt.«

Er war der festen Überzeugung, dass die naive Demokratie Norwegen einen Riesenfehler gemacht hatte. Sie hätten Rask isolieren müssen. Er hätte niemals Besuche empfangen oder Briefe erhalten dürfen. In der Reha in Sunnaas hatte niemand darauf geachtet.

Anwalt Gundersen zögerte.

»Jon-Olav Farberg?«, sagte er dann, und Tommy hörte gleich, dass der Mann ihn für verrückt hielt. »Nun, Anders hat sein Handy zerstört. SIM-Karte und Datenspeicher hat er vermutlich im Klo runtergespült.«

»Mist«, sagte Tommy. »Fragen Sie sich doch selbst, warum er das gemacht hat. Sicher nicht zum Spaß.«

Gundersen antwortete nicht.

»Ich komme nach Sunnaas«, sagte Tommy.

Der Anwalt willigte widerstrebend ein.

Tommy beendete das Gespräch und rief seinen Psychiater Viggo Osvold an. Er erreichte nur die Mailbox und hinterließ eine Nachricht.

Eine Stunde später rief Osvold zurück und erklärte sich bereit, Tommy für zwei Wochen krankzuschreiben, woraufhin seine massiven Kopfschmerzen beinahe schlagartig besser wurden.

Tommy dachte, dass zwei Wochen in Litauen vielleicht genau das waren, was er jetzt brauchte. Wenn er denn überhaupt jemals wieder zurückkommen sollte.

Er ging noch einmal langsam durch das verlassene Haus, ohne recht zu wissen, wonach er suchen sollte. In der Küche standen noch immer die schmutzigen Teller. Auf ihnen keimte etwas Grünes. Die Gästetoilette. Das Arbeitszimmer mit dem Blick über den Fjord.

Er betrat den rot gestrichenen Raum. Und begegnete dem Gesicht des schwedischen Dichters Gustaf Fröding. Eine Schwarzweißfotografie in einem alten Rahmen.

Farberg hatte ihm einen Brief geschrieben, inspiriert von Frödings Gedicht »En syn«.

Tommy studierte Frödings Gesichtszüge.

Der Ausdruck eines alten Verrückten, nicht mehr und nicht weniger. Er glaubte sich daran zu erinnern, dass das Bild in der Bibliothek gehangen hatte, als Susanne Bech Farberg vor Weihnachten vernommen hatte. Oder irrte er sich da?

Hatte einer der Kriminaltechniker das Bild umgehängt?

Als er sich nach links wandte, zuckte er zusammen.

Ganz hinten auf der Schreibtischplatte stand ein Foto von Jon-Olav Farberg. Der Mann starrte ihn an. Das Bild wirkte etwas verblasst. Bestimmt aus den Achtzigern.

Tommy atmete ein paarmal tief durch.

Nur ein Foto, dachte er.

Sonst nichts.

Aber warum war ihm das nicht aufgefallen, als er zum ersten Mal diesen Raum betreten hatte?

War es da noch nicht dort gewesen?

Er lachte über sich selbst, trat ans Fenster und ließ seinen Blick für einen Moment über den Fjord schweifen. Regentropfen liefen an der Scheibe herunter. Auf dem Wasser versuchten einige wenige Segelboote den schwachen Wind einzufangen.

Er setzte sich auf den lederbezogenen Bürostuhl und nahm den Notizblock, der auf dem Schreibtisch lag. Tommy blies den Staub von der obersten Seite und studierte die Handschrift. Ein alter Einkaufszettel, so schien es, und eine To-do-Liste. Die Schrift eines Mannes, glaubte er. Dieselbe wie in den Briefen.

Oder?

Er zuckte zusammen.

Ein plötzliches Geräusch. Oben im Haus knackten Dielen.

Da, noch einmal.

Tommy stand langsam auf, ging lautlos aus dem Raum und über den langen Flur zum Eingang.

Die Treppe nach oben lag im Dunkeln.

Die Haare auf Tommys Arm hatten sich aufgestellt, die Nasenflügel geweitet, und sein Atem ging ungewöhnlich schnell, wie bei einem Beutetier, das Gefahr witterte.

Eine ganze Weile blieb er ruhig stehen.

Schließlich machte er einen Schritt auf die Treppe zu, entschied sich im nächsten Moment aber anders.

Wofür sollte das gut sein?

In alten Holzhäusern knackte es schon mal.

Langsam drehte er sich um und erwartete fast, dass jemand aus dem Arbeitszimmer trat. Ein Mann ohne Gesicht, ein Mann, der wie Gustaf Fröding aussah.

Die massiven Kopfschmerzen kamen zurück, und plötzlich hörte er auch wieder das Klatschen der Boxhandschuhe. Er nahm das Licht an der Decke wahr, die Lüftungsrohre.

Nein, dachte er. Es ist wirklich niemand hier.

Keine Gespenster. Weder Jon-Olav Farberg noch Elisabeth Thorstensen.

Er schlüpfte durch die Haustür nach draußen und schloss ab. Versuchte, an nichts zu denken, und klebte ein neues Siegel über den Türspalt.

Mit schnellen Schritten ging er über den Kies zur Straße.

Wie ein Kind, dachte er.

Für einen Moment war er so ängstlich gewesen wie schon lange nicht mehr. Seit seiner Kindheit. Ohne zu wissen, warum.

War es das Bild von Fröding gewesen? Die Schrift auf dem Block? Oder das Foto von Farberg? Das weiße Lächeln. Die aufgesetzte Freundlichkeit, die sein wirkliches Ich verbarg? Der Narzisst, der sich selbst bewundert, während er am Schreibtisch sitzt.

Auf der Straße drehte er sich noch einmal um und musterte die alte Villa.

Die schwarzen Fenster starrten ihn an.

Dann eine Bewegung hinter einem der Fenster.

Im ersten Stock.

Oder bildete er sich das nur ein?

Es war das Bild von Fröding, das ihm diese Angst eingejagt hatte.

Es hatte wirklich in der Bibliothek gehangen, in der Nische zwischen den Bücherregalen.

Er war sich ganz sicher.

Das Bild war umgehängt worden.

Von wem?

7

Susanne Bech steckte ihre Karte exakt um Punkt 15 Uhr in die Stechuhr. Ihre Mutter sollte heute Abend bei Mathea und Markus babysitten, sie selbst konnte kaum vor Mitternacht wieder da sein, und Svein war bis zum nächsten Tag in Brüssel.

Als sie an der Ampel an der Hollendergata auf Grün wartete, bereute sie es bereits, sie gefragt zu haben. Ihre Mutter war immer so nachlässig, sie schloss nicht einmal bei sich zu Hause in Asker die Tür ab. Es wäre sicher das Beste, am Abend doch zu Hause zu sein, dachte sie. Mit jedem Tag, der verging, wurde sie ängstlicher. Für den Arzt waren das nur typische Symptome ihres posttraumatischen Stresssyndroms. »Nur?«, hatte Susanne entgegnet.

Aber wovor hatte sie Angst?

Ein paar Tage zuvor war eine Frau mittleren Alters ermordet aufgefunden worden. Schlimm genug, aber so etwas kam vor, es sollte ihr keine Angst machen. Jon-Olav Farberg war tot, außerdem hatte er nie erwachsene Frauen ermordet.

Wenn sie nur nicht so verrückt wurde wie Tommy.

Verrückt?, dachte sie. Nein, er war nicht verrückt, nur viel, viel mutiger als sie. Und sie wagte es nicht, ihm zu helfen. Aber sie wohnte ja auch mit dem Oberstaatsanwalt zusammen, was hatte sie da für eine Wahl? Stellte sie sich auf Tommys Seite, würde es zu Hause für sie unerträglich werden. Außerdem wäre ihre Karriere dann beendet. Svein war überzeugt davon, dass Jon-Olav Farberg in dem Ofen verbrannt war. Er wollte nichts anderes hören.

Wenn er nur recht hatte, dachte sie, und Farberg wirklich tot war. Nur dann hatten sie das alles für immer hinter sich.

Aber wer hatte dann kurz vor Weihnachten Amanda entführt und wer die Frau getötet, die in Schweden gefunden worden war?

Musste sie einfach nur eins und eins zusammenzählen?

Trotzdem hatte niemand auch nur mit der Wimper gezuckt, als die dreiundfünfzigjährige Vigdis Solberg aus Kongsvinger vor drei Wochen als vermisst gemeldet geworden war. Nicht einmal Tommy.

Nur ich, dachte Susanne.

Als Solbergs Leiche vor zwei Tagen am Strand des Västra Silen gefunden worden war, hatte Susanne eine unerklärliche Unruhe überkommen. Andererseits war die vielleicht gar nicht so unerklärlich. Norwegen und Schweden waren kleine Länder. Da gab es nicht so viele Menschen wie Farberg. Sie hatte alles getan, um Svein ihre Unruhe nicht zu zeigen, und glaubte, dass ihr das ganz gut gelungen war. Aber in den letzten beiden Nächten war sie immer wieder aufgewacht und hatte geglaubt, Geräusche im Haus gehört zu haben.

Wenn Tommy nicht verrückt geworden war, sondern ganz einfach recht hatte, würde Jon-Olav Farberg Jagd auf sie machen. Da war sie sich ganz sicher. Oder noch schlimmer – dies wäre für sie persönlich die ultimative Katastrophe –, er würde Jagd auf ihre Tochter machen.

War Elisabeth wirklich aus eigenem Antrieb bei ihr

eingebrochen, um Mathea zu holen, oder hatte Farberg sie geschickt? Hatte er Elisabeth dazu gebracht, Mathea für ihn zu holen? Ein kleines Mädchen würde einer Frau wie Elisabeth vertrauen. Nicht aber Farberg.

Oder ging nur ihre Phantasie mit ihr durch?, fragte Susanne sich.

Reiß dich zusammen!

Schließlich würde alles vor die Hunde gehen, sollte sie sich irren: Karriere, Beziehung – alles.

Hinter ihr hupte ein Auto. Sie zeigte dem Fahrer den Mittelfinger.

»Fick dich und deine ganze Familie!«, schimpfte sie in den Rückspiegel. »Und alle, die du jemals gekannt hast.«

Schon einen Augenblick später schüttelte sie über sich selbst den Kopf.

Sie fuhr, so schnell sie konnte, über die Schweigaards gate. Als sie zur Ampel kam, versuchte sie sich selbst davon zu überzeugen, dass schon alles gutgehen werde. Bestimmt hatte Svein recht: Tommy war im Begriff, völlig den Verstand zu verlieren, Jon-Olav Farberg war tot. Und sollte er am Leben sein, würde Farberg keine Fünfzigjährige aus Kongsvinger töten und in irgendeinem See in Dalsland in Schweden versenken.

Trotzdem hatte Susanne Kontakt aufgenommen, als sie gesehen hatte, dass ein Bekannter von ihr in Schweden an den Ermittlungen beteiligt war. Schließlich war aus den Zeitungsberichten irgendwie herauszulesen gewesen, dass die Frau nicht auf gewöhnliche Weise getötet worden war.

Svante Turesson, der Inspektor bei der schwedischen Reichspolizei, war eigentlich sogar mehr als ein Bekannter. Viel mehr, sie war ihm viel zu nah gekommen, als sie noch mit Nicolay verheiratet gewesen war. Aber Nicolay hatte sich in dieser Zeit auch wie ein Drecksack verhalten, so dass ihr schon damals klargeworden war, dass ihre Ehe nicht halten würde.

Immerhin war sie mit Svante nicht gleich am ersten Abend ins Bett gegangen. Bewundernswert. Sie war noch nie sehr tugendhaft gewesen, Emanzipation war für sie nun einmal Emanzipation. Trotzdem zählte die kurze, aber heftige Affäre mit Turesson, als Mathea gerade einmal zwei Jahre alt gewesen war, nicht gerade zu ihren persönlichen Highlights.

Deshalb hatte es sie gestern einige Überwindung gekostet, ihn anzurufen. Sie wusste, dass er in Göteborg war, wo die Leiche in die Rechtsmedizin gebracht worden war.

Als Susanne über die Svinesundbrücke fuhr und die Grenze nach Schweden überquerte, hatte sie das Gefühl, auch eine innere Grenze zu überschreiten.

Wie kann ich mein Kind in dieser Situation allein lassen?

Was, wenn Farberg lebt? Was, wenn er gerade in dieser Nacht kommt? Ich könnte mir das nie verzeihen.

Es war fast so, als lösten die Gedanken Phantomschmerzen in ihrem Bein aus. Auf jeden Fall spürte sie mit einem Mal wieder das Messer, das Elisabeth Thorstensen ihr in den Oberschenkel gerammt hatte. Und als sie die Augen schloss, hörte sie Matheas Weinen.

»Verdammt!«, schimpfte sie und drehte das Radio lauter. Was waren das nur für Gedanken? Vielleicht sollte sie dem Arzt vertrauen und wirklich anfangen, Valium zu schlucken? Und diese Pillen für die Seele.

8

Rasks Sachen zu durchsuchen war deprimierend, auch noch nach dessen Tod. Das Ganze überzeugte Tommy wieder einmal davon, dass Sexualstraftäter mehr Rechte als ihre Opfer hatten und dass es in einer Demokratie kaum Mittel gab, ihren Wahn zu stoppen. In einem Bücherregal fand er zwei Fotoalben, die er zuvor noch nicht gesehen hatte. Sie enthielten eine Reihe von Fotografien, die Rask vermutlich selbst aufgenommen hatte. Kinder oder Jugendliche, einige davon bestimmt Schüler aus den siebziger und achtziger Jahren. Tommy wurde immer missmutiger, je weiter er durch das Album blätterte. Verblasste alte Fotos von nackten Kindern an Badestränden und in Schwimmbädern.

Rask hatte in Ringvoll auch noch ein Album mit Zeitungsausschnitten über die Morde an Kristiane und den anderen Mädchen gehabt. Und diese Fotoalben hatte er jetzt sogar hierher nach Nesodden mitnehmen dürfen, um sich daran aufzugeilen.

Tommy drehte sich zu Rasks Schlafzimmer um, in dem Anwalt Gundersen und der Krankenhausdirektor standen.

»Diese Alben hier habe ich noch nie gesehen«, sagte Tommy und hielt sie hoch. Sie rochen muffig und leicht nach Rauch. Nicht nach Zigaretten, sondern eher als hätten sie in der Nähe eines Kamins gestanden oder als wären sie aus einem brennenden Haus gerettet worden.

Anwalt Gundersen zuckte mit den Schultern.

Der Krankenhausdirektor, ein arroganter Businesstyp, der als Leiter einer Rehaklinik etwas fehl am Platz wirkte, würdigte Tommy kaum eines Blickes.

»Irgendeine Idee, woher er die haben kann?«

Tommy nahm die Alben und ging zu den beiden Männern in das angrenzende Zimmer.

»Keine Ahnung«, sagte Gundersen. »Im Moment ist es für mich aber auch wichtiger, seine Hütte in Eidskog verkauft zu bekommen, damit ich meine Unkosten gedeckt kriege.«

Das Bett, in dem Rasks lebloser Körper am Morgen gefunden worden war, stand noch unverändert da. Die Lesebrille und Aleister Crowleys *The Book of the Law* lagen auf dem Nachttisch. Daneben ein halbvolles Wasserglas und eine Schachtel Halspastillen. Das Licht fiel durch die großen Fenster auf die beiden Orchideen auf dem Schreibtisch, neben denen ein aufgeklapptes MacBook stand.

Wie ein Bild aus einem Einrichtungskatalog, wüsste man es nicht besser.

»Hier gibt es also keine Besucherlisten?«, fragte Tommy.

»Wir sind eine Reha, kein Gefängnis«, erwiderte der Direktor.

»Dabei wäre das vielleicht besser gewesen«, sagte Tommy. »Wer hat Rask besucht?«, fragte er Gundersen, dessen Handy in diesem Moment zu klingeln begann.

Der Anwalt setzte eine entschuldigende Miene auf. Tommy legte die Fotoalben weg und trat an den Schreibtisch. Die zwei Polizisten aus Follo, die am Morgen da gewesen waren, hatten sich offensichtlich nicht für Rasks

Computer interessiert. Tommy hätte ihn gerne einfach mitgenommen, um ihn gründlich zu durchsuchen, aber dann hätte er sofort seinen Job verloren.

»Okay«, sagte Anwalt Gundersen ins Handy. »Aber ich habe gerade einen Ihrer Mitarbeiter hier, Tommy Bergmann.«

Tommy rollte mit den Augen. Der Anrufer konnte kaum jemand anderes sein als Fredrik Reuter, sein Chef.

»Unter keinen Umständen«, wiederholte Gundersen. »Verstehe.«

Tommy drehte sich zu ihm um. Gundersens Miene ließ sich nicht gerade als wohlwollend beschreiben. Eher als das Gegenteil davon.

Gundersen reichte Tommy das Handy. »Er würde gerne mit Ihnen reden.«

»Ich bin krankgeschrieben«, erwiderte Tommy.

Als er wieder zu Hause war, rief er als Erstes die Fluggesellschaft an und cancelte sein Flugticket nach Litauen.

Warum wollte er so schnell nach Litauen? Und warum konnte er nicht Reuters Anweisungen befolgen, wie es jeder vernünftige Mensch tun würde? Sich wegen einer Restaurantquittung aus Litauen und ein paar komischen Sätzen von Rask krankzumelden war doch absurd, oder?

Er rauchte eine Zigarette nach der anderen und sah sich einen der Dokumentarfilme über Rask an. Aus der Mitte der neunziger Jahre.

Eine total unwirkliche Szene. Rask, wie er in einem Waldstück stand und dabei zusah, wie einer der von ihm gestandenen Morde rekonstruiert wurde.

War er wirklich tot?

Die Kamera zoomte Rasks Gesicht ein, bis seine femininen Züge den ganzen Bildschirm einnahmen. Er schaute direkt in die Kamera.

Tommy nahm die Fernbedienung und schaltete den Videorekorder aus, als wäre es gefährlich, Rask zu lange in die Augen zu blicken.

Vielleicht war es aber auch einfach nur das Gefühl, dass ihn jemand durch die Fenster des Hauses auf Malmøya beobachtet hatte, das ihn nicht loslassen wollte. Er versuchte sich damit zu beruhigen, dass sein Unwohlsein auf die bedrückende Stimmung in Rasks Zimmer in der Rehaklinik zurückzuführen war.

Er zündete sich eine Zigarette an und versuchte, an nichts zu denken.

Es klappte nicht.

Wie hatte er sich nur krankschreiben lassen können, dachte er. Was für eine Scheißidee!

Die Wohnung war plötzlich von Lauten erfüllt, und er brauchte eine ganze Weile, bis er realisierte, dass sein Handy in der Küche klingelte.

Er kam nicht rechtzeitig.

Die Nummer auf dem Display kannte er nicht, trotzdem rief er zurück.

»Spreche ich mit Tommy Bergmann?«, fragte die Stimme am anderen Ende. Ein verwaschener Dialekt. Irgendwas aus dem Norden. Der Klang erinnerte Tommy an seine Mutter, wenn sie versuchte, möglichst sauber zu sprechen, damit niemand ihre Herkunft erkannte.

Tommy erinnerte sich an die Stimme, konnte sie aber mit keinem Gesicht zusammenbringen.

»Hier ist Morten Høgda.«

Was will denn der von mir?, fragte Tommy sich. Høgda hatte über viele Jahre ein Verhältnis mit Jon-Olav Farbergs Komplizin Elisabeth Thorstensen gehabt. Er war ein Mensch, für den Tommy wirklich kein Mitgefühl hatte, egal wie sehr er von Elisabeth ausgenutzt worden war.

»Ja?«

»Ich würde gerne mit Ihnen über etwas reden.«

»Ach ja?«

»Wenn möglich, nicht am Telefon. Sind Sie im Büro?«

»Nein, ich bin krankgeschrieben.«

Tommy fand, dass seine Worte wie eine glatte Lüge klangen, andererseits sagte er die Wahrheit.

»Soll ich dann vielleicht mit jemand anderem reden?«

»Nein«, sagte Tommy. »Oder, es kommt natürlich darauf an, um was es geht.«

»Na ja, natürlich um diesen Fall«, sagte Høgda. »Ich bin mir nicht sicher, ob das von Bedeutung ist, aber …« Høgda brachte seinen Satz nicht zu Ende.

»Den Fall?«

»Farberg und Elisabeth.«

»Wie soll ich das verstehen?«

»Es hört sich vielleicht dumm an, aber ich habe das Gefühl, bedroht zu werden.«

9

Eine Stunde später klingelte es an der Wohnungstür. Tommy trat ans Schlafzimmerfenster und vergewisserte sich, dass tatsächlich Morten Høgda draußen stand und nicht die gesichtslose Person, die in Jon-Olav Farbergs Haus auf Malmøya auf ihn gewartet hatte.

Høgda stand vor den Klingeln unter dem Vordach und wippte auf den Füßen. Tommy nahm an, dass der neue Jaguar, der auf dem Bürgersteig parkte, ihm gehörte.

Morten Høgda scherte sich weder um Gesetze oder Regeln noch um das Wohlbefinden seiner Mitmenschen. Tommy ging deshalb davon aus, dass der Mann sich tatsächlich bedroht fühlte und nur aus höchst egoistischen Gründen mit ihm Kontakt aufgenommen hatte.

Høgda kam mit großen Schritten die Treppe hoch.

Er trug einen Kamelhaarmantel über einem vermutlich maßgeschneiderten Anzug. Der Schal, den er lässig um den Hals geschlungen hatte, sollte ihm sicher einen künstlerischen Touch geben.

»Eigentlich hätte ich Sie lieber nicht wiedergesehen, das muss ich ganz ehrlich sagen«, bemerkte Høgda, als er Tommys ausgestreckte Hand ergriff.

»Und trotzdem sind Sie hier«, erwiderte Tommy.

Høgda lachte angestrengt und ging direkt ins Wohnzimmer.

»Hier wohnen Sie also«, sagte er in einem neutralen Tonfall. Tommy dachte, dass Høgda die Wohnung sicher als Loch bezeichnen würde, was auf seine Behausung auch durchaus zutreffen mochte. Im nächsten Augenblick wurde ihm jedoch bewusst, dass der erfolgreiche Geschäftsmann ja selbst in sehr einfachen Verhältnissen in Nordnorwegen aufgewachsen war.

Høgda setzte sich aufs Sofa und öffnete eine lederne Dokumentenmappe.

»Ich will Ihnen nicht zu viel Ihrer Zeit rauben.«

»Ich habe Zeit genug.«

Høgda nahm einen großen Umschlag aus der Mappe.

»Also, wir beide haben ja schon einige Stunden mit diversen Verhören verbracht. Ich musste im Nachhinein öfter mal an diesen schwedischen Dichter denken, Gustaf Fröding. Der war für Farberg ja wohl von zentraler Bedeutung, das habe ich doch richtig im Gedächtnis, oder?«

»Ich kann mich nicht daran erinnern, mit Ihnen so ausführlich über Fröding gesprochen zu haben.«

»Dann trügt Ihre Erinnerung Sie«, sagte Høgda. »Ich weiß das noch ganz genau.«

Er öffnete den Umschlag und ließ zwei Postkarten auf den Couchtisch gleiten.

»Ich war vor einer Woche auf Geschäftsreise. Als ich zurückkam, warteten im Büro zwei Postkarten auf mich. Ich habe sie erst ein paar Tage später bemerkt. Wissen Sie, meine Sekretärin regelt meine Post für mich, und sie …«

Tommy saß auf dem Sessel und hielt das Feuerzeug in der Hand. Er gab Høgda ein Zeichen, doch bitte weiterzureden. Tommy wollte sich eigentlich eine Zigarette anzünden, aber der Anblick der Postkarten lähmte ihn.

»Zuerst habe ich mir keine Gedanken darüber gemacht, aber gestern kam mir plötzlich der Gedanke, dass die vielleicht … etwas mit diesem schwedischen Dichter zu tun haben könnten.«

Høgda schob die Karten vorsichtig über den Tisch.

»Haben Sie die angefasst?«

»Natürlich, ich konnte ja nicht wissen …«

Tommy hob die erste Karte vorsichtig mit Daumen und Zeigefinger auf. Die Vorderseite zeigte ein typisches Touristenmotiv, vier kleine Bilder einer Stadt. Übersichtsbilder und Fotos einer Straße. Oben in der rechten Ecke stand in weißer Schrift: Vilnius.

Das darf doch nicht wahr sein, dachte er.

»Drehen Sie sie um«, sagte Høgda. »Ich konnte heute Nacht kaum schlafen.«

Tommy hatte Probleme, die Karten festzuhalten, so sehr erschütterten ihn die drei Worte, die mit Kugelschreiber und in Blockbuchstaben notiert worden waren.

Seele in Flammen.

Die Karte war vor knapp zwei Wochen in Vilnius abgestempelt worden.

Es war exakt die Textpassage, die Farberg Tommy vor Weihnachten auf dem Hof Suttestad zurückgelassen hatte. Die Blockbuchstaben machten es für Tommy unmöglich, zu erkennen, ob es die Handschrift eines Mannes oder einer Frau war.

Er begegnete Høgdas Blick. Der Geschäftsmann schüttelte den Kopf.

»Zuerst habe ich mir einzureden versucht, dass ich keinen Grund habe, beunruhigt zu sein, aber … ich weiß nicht.«

Tommy nahm die andere Postkarte vom Tisch. Sie war

exakt identisch. Nur dass auf dieser *Tanzendes Blut* stand und dass die beiden Worte in geschwungener Handschrift aufs Papier gebracht worden waren, so dass Tommy nicht beurteilen konnte, ob beide Karten von derselben Person geschrieben worden waren.

Morten Høgda kramte in der Tasche seines Anzugs herum und holte ein Zigarettenetui hervor. Er zog einen dünnen Montecristo-Zigarillo heraus und zündete ihn an.

»Was glauben Sie, wer hat Ihnen diese Karten geschickt?«, fragte Tommy.

Høgda breitete die Arme aus und hob die Schultern.

»Am liebsten würde ich gar nicht darüber nachdenken.«

»Erzählen Sie mir noch mal etwas über Ihre Beziehung zu Jon-Olav Farberg.«

»Das habe ich doch alles schon vor Weihnachten gesagt. Ich kannte ihn nur flüchtig, geschäftlich. Er hat in einer meiner Firmen Fortbildungen für leitende Manager angeboten. Wir waren aber keine Freunde und hatten privat auch nichts miteinander zu tun.«

»Und jetzt hat er Ihnen diese Karten geschickt?«

Høgda nahm den Zigarillo aus dem Mund, erstarrte aber in der Bewegung. Er sah ängstlich aus.

»Das ist ein schlechter Scherz, Bergmann. Er kann mir ja wohl kaum etwas geschickt haben?«

»Das muss aber unter uns bleiben«, sagte Tommy und sah auf seine Armbanduhr. Das Ticket, das er gecancelt hatte, war bestimmt noch nicht verkauft worden. Noch konnte er den Flug erreichen.

Høgda sah ihn mit leeren Augen an und schüttelte mechanisch den Kopf.

»Farberg ist tot. Elisabeth …«, sagte er, bevor er wieder

in Schweigen verfiel. »Ich will keine Postkarte von einem Toten kriegen.«

»Wer will das schon?«, entgegnete Tommy.

Høgda richtete seinen Blick auf ihn, und plötzlich musste Tommy an Heges Augen denken und dann an seine eigenen. Es war dasselbe Blautürkis.

Wieder kam ihm der Gedanke, der ihn schon im letzten Herbst beunruhigt hatte: Es bestand die Möglichkeit, dass Morten Høgda sein Vater war. Andererseits war das lächerlich. An den Haaren herbeigezogen. Tommy hasste es, sich das eingestehen zu müssen, aber er wusste, dass er sich selbst in jedem Mann sah, der rein altersmäßig sein Vater sein konnte.

Sein Blick ging zum Bücherregal, wo das Bild seiner Mutter gestanden hatte. Nachdem es gestohlen worden war, hatte er plötzlich den Brief von Farberg bekommen. Mit den beängstigenden Worten: *Wir zwei sind dieselben.*

Tommy verdrängte den Gedanken. Jon-Olav Farberg war bekannt dafür, in die Gedanken der Menschen einzudringen. Man durfte ihm nicht glauben, nicht einmal für einen kurzen Moment.

»Was muss unter uns bleiben?«, fragte Høgda.

»Es gibt Grund zu der Annahme, dass Farberg noch am Leben ist.«

»Am Leben?«

Tommy nickte. »Aber das ist streng geheim. Es ist gut, dass Sie mich angerufen haben. Die anderen im Dezernat glauben das nicht. Für die Polizeileitung ist es viel einfacher, wenn Farberg tot ist. Solange er hier im Lande nicht wieder Morde begeht. Sie wissen, wie Menschen in Machtpositionen denken.«

»Sie denken an sich«, sagte Høgda.

Tommy ging in die Küche und holte zwei kleine Gefrierbeutel. Es war das Beste, was er hatte. Er steckte die Postkarten einzeln in die Tüten und verschloss diese mit Klebeband.

»Ich werde dafür sorgen, dass die Karten in der Kriminaltechnik untersucht werden.«

Tommy setzte sich wieder und beobachtete Morten Høgda, der in eigene Gedanken abgetaucht war. Bestimmt versuchte er zu verstehen, was er gerade über Farberg erfahren hatte.

Als er bemerkte, dass Tommy ihn musterte, klopfte er die Asche von seinem Zigarillo und nahm einen Zug.

»Ich habe mir ein paar Falten glätten lassen«, sagte er und lächelte traurig. »Sehen Sie das? Ich bin ein eitler Fatzke, Bergmann. Aber man lebt nur einmal. Das hat meine Mutter immer gesagt.«

Høgda wiederholte für sich selbst: »Man lebt nur einmal.«

Tommy räusperte sich. »Sollte Farberg irgendwie versuchen, mit Ihnen Kontakt aufzunehmen, rufen Sie mich sofort an.«

»Warum Vilnius?«, fragte Høgda.

»Ich weiß es nicht. Waren Sie selber mal da?«

Høgda schüttelte den Kopf. »In Estland, ja, und Lettland. Aber nie in Litauen.«

Tommy hörte nur mit halbem Ohr zu.

»Warum ich?«, fragte Høgda. »Was habe ich getan?« Seine Stimme klang so selbstmitleidig, dass Tommy spontan hoffte, Farberg könnte Høgda als nächstes Opfer auserkoren haben. Vielleicht aus Eifersucht wegen dessen jahrelangen Verhältnisses mit Elisabeth Thorstensen.

»Ich weiß es nicht«, sagte Tommy. »Aber offensichtlich will er irgendwas von Ihnen.«

»Ich war vielleicht nicht immer ein Musterknabe, aber ich bin deshalb noch lange nicht bereit zu sterben«, sagte Høgda.

Hoffen wir mal, dass Sie darum herumkommen, dachte Tommy.

Teil 2

1

Der Flughafen von Vilnius erinnerte in seiner Bescheidenheit an Oslos ehemaligen Flugplatz Fornebu in den siebziger Jahren. Tommy Bergmann wartete an einem der beiden Gepäckbänder und überlegte, ob die Flughäfen in Osteuropa vielleicht so klein waren, weil die Menschen während des Kalten Krieges nicht reisen durften.

Er hatte seinen größten Koffer mitgenommen. Als er wenig später in die Ankunftshalle kam, wurde ihm bewusst, dass er vielleicht zu viel eingepackt hatte. Der Reaktion des norwegischen Botschaftssekretärs war jedenfalls zu entnehmen, dass das Gepäck für eine Dienstreise nach Litauen reichlich ungewöhnlich war. Da spielte es auch keine Rolle, dass er noch kein Rückflugticket hatte.

»Sieht fast so aus, als wären Sie zu Hause rausgeworfen worden«, sagte der Mann und stellte sich als Håkon Wessel-Hansen vor. Ohne zu fragen, nahm er Tommys Koffer und geleitete ihn zum Ausgang.

Wind und Sprühregen schlugen ihnen ins Gesicht, als die Schiebetüren sich öffneten.

Wessel-Hansen verstaute das Gepäck im Kofferraum eines neuen BMW 730. Die Regentropfen perlten auf dem maßgeschneiderten Anzug des Mannes ab. Er trug keinen Schlips, bestätigte ansonsten aber alle Vorurteile, die Tommy über Diplomaten hatte.

Wessel-Hansen strahlte das natürliche Selbstvertrauen aus, das man nur hatte, wenn man im ebenso sorglosen wie wohlhabenden Westen von Oslo aufgewachsen war. Es schien ihm wirklich vollkommen egal zu sein, was andere Menschen über ihn denken mochten.

Tommy ließ sich auf dem Beifahrersitz nieder und sah sich um. Es dämmerte bereits, aber irgendwie hatte er den Eindruck, dass die Umgebung auch bei Tageslicht ein durchweg graues Bild abgab.

Dass er in ein Land ohne Geld gekommen war, zeigte sich auf dem Weg ins Zentrum. Die Straße wurde gesäumt von heruntergekommenen Wohnblocks, an deren Fassaden der Putz abblätterte. Die mit Glas eingefassten Balkone standen voller Schrott: Pappkartons, Stühle, rostige Wäscheständer und zusammengerollte Teppiche.

»Einfacher Standard«, sagte Wessel-Hansen, als er sah, wie Tommy die trostlosen Häuserreihen studierte.

An einer roten Ampel verriegelte Wessel-Hansen die Türen.

»Sie können sich bestimmt verteidigen, aber das Einzige, was ich kann, ist reden und Champagnergläser halten.« Er lachte kurz und nickte in Richtung des alten Mercedes, der rechts vor ihnen stand.

Die jungen Männer, die im Wagen saßen, starrten das lächerlich teure Gefährt von Wessel-Hansen an.

»Wenn hier am Straßenrand einer eine Panne hat, hält keiner an, um es mal so zu sagen. Sonst sind Portemonnaie und Auto weg.«

»Kein Wunder, dass die in die EU wollten«, sagte Tommy. »Oder dass die großen Länder sie gerne in der EU haben wollten. Die Arbeitskraft wird hier nicht sonderlich teuer sein.«

Wessel-Hansen drückte das Gaspedal durch und ließ den Mercedes hinter sich. Die Tatsache, dass er locker dreißig Kilometer zu schnell fuhr, kümmerte den norwegischen Diplomaten nicht.

»Egal welches Gewerbe, ob horizontal oder vertikal, die Arbeit kostet fast nichts. Deshalb unterhalten wir hier auch eine Botschaft. Wir wollen der norwegischen Wirtschaft den Zugang zum Baltikum sichern. Und zu den besten Arbeitern hier. Wenn es die denn gibt, woran ich durchaus zweifle.«

»Sie hören sich so an, als wären Sie schon seit Breschnews Zeiten hier?«

»Zwei Jahre. Meine Frau ist im Winter mit den Kindern aber schon wieder zurück nach Norwegen gezogen. Sie hat es einfach nicht mehr ausgehalten. Besser, die sind zu Hause, als dass wir hier geschieden werden. Litauen ist so flach, dass Holland dagegen richtiggehend gebirgig wirkt. Wie die Rocky Mountains. Und jeden Winter regnet es ohne Unterlass, außerdem gibt es nirgendwo in Europa so viele Alkis wie hier, und auch die Selbstmordrate ist europäische Spitze. Die beiden einzigen Exportprodukte sind Kriminalität und Prostitution. Aber es gibt hübsche Frauen hier. Klein, aber fein.«

»Wie nett«, sagte Tommy.

»Und warum sind Sie hier?«

»Das ist streng vertraulich.«

Das Geheimste an der Sache war vermutlich, dass Tommy auf private Initiative in Litauen war. Nach dem überraschenden Besuch von Høgda war er ins Präsidium gefahren und hatte das Attest von Psychiater Osvold abgegeben. Dann hatte er von seinem Telefonanschluss im Büro aus die Botschaft in Vilnius angerufen und anschließend eine gefälschte Vollmacht geschickt. Und als ob das noch nicht genug gewesen wäre, hatte er einen englischen Brief verfasst und an die Polizei in Vilnius geschickt.

Tommy war das größte Risiko seines bisherigen Lebens eingegangen, hatte aber auf Anhieb die richtige Person getroffen. Wessel-Hansen war anzuhören, dass er sich in der sicher unattraktiven Botschaft zu Tode langweilte und mehr als bereit war, aus dem Büro herauszukommen und ein bisschen herumzuschnüffeln. Tommy brauchte einen Türöffner, wusste aber natürlich, dass es nur eine Frage der Zeit war, bis Wessel-Hansen misstrauisch werden würde. Spätestens wenn ihm bewusst wurde, dass Tommy nicht mehr hatte als eine Restaurantquittung, eine alte Zeitungsnotiz und Anders Rasks kryptische Äußerung, dass Farberg gerne über die tschechoslowakische Legion las.

Sein Trumpf waren natürlich die beiden Postkarten, die Høgda aus Vilnius geschickt worden waren, aber die musste Tommy für Fredrik Reuter und die anderen im Präsidium aufheben, wenn er mit dem in Handschellen gelegten Farberg zurück nach Oslo käme.

»Mein Freund«, sagte Wessel-Hansen. »Ich sterbe in diesem Trauerspiel von Land an Langeweile. Und Sie sagen mir nur, dass der Grund Ihres Aufenthalts *streng vertraulich* ist?«

Er lachte über sich selbst.

»Waren Sie schon mal in Švenčionys?«, fragte Tommy. Er glaubte, den Namen richtig ausgesprochen zu haben. »Wissen Sie, wo das liegt?«

Tommy hatte vor seiner Abreise über einen alten Bekannten vom Kriminalamt und dessen Interpol-Kontakt in Litauen ein paar Details über den makabren Leichenfund erhalten. Das Alter der getöteten Frau kannte er aber ebenso wenig wie die Art ihrer Verletzungen. Des Weiteren wusste er nicht, wie lange sie schon dort draußen gelegen hatte. Ihm war nur bekannt, dass die Frau in einem Nationalpark außerhalb der Stadt Švenčionys nahe der weißrussischen Grenze gefunden worden war.

»Keine Ahnung«, sagte Wessel-Hansen. »Bestimmt irgendein gottverlassenes Nest. Aber wenn es sein muss, finde ich den Ort. Das ist doch wohl klar.«

»Gut. Morgen müssen wir zur dortigen Polizeistation. Und wenn Sie hier im Land jemanden finden können, der mir etwas über die Sekte der Skopzen sagen kann, werde ich darüber nachdenken, Ihnen dieses Jahr eine Weihnachtskarte zu schicken.«

»Skopzen?«, fragte Wessel-Hansen. Er spuckte das Wort beinahe aus, als schmeckte es ihm gar nicht. »Nie davon gehört.«

»Die schneiden sich angeblich gegenseitig was ab, um erlöst zu werden.«

»Tja, ich würde mir so einiges abschneiden, um möglichst bald aus diesem Land zu kommen«, sagte Wessel-Hansen. »Ich werde sehen, was ich tun kann, aber dann müssen Sie mir auch sagen, warum Sie hier sind.«

»Im Moment kann ich Ihnen wirklich nur sagen, dass es vielleicht etwas mit dieser Skopzen-Sekte zu tun hat.«

2

Es dämmerte bereits, als Susanne Bech ihren Wagen endlich auf dem Parkplatz des Krankenhauses in Göteborg abstellte. Die einzige Abfahrt, die sie kannte und deshalb auch genommen hatte, war die zum Freizeitpark Liseberg, was sich dann allerdings als ziemlich ungünstig herausgestellt hatte. Sie war sich wirklich wie der dümmste Mensch auf Erden vorgekommen, als sie mit dem Autoatlas in der Hand an einer Bushaltestelle gestanden und gehofft hatte, irgendwo in der Nähe des Krankenhauses zu sein.

Irgendwann hatte sie ihren Stolz überwunden und sich von einem älteren Passanten den Weg erklären lassen.

Die Rechtsmedizin lag an höchster Stelle auf dem Krankenhausareal. Susanne war fast eine Stunde zu spät, aber Svante Turesson schien sich trotzdem einfach nur zu freuen, als sie auf der Treppe auftauchte. Er streckte ihr die Arme entgegen und blieb stehen.

Mit einem Mal herrschte peinliche Stille zwischen ihnen. Sie war der Distanz zwischen zwei Menschen geschuldet, die einmal miteinander intim gewesen waren, sich jetzt aber nicht mehr kannten.

»Wie schön, dich wiederzusehen, Susanne«, sagte Svante Turesson.

Sie ging ihm entgegen, nahm die letzten Stufen, und er

umarmte sie kurz, wobei sie gleich kurz und schmerzhaft spürte, wie falsch es gewesen war, mit Svein zusammengezogen zu sein. Sie brauchte einen Mann wie Svante Turesson.

»Morgen kommen zwei Norweger vom Staatlichen Kriminalamt«, sagte er und ließ sie los.

Susanne holte tief Luft. »Dass ich hier bin, muss unter uns bleiben. Das habe ich dir ja schon am Telefon gesagt.«

Susanne wurde klar, dass Svante innerhalb der schwedischen Kriminalpolizei Karriere gemacht haben musste. Eine einfache Geste mit der Hand reichte, um den Mann an der Rezeption zum Schweigen zu bringen, als dieser Susannes Legitimation sehen wollte. Sie stand jetzt in Svantes Schuld. Die Frage war nur, was er haben wollen würde.

Svante Turesson führte sie in ein Büro im ersten Stock des Gebäudes: dem Türschild nach eine Art Praktikantenzimmer. Auf dem Schreibtisch hatte Turesson Unterlagen und Fotos bereitgelegt.

»Ich dachte, dass du dir vielleicht erst einen Eindruck von den Ermittlungsunterlagen machen willst. In aller Ruhe. Kaffee?«

Svante Turesson versuchte, ihren Blick einzufangen, aber Susanne starrte auf die Fotografie von Vigdis Solberg, die mit einer Büroklammer an die Außenseite der Mappe geheftet worden war.

Warum sollte Farberg dich töten?

»Tja, dann halt keinen Kaffee«, sagte Svante Turesson. »Sag Bescheid, wenn du fertig bist. Und du bist dir wirklich sicher, dass du sie sehen willst?«

»Ja«, sagte Susanne. »Und doch, ich hätte schon gern einen Kaffee.«

»Einen Cortado gibt es hier aber leider nicht.«

Sie sah auf und begegnete seinem Blick.

»Du erinnerst dich wirklich an alles«, sagte sie.

»Wo wohnst du? Musst du heute Abend noch zurück?«, fragte er.

Sie zuckte mit den Schultern und schlug die erste Mappe auf. Ein vorläufiger Bericht. Vigdis Solberg war am Ufer des Västra Silen gefunden worden, in der Nähe von Ed in Dalsland. Ein Lastwagenfahrer hatte vor zwei Tagen morgens um sieben auf einem Rastplatz angehalten. Er war zum Pinkeln nach unten gegangen und war dabei auf die Gestalt aufmerksam geworden, die nur wenige Meter entfernt im Wasser gelegen hatte.

Svante Turesson kam mit einer glühend heißen Plörre in einem dünnen Pappbecher zurück. Er setzte sich auf den Besucherstuhl und lehnte sich zu ihr hinüber.

»Also, was glaubst du?«

Sie antwortete nicht.

»Was machst du eigentlich anschließend, Susanne?«

Sie schob sich die Lesebrille etwas höher auf die Nase.

»Mit dir essen gehen«, sagte sie.

Er lachte leise.

»Wie lange hat sie im Wasser gelegen?«

»Maximal ein paar Stunden. Wahrscheinlich ist sie vier oder fünf Stunden bevor sie gefunden wurde ermordet worden.« Turesson nahm einige Zettel aus der Mappe.

»Der vorläufige Obduktionsbericht kommt erst morgen, aber guck mal hier.«

Sie nahm die Zettel. Die Kommentare des Rechtsmediziners waren ins Reine geschrieben worden.

Abgetrennte Hände, las sie. Die nächsten Zeilen hätte sie lieber nicht gelesen, überrascht war sie aber nicht.

»Sie wurde heute Vormittag obduziert?«

»Ich verstehe nicht, warum du sie freiwillig sehen willst, aber das ist deine Entscheidung. Ich kann das auf jeden Fall für dich einrichten.«

Susanne nahm wortlos die Liste der Sachen, die an der Toten gefunden worden waren. Es war nicht viel. Sie war nackt gewesen und hatte lediglich ein altes Bernsteinarmband getragen. Die linke Hand hing noch am Handgelenk. Susanne betrachtete die Nahaufnahme des halb abgetrennten Handgelenks, der Schmuck klebte in dem tiefen Schnitt. Die rechte Hand fehlte. Das Handgelenk war schwarz, die Haut sah irgendwie geschmolzen aus.

Bernsteinschmuck, dachte sie.

»Warum hat ihr der Mörder das Armband nicht abgenommen?«, fragte Susanne. »Und die eine Hand entfernt, die andere aber nicht?« Sie hielt Svante Turesson eines der Fotos hin.

»Du bist dir wirklich ganz sicher, dass du sie sehen willst?«, fragte er.

»Ja«, antwortete Susanne und steckte sich die Lesebrille in die Haare.

»Das da kann Öl oder Teer sein«, sagte Svante Turesson und zeigte auf den Stumpf des rechten Arms. »Meine Theorie ist, dass der Mörder die Blutung zu stoppen versucht hat, nachdem er die Hand abgetrennt hatte. Es hat nicht geklappt, weshalb sie gestorben ist. Und dann hat er sie in den See geworfen.«

Er breitete eine Karte auf der Schreibtischplatte aus.

»Aber noch haben sich keine Zeugen gemeldet«, sagte er und berührte wie zufällig Susannes Hand, als er ihr den exakten Fundort zeigen wollte.

Susanne zog die Hand weg und studierte den Kartenausschnitt.

Die Frau war aus Kongsvinger verschwunden, einige Dutzend Kilometer von der schwedischen Grenze entfernt.

Susanne überflog den Ermittlungsbericht der dortigen Kollegen: Solberg war von einem Zeugen in einem Pub im Zentrum von Kongsvinger gesehen worden. Der Barkeeper hatte sie auf dem Zeitungsfoto erkannt und die Polizei angerufen. Vigdis Solberg war an einem gewöhnlichen Dienstagabend dort gewesen.

Der Barkeeper meinte, sie habe die Bar gegen halb zwölf verlassen und ihm gesagt, dass sie am nächsten Tag arbeiten müsse. Solberg habe am Tresen gesessen. Ansonsten seien noch zwei Gruppen junger Männer dort gewesen, die sich auf dem Großbildschirm ein Fußballspiel angesehen hätten. Die einzige andere Frau im Lokal sei mit einem Mann zusammen gewesen, den sie, wie der Barkeeper glaubte, erst an diesem Abend kennengelernt habe. Ein Stammgast der Bar. Die beiden seien kurz nach Vigdis Solberg gegangen.

Die Polizei hatte versucht, Kontakt zu dem Pärchen zu bekommen, doch bis jetzt ohne Erfolg. Der Mann – laut Aussage des Barkeepers ein gewisser Sigurd – wurde gesucht, hatte sich bis jetzt aber noch nicht gemeldet.

Susanne las weiter. Der Barkeeper glaubte sich daran zu erinnern, dass Vigdis Solberg der anderen Frau ein Kompliment für ein Schmuckstück gemacht habe, das diese getragen habe.

Irgendwo auf dem Weg nach Hause muss sie dann dem Mann begegnet sein, der sie getötet hat, dachte Susanne. So einfach und doch so kompliziert. Und wenn Tommy wirklich recht hatte, war dieser Mann Jon-Olav Farberg gewesen. Andererseits passte diese Frau nicht in Farbergs früheres Muster. Bisher hatte er noch keine Frau mittleren Alters getötet. Und wie sollte er sich in einer Kleinstadt wie Kongsvinger frei bewegen können? Um Weihnachten herum waren die Zeitungen voll gewesen mit Artikeln über ihn, und im Fernsehen war immer wieder sein Bild gezeigt worden. Diese Fotos waren noch im Unterbewusstsein der Menschen, da war Susanne sich sicher. Jemand musste ihn gesehen haben.

Aber wer der Täter auch war, überlegte Susanne weiter, er musste die Frau fast drei Wochen am Leben gehalten haben, bevor er sie ermordet hatte. Nur wo? Von Kongsvinger aus führten zwei Wege nach Schweden: Die E16 über die Ortschaft Torsby und weiter im Süden die Landesstraße 2 über Magnor.

»Magnor«, sagte sie zu sich selbst.

»Ist was?« Svante Turesson musterte sie.

»Ich weiß nicht. Dieser Name sagt mir irgendetwas, ich weiß aber nicht, wieso.«

»Magnor?«, hakte Turesson nach.

Vielleicht verband sie mit der Stadt nur die Glasfabrik. Nicolay und sie hatten zur Hochzeit von seiner Tante ein Set von teuren Weingläsern aus Magnor bekommen. Susanne hatte die Gläser nie gemocht und sie gemeinsam mit Nicolay aus ihrem Leben verbannt.

Sie schüttelte über sich selbst den Kopf.

»Es gibt noch eine dritte Möglichkeit«, sagte Turesson. »Er kann auf der norwegischen Seite bis unten nach Ørje gefahren sein und von dort über die E18 nach Årjäng.«

Svante breitete die Fotografien vom Tatort auf dem Schreibtisch aus.

Die Frau lag im Wasser. Das Handgelenk des rechten Armstumpfs war schwarz. Die linke Hand hing herunter. Ihre Erscheinung erinnerte in gewisser Weise an eine Schaufensterpuppe.

Als Susanne Nahaufnahmen des Gesichts betrachtete, beschlich sie das Gefühl, dass die Ermordete Aufmerksamkeit von Männern nicht gewohnt gewesen war. Vermutlich hatte sie eine leichte Beute dargestellt.

Und der Schmuck, dieses Armband? Hatte sie das selbst gekauft oder war es ein Geschenk des Mannes, der sie getötet hatte? Der Barkeeper aus Kongsvinger hatte nichts darüber gesagt, ob Solberg selbst Schmuck getragen hatte. Nur dass sie der anderen Frau ein Kompliment für deren Schmuck gemacht hatte.

Aber warum hatte sie das getan?

Hatte sie am Ende den Schmuck der anderen Frau bekommen und war dann getötet worden?

3

Es war dunkel geworden, als sie über eine der Brücken ins Zentrum fuhren. Tommy dachte, dass die Stadt Vilnius vielleicht besser war als ihr Ruf. Sie war nicht Paris, aber die hell erleuchteten Brücken, der Fluss und die funkelnden Lichter erfüllten selbst einen Mann wie ihn mit einer Sehnsucht, die er nicht in Worte fassen konnte. Psychiater Viggo Osvold hatte in der letzten Woche gesagt: »Wenn ich Sie reden höre, habe ich das Gefühl, dass Sie anderen Menschen gegenüber Minderwertigkeitskomplexe haben, vielleicht besonders Frauen gegenüber. Kann das sein?«

Tommy war ihm die Antwort schuldig geblieben.

»Zurzeit ist eine große EU-Konferenz in der Stadt, weshalb ich Probleme hatte, ein anständiges Zimmer für Sie zu finden. Ich habe Ihnen schließlich eine Suite im Reval gebucht«, sagte Wessel-Hansen.

Er parkte auf dem Platz vor dem großen weißen Hotel. Ein Neonschild auf der anderen Straßenseite weckte Tommys Interesse.

»Das ist ein Striplokal, aber ganz okay«, sagte Wessel-Hansen. »Die Mädchen sind in Ordnung. Also, habe ich mir sagen lassen.« Er lachte.

Der Diplomat ließ den Wagen direkt vor dem Eingang stehen und ging gemeinsam mit Tommy in die Lobby. Als ihm klar wurde, dass Tommy gar nicht vorhatte, mit ihm an die Hotelbar zu gehen, blieb er wie ein beleidigter kleiner Junge stehen. Tommy reichte ihm die Hand.

»Ich bin wirklich müde und muss ins Bett«, sagte er. »Wir sehen uns morgen.«

»Punkt sieben.«

»Eben drum«, sagte Tommy.

Oben in der Suite auf der vierzehnten Etage ließ er sich gleich aufs Bett fallen. Er stellte den Wecker und dachte, dass er wirklich mal versuchen sollte, bis zum Morgen durchzuschlafen. Es wäre das erste Mal seit Jahren.

Nach einer Viertelstunde gab er sein Vorhaben auf. Er trat ans Fenster, zündete sich eine Zigarette an und betrachtete die Lichter der Stadt.

Das Handy auf dem Nachttisch klingelte. Er wollte gar nicht wissen, wer es war. Statt den Anruf anzunehmen, öffnete er seinen Koffer und nahm die zwei Plastikbeutel mit den Postkarten aus Vilnius heraus.

Seele in Flammen, tanzendes Blut.

Sollte er Jon-Olav Farberg ganz allein finden? In diesem fremden Land?

Wäre er nicht so verflucht stolz, hätte er auf den Knien um Hilfe gebeten. Aber konnte er Menschen um Hilfe bitten, die indirekt damit drohten, ihn rauszuschmeißen – und das bei einem Fall, bei dem wirklich schon ein Kind sehen konnte, dass er recht hatte?

Wieder dachte er, dass Reuter die eine und Finneland die andere Karte fressen sollte, wenn er mit Jon-Olav Farberg nach Hause kam.

Als ob es seine Gedanken lesen könnte, begann das Handy erneut zu klingeln.

Fredrik Reuter, wer sonst?

Tommy nahm das Gespräch an. »Was machst du, Tommy?«

»Mein Arzt hat mich krankgeschrieben«, sagte Tommy.

Reuter schwieg.

»Aber danke für dein Interesse.«

»Lass den Quatsch«, sagte Reuter. »Ich sitze im Wagen vor deiner Wohnung. Wenn man krankgeschrieben ist, bleibt man doch wohl zu Hause, oder?«

»Gibt es keine anderen Sachen, über die du dir Sorgen machen kannst?«

»Mann, Tommy, sag mir nicht …«

»Anders Rask ist tot«, sagte Tommy. »Das sollte dich beschäftigen. Wer hatte da draußen in Sunnaas die Verantwortung für ihn? Er hat sein Handy zerstört und die SIM-Karte im Klo runtergespült, Fredrik. Was glaubst du, warum er das gemacht hat, bevor er sich das Leben genommen hat?«

»Du … also …«, begann Reuter, doch dann fehlten ihm die Worte.

»Du hast dich für Svein Finnelands Seite entschieden, Fredrik. Und du wirst mit ihm untergehen. Wenn es erst so weit ist, wird es zu spät sein, dann kannst du mir nicht mehr hinterherrennen. Wenn du Probleme mit meinem Attest hast, ruf Viggo Osvold an. Außerdem hast du mich zu ihm geschickt.«

»Wo genau bist du?«, fragte Reuter. Er begann sich aufzuregen und versuchte es mit Strenge. Bei einem Frischling von der Polizeihochschule hätte er damit vielleicht Erfolg gehabt, nicht aber bei Tommy.

Tommy legte auf und schaltete das Handy aus, bevor Reuter noch einmal anrufen konnte.

»Vergiss Amandas Eltern nicht«, sagte er vor sich hin

und starrte an die weiße Zimmerdecke. »Du denkst mehr an deine eigene Karriere als an sie oder an Amanda.«

Der Verkehr rauschte leise unten vor dem Hotelfenster. Für einen Moment wirkte es aber so, als kämen die Geräusche aus seinem eigenen Schädel. Er redete sich selbst ein, dass es ihm schon wieder besserging und er sicher keine Gehirnblutung hatte.

Er drückte die Zigarette im Aschenbecher auf dem Nachttisch aus.

Zurück am Fenster, ließ er seinen Blick noch einmal über die Lichter der Stadt schweifen. Alles wirkte so hoffnungslos. Er würde Farberg nicht finden, bevor dieser nicht gefunden werden *wollte.*

Wenn Farberg denn überhaupt noch am Leben war.

Nicht zweifeln, dachte er. Du darfst niemals zweifeln.

Nach einer weiteren Zigarette ging er einen Stock nach oben. Den Schildern im Aufzug hatte er entnommen, dass dort eine SkyBar sein sollte, und der Name hielt, was er versprach. Das Lokal erinnerte ihn an die Bar auf der Kielfähre, mit Panoramafenstern rundum. Er setzte sich auf einen Barhocker und bestellte ein Bier und einen Whisky Sour. Eine Zeitlang beobachtete er die Bewegungen des Barkeepers, das Eis, die Flasche Jim Beam, die Zitrone, doch dann ließ er den Blick durch den ziemlich verwaisten Teil des Lokals wandern, den er überblicken konnte. Zwei etwa dreißigjährige Prostituierte hatten ihn bereits ausgemacht, die eine platinblonder als die andere. Sie saßen an einem Fenstertisch und diskutierten, wer von ihnen einen Vorstoß bei dem Neuankömmling unternehmen sollte.

Er nickte ihnen zu und hob das Glas. Für einen Moment war ihm alles egal.

Die vermutlich Jüngere der beiden erhob sich und tat so, als ginge sie zum Tresen, um etwas zu bestellen, obwohl die Bestellungen eigentlich an den Tischen aufgenommen wurden.

Sie hatte hohe Wangenknochen und besaß etwas Katzenhaftes, wenn sie den Kopf auf die Seite legte.

»Schöne Aussicht, nicht wahr?«, sagte sie in ziemlich gutem Englisch.

Er nickte.

»Was möchtest du?«, fragte er.

Es wurde eine kleine Flasche Champagner.

»Was hat dich nach Litauen geführt?«, fragte sie und kletterte auf den Barhocker neben ihm. Für einen Moment hatte er den Eindruck, als glitzerten ihre Augen, als gäbe es tief da drinnen irgendwo Licht.

Daina, dachte er. Die junge Litauerin, die in Frogner ermordet worden war.

Diese Bar im Hotel Reval war das Beste, was Daina in ihrem Leben hätte erwarten können.

»Wie heißt du?«

»Tatjana.«

»Was bedeutet der Name eigentlich?«

Sie zuckte mit den Schultern und zog ein Päckchen Zigaretten aus ihrer Chanel-Tasche.

»Keine Ahnung. Hast du *Eugen Onegin* gelesen?«

Tommy schüttelte den Kopf. Er hatte keine Ahnung, wovon sie redete.

»Was ist das?«

»Ein Roman. Puschkin«, ergänzte sie.

Er gab ihr Feuer, und sie legte ihre Finger um sein Handgelenk. »Jeder in Russland hat dieses Buch gelesen. Tatjana ist die weibliche Hauptfigur.«

»Du bist Russin?«

Sie nickte.

»Also, nein, ich weiß nicht, was mein Name bedeutet.«

»Und worum geht es in diesem Buch?«

»Nun, in der Schule haben wir gelernt, dass es uns lehren soll, dass Liebe und Stolz unvereinbar sind.«

Tommy leerte sein Whiskyglas.

»Hört sich an, als wäre das exakt das richtige Buch für mich«, sagte er.

Sie berührte seinen Unterarm und lachte leise, fast ein bisschen schüchtern.

Er dachte, dass sie nur aus Geldnot in diesem Mist gelandet sein konnte. Aber waren sie das nicht alle? Bestenfalls.

»Ich mag dich«, sagte sie.

»Gehört es nicht zu deinem Job, alle zu mögen?«

»Stimmt, aber du hast irgendwas.«

Sie sah ihn lange an, als meinte sie es wirklich ernst. Das anzunehmen war naiv, ja, aber er konnte nicht anders. Dann wich er ihrem Blick aus und sah zu ihrer Freundin hinüber. Sie hatte eine Gruppe Geschäftsleute am anderen Ende des Lokals fokussiert.

»Jetzt habe ich dir ein bisschen über mich erzählt. Was ist mit dir? Was machst du hier?«

Er legte seine große Hand auf ihre zierliche. Als sie lächelte, kamen zwei Grübchen zum Vorschein. Ihre Zähne waren weiß, sicher gebleicht. Die Augen grün.

Ihr ganzes Wesen erinnerte ihn so sehr an Hege, dass er die Bar unmittelbar hätte verlassen sollen.

»Ich suche nach einem Serienmörder«, sagte er.

Erst lachte sie. Dann wurde ihr Gesicht ernst.

»Ich bin Polizist, und ich suche nach einem Serienmörder. Keiner glaubt mir, aber es stimmt. Deshalb trinke ich, weil mir kein Schwein glaubt.«

Sie schüttelte den Kopf und rutschte vom Barhocker. Ihre zierliche Hand nahm die Champagnerflasche.

»Danke dafür.«

»Warte«, sagte er. »Ich gehe jetzt.« Er nahm eine Serviette vom Tresen, zog einen Kugelschreiber aus der Tasche und schrieb ihr seine Zimmernummer auf.

»Komm in einer halben Stunde runter, wenn du bis dahin nichts Besseres gefunden hast.«

4

Der Weg nach unten in den Keller nahm kein Ende, als sollten die Besucher der Pathologie so viel Zeit wie nur möglich bekommen, sich die Sache noch einmal gründlich zu überlegen. Susanne dachte, dass sie schon ziemlich pervers veranlagt sein musste. Es hätte gereicht, sich die Obduktionsfotos anzusehen, aber sie wollte sichergehen, dass wirklich Farberg hinter der Schändung stand. Das Vorgehen wirkte zu klinisch, zu kalkuliert, es fehlte die Wut, die die Triebfeder der Morde gewesen war, die Anders Rask gestanden hatte, wenn die wahren Täter auch Elisabeth Thorstensen und Jon-Olav Farberg gewesen waren. Diese beiden waren nicht einmal davor zurückgeschreckt, Elisabeths eigene Tochter zu ermorden.

Susanne hatte immer wieder versucht, diesen Punkt zu verdrängen: Wie konnte eine Mutter ihre eigene Tochter töten oder dabei zusehen, wie sie misshandelt, geschändet und getötet wurde? Die Obduktionsfotos von der fünfzehnjährigen Kristiane Thorstensen gingen ihr nicht aus dem Kopf.

Die Verletzungen der etwas über fünfzig Jahre alten Frau aus Kongsvinger waren übel, aber nichts im Vergleich zu der Gewaltorgie, der Kristiane zum Opfer gefallen war. Sie sahen eher so aus, als hätte ein Medizinstudent einen chirurgischen Eingriff geübt, als hätte jemand versucht, dem Opfer seine komplette Weiblichkeit zu nehmen und ihm dann noch die äußersten Gliedmaßen zu amputieren, wie in einem grotesken Ritual.

Ein Chirurg, dachte sie.

Der Gedanke traf sie wie ein Schlag.

Es gab einen Chirurgen in diesem Fall: den Bruder von Kristiane Thorstensen. Er war achtzehn Jahre alt gewesen, als Kristiane 1988 verschwunden war. Und seine Aussage war fragwürdig. An dem Abend ihres Verschwindens hatte er für ein oder zwei Stunden kein Alibi gehabt.

Heute war dieser Mann Chirurg in Tromsø. Weit von Kongsvinger entfernt, weiter als jede andere norwegische Stadt. Sie verwarf den Gedanken. Wo sollte ein Mann, der in Tromsø wohnte, eine Frau aus Kongsvinger über mehrere Wochen verstecken können?

Die Toten lagen in gekühlten Wandschränken. Die Kälte war bedrückend, und der Formalingeruch raubte ihr fast den Atem. Der Arzt zog das blaue Laken von dem toten Körper.

Susanne atmete durch ihren Mundschutz.

Als Erstes fiel ihr die grobe Naht auf, mit der der Rechtsmediziner den Körper der Frau wieder geschlossen hatte. Dann der Schädel, geöffnet und wieder verschlossen. Mit alldem konnte sie leben, das war bei jeder Obduktion so. Ganz anders verhielt es sich mit dem verbrannten Stumpf der rechten Hand, den abgetrennten Brüsten und der fehlenden Vulva.

»Ausgenommen wie ein Fisch«, sagte Svante Turesson. »Ich habe dich gewarnt.«

Susanne schüttelte nur entsetzt den Kopf.

»Sie ist durch den Blutverlust ziemlich schnell gestorben«, sagte der Rechtsmediziner. »Vermutlich ist sie schon während des Tatverlaufs ... ohnmächtig geworden. Das hier halte ich übrigens für Öl.« Er zeigte auf das schwarze Handgelenk.

Susanne atmete noch schwerer und versuchte sich einzureden, dass die zunehmende Übelkeit von dem Formalingestank in dem gekachelten Raum und nicht von dem Anblick der Toten herrührte.

Als sie wieder an die Rezeption kamen, fühlte Susanne sich wie befreit. Sie ging nach draußen auf die Treppe und steckte sich eine Zigarette an. Svante Turesson blieb drinnen stehen und redete mit dem Mediziner.

Das war nicht Farberg, dachte Susanne. Die Frau war dreiundfünfzig, und die Verletzungen waren zwar grotesk, die Taten einer kranken Seele, aber Farbergs Handschrift sah anders aus.

Erleichtert ging sie die Treppe nach unten, trat aus dem Lichtkegel, legte den Kopf in den Nacken und schaute nach oben in den Himmel. Trotz all der Lichter der Stadt waren die Sterne deutlich zu sehen.

Sie hielt den Blick fest auf den Himmel gerichtet und dachte, dass sie an einem Punkt in ihrem Leben angekommen war, an dem sie nicht wusste, was sie sich wünschen sollte, wenn sie jetzt eine Sternschnuppe sähe.

Aus dem geplanten Essen wurden nur ein paar Drinks an der Bar des Hotels Elite Plaza, wo Susanne übernachtete.

Svein war in Brüssel, er war beschäftigt, aber hätte er sie nicht trotzdem kurz anrufen oder ihr eine Nachricht schicken können? Svante Turesson brachte sie nach oben zu ihrem Zimmer im zweiten Stock. Sie fielen zwar zusammen aufs Bett, waren aber seltsam gehemmt, es geschah nichts weiter. Er war geschieden, und sie ließ ihn in dem Glauben, noch immer mit Nicolay verheiratet zu sein.

Turesson schlief bald darauf noch angezogen ein. Sie schmiegte sich an ihn, blieb noch eine Weile wach.

Irgendetwas quälte sie. Ein unklares Bild auf ihrer Netzhaut. Eine Erinnerung? Sie bekam es nicht zu fassen.

Sie träumte von etwas Gelbem, Orangerotem, Rotem.

5

Mittwoch, 13. April 2005

Er hatte geträumt, dass Hege halb über ihm lag. Das Sonnenlicht glänzte auf ihren blonden Haaren.

Tatjana war wach und betrachtete ihn.

»Oh, verdammt«, sagte Tommy Bergmann leise, drehte sich um und blickte in einen wolkenlosen Himmel. Er hatte vergessen, die Gardine vorzuziehen. Irgendwann in der Nacht hatte er Tatjana gefragt, ob sie nicht bis zum Morgen bei ihm bleiben wolle. Jetzt war die Nacht vorüber.

Das Handy auf dem Nachttisch klingelte.

Es war fünf nach sieben.

Es war nicht die Weckerfunktion, es war Wessel-Hansen, der anrief.

»Oh, verdammt«, sagte Tommy noch einmal, meinte jetzt aber die Tatsache, dass er verschlafen hatte, und nicht, dass er die Nacht mit einer russischen Hure verbracht hatte.

»Sind Sie das?«, fragte Wessel-Hansen. »Ich stehe mir hier in der Lobby die Beine in den Bauch.« Der Diplomat lachte über sich selbst, anscheinend tat er das öfter.

»Sorry, ich springe nur noch kurz unter die Dusche.«

Tatjanas Parfüm erfüllte den ganzen Raum. Tommy wusste, dass er danach riechen würde, wie lange er auch duschte.

»*You're the boss.* Sie waren es, der früh anfangen wollte. Ich bin nur der Fahrer. Der Besuch bei der Polizei in Švenčionys muss übrigens noch warten. Die stellen sich quer. Die Bürokratie ist heute noch schlimmer als zu Sowjetzeiten. Es hat sich aber gezeigt, dass unsere verehrte Frau Botschafterin gute Kontakte zur hiesigen Uni hat. Wir haben um acht Uhr einen Termin mit irgendeinem alten Religionshistoriker. Die Rushhour ist hier morgens gar nicht so schlimm, Sie können sich für Ihre Dusche also ruhig zwanzig Minuten Zeit nehmen.«

»Das war eine gute und eine schlechte Nachricht«, sagte Tommy. »Wie viel haben Sie der Botschafterin gesagt?«

»Nicht mehr, als ich weiß, also nur, dass Sie etwas über diese Skopzen erfahren wollen«, sagte Wessel-Hansen. Er war neugieriger, als Tommy lieb war. Ein guter Helfer sollte wie ein guter Schlagzeuger sein: sowohl den Takt als auch die Klappe halten.

Tommy legte auf, zündete sich eine Zigarette an und ließ sich noch einmal nach hinten auf das Bett fallen.

»Ich muss los«, sagte Tatjana und rückte so weit von ihm weg, dass sie gerade nicht aus dem Bett fiel.

Er starrte wieder aus dem Fenster, versuchte, sie nicht zu beachten. Nicht darüber nachzudenken, dass sie im Zimmer war. Oder dass er, tief in seinem Inneren, nicht wollte, dass sie ihn verließ.

»Willst du Euro oder Litas?«, fragte er nach einer Weile.

Sie antwortete nicht.

Er beobachtete sie, als sie aus dem Bett stieg. Versuchte sich einzubilden, dass sie Hege nicht ähnlich war, sondern viel kleiner, zartgliedriger. Aber ihre Augen leuchteten wie Heges Augen. Sie waren gefährlich, er konnte darin ertrinken.

»Euro«, sagte Tatjana und zog den Tanga und die enge

Jeans an. Lange stand sie mit bloßem Oberkörper da, die Arme vor der Brust verschränkt, und versuchte, seinen Blick einzufangen. Sie legte den Kopf auf die Seite, wie sie es am Abend zuvor an der Bar getan hatte.

Wieder musste er an eine Katze denken.

»Sehen wir uns wieder?«, fragte sie.

Er zog schweigend an seiner Zigarette.

»Was meinst du mit wiedersehen?«, fragte er.

Sie zuckte mit den Schultern.

»Was ich gestern gesagt habe, stimmt«, sagte er.

»Und was hast du gestern gesagt?«

»Dass es ein Fehler ist, okay? Ich bin Polizist, das ist die Wahrheit. Für so etwas wie das hier kann ich rausfliegen.«

»Ich habe eine dreijährige Tochter in Smolensk, die ich seit drei Monaten nicht gesehen habe. Ihr Vater ist einfach abgehauen. Ich musste sie bei meiner Mutter lassen. Ich tue das hier, um Geld zu verdienen, weil ich zu Hause keine Arbeit finde, auf jeden Fall keine, von der ich leben kann. Ich will viel Geld verdienen, um ihr ein gutes Leben zu ermöglichen. Ich wollte Lehrerin werden, aber dann habe ich diesen Typ getroffen und bin wegen ihm nie wieder zur Schule gegangen. Ich wollte nicht für den Rest meines Lebens in der Platte wohnen.«

Tommy schälte sich aus dem Bett, nackt, wie er war, drückte seine Zigarette aus und holte die Geldbörse aus der Jacke, die über dem Stuhl hing.

»Glaubst du, ich will so leben?«, fragte sie.

Er legte die Börse auf den Schreibtisch, der vor dem Fenster stand.

»Was ich glaube, spielt keine Rolle«, sagte Tommy.

Der Anblick der Stadt überraschte ihn. Sie war so grün, bestimmt die grünste Stadt, die er je gesehen hatte. Ganz am Ende seines Blickfelds ragten ein paar weiße Wohnblocks in die Höhe, Relikte aus der Sowjetzeit, ansonsten wirkte die Stadt eher zentraleuropäisch.

»Wie lange wirst du hier sein?«, fragte sie hinter ihm und streichelte seinen Rücken.

Ich bin nicht dein Ticket in den Westen, dachte er. Außerdem habe ich Sachen gemacht, von denen du nichts wissen willst. Die ich selbst am liebsten vergessen würde.

»Ich muss unter die Dusche«, sagte er. »Lass die Finger von den Karten, aber nimm dir so viel Cash, wie du willst.«

Er schloss die Badezimmertür hinter sich.

»Du glaubst mir nicht«, hörte er durch die Tür. »Denkst du etwa, ich würde dich beklauen? Ich bin nicht einfach irgendeine Schlampe, Tommy! Hörst du mich?«

Er ließ sich von dem heißen Wasser fast die Haut verbrühen.

Als er aus dem Bad kam, war Tatjana zum Glück gegangen.

Er zog sich an, machte sich eine Tasse Kaffee, zündete sich eine Zigarette an und scherte sich nicht darum, dass er Wessel-Hansen warten ließ.

Er nahm die Geldbörse vom Schreibtisch und wurde auf den Zettel aufmerksam, der zwischen den zwei Postkarten steckte, die Morten Høgda geschickt worden waren. Ein zusammengefaltetes Blatt aus einem Notizblock. Das Hotellogo war darauf abgedruckt.

Er schlug es auf. Tatjana hatte ihm ihre Telefonnummer hinterlassen.

Håkon Wessel-Hansen wartete in der Lobby. Er sah demonstrativ auf seine Armbanduhr, ehe er seine Kaffeetasse leerte.

»Spät geworden gestern?«, fragte er mit einem sarkastischen Unterton.

Ein Fluss teilte die Stadt. Als sie über die Brücke fuhren, machte Wessel-Hansen kurz halt.

»Die Stadt sieht bei Tag besser aus«, bemerkte Tommy.

Zwei breite Straßen führten auf den jeweiligen Seiten des Flusses entlang, gesäumt von alten Bäumen mit saftig grünem Laubwerk.

»Sie müssen nicht alles glauben, was ich sage«, sagte Wessel-Hansen. »Die Menschen hier sind ganz okay.«

»Sagen Sie mir was, was ich noch nicht weiß«, erwiderte Tommy.

6

Sie hasteten über den gepflasterten Universitätsplatz, um doch noch rechtzeitig zu ihrem Termin zu kommen. Der Universitätskomplex erinnerte Tommy eher an die Toskana als an Osteuropa, und prompt kam ihm der Gedanke, dass er nicht an die Toskana denken durfte, weil die ihn an Hege und ihren gemeinsamen Urlaub dort erinnerte. Und plötzlich dachte er auch wieder an Tatjana, und an die wollte er auch nicht denken. Obwohl sie nur eine gemeinsame Nacht gehabt hatten, hätte er sie am liebsten einfach mit nach Norwegen genommen. Um ihr dort … ja, um ihr dort … was für ein Leben bieten zu können? Ein Leben, wie er es Hege geboten hatte?

»Sie können viel über Litauen sagen«, begann Wessel-Hansen, während er mit langen Schritten über den Campus eilte, »aber die Uni hier ist ein paar hundert Jahre älter als unsere zu Hause in Oslo. Aber wir Norweger sind ja auch nur ein Haufen von Bauern, das wissen Sie, Tommy, nicht wahr? Noch vor zwei Generationen liefen die meisten von uns von Hof zu Hof und bettelten um Arbeit. Und sehen Sie uns jetzt an: eine Bande von Emporkömmlingen, die Taschen voller Geld vom Öl, die hierherkommen, um sich volllaufen und von Huren verwöhnen zu lassen.«

Er legte Tommy den Arm um die Schulter und führte ihn eine der steilen Steintreppen hoch. Tommy hoffte, dass Wessel-Hansen nicht Tatjanas Parfüm roch oder bemerkte, dass er rot geworden war.

»Wir müssen hier hoch«, sagte Wessel-Hansen. »Ich war mal bei einem Empfang hier. Das war damals so langweilig, dass ich drauf und dran war, aus dem Fenster zu springen. Hoffentlich wird das heute besser.«

Darius Garulaitas sah aus wie Ende sechzig. Er war Professor für Religionsgeschichte und Dekan der humanistischen Fakultät.

Der Mann lächelte freundlich, aber distanziert, als fürchtete er bereits die Fragen, die der Norweger ihm stellen könnte.

»Napoleon hat das Gebäude auf seinem Weg nach Moskau annektiert«, sagte Garulaitas und zeigte aus dem Fenster.

Tommy tat so, als interessierten ihn die Ausführungen des Professors über die Geschichte von Vilnius. Der weißhaarige Mann lächelte wie der Moderator eines Kinderprogramms in den Achtzigern. Aber vielleicht hätte Tommy genau dasselbe getan, hätte er ein Büro wie Garulaitas gehabt. Der Raum war sicher vierzig Quadratmeter groß und erinnerte an die Kulisse eines Harry-Potter-Films. Mit Deckenmalereien, Stäbchenparkett, Eichenpaneelen an den Wänden, Ölgemälden und Unmengen von Büchern. Es fehlte nur noch die ausgestopfte Eule auf dem riesigen Schreibtisch, die sich irgendwann dann doch als lebendig erwies.

»Aber Sie sind ja nicht gekommen, um mit mir über Napoleon zu sprechen. Die Botschafterin hat gesagt, dass Sie etwas über die Skopzen erfahren möchten?«, fuhr Garulaitas in beinahe perfektem Englisch fort. Tommy musste an etwas denken, das Fredrik Reuter einmal zu ihm gesagt hatte: »Hüte dich vor Osteuropäern, die perfektes Englisch sprechen. Die Wahrscheinlichkeit, dass sie in Wahrheit Agenten sind, liegt bei nahezu hundert Prozent.«

Garulaitas machte eine Handbewegung in Richtung der Sitzgruppe in der Ecke des Raumes. Der Tisch war für drei gedeckt, mit Kaffee und Croissants.

»Wir versuchen, einen Termin mit der Polizeibehörde in Švenčionys zu bekommen«, sagte Wessel-Hansen und hob die hauchdünne Porzellantasse an. »Mein Freund von der Osloer Polizei kann Ihnen sicher mehr sagen. Mir will er nichts verraten.«

»Ich darf leider nicht viel preisgeben«, sagte Tommy. »Aber ich arbeite an einem Fall in Norwegen, der Verbindungen nach Litauen haben kann.«

»Was für Verbindungen?«, fragte Garulaitas und zog die Augenbrauen zusammen. Seine Augen wirkten wacher, als es Tommy lieb war. »Ich kann Ihnen leider nicht bei irgendwelchen Polizeiermittlungen helfen.«

»Vielleicht können Sie uns aber etwas über die Sekte der Skopzen mitteilen?«, fragte Tommy. »Und über die Frau, die vor kurzem im Nationalpark gefunden wurde. Wissen Sie mehr über den Fall? Sie soll übel zugerichtet gewesen sein.«

Garulaitas kramte in seinen Taschen herum und fand schließlich das Taschentuch, das er suchte. Er putzte sich die Nase, wobei er Tommys Blick standhielt. Dann schob er das Stofftaschentuch umständlich wieder zurück in sein Sakko.

»Ich weiß nicht mehr als das, was in den Zeitungen stand. Und das war nicht viel.«

»Was glauben Sie, wie wurde sie getötet?«

Garulaitas wiegte bedenklich den Kopf. »Ich will nicht spekulieren.«

»Okay, vergessen Sie die ermordete Frau«, sagte Tommy. »Erzählen Sie uns etwas über diese Skopzen-Sekte.«

»Na ja, die sind schon vor langer Zeit ausgestorben«, sagte Garulaitas. Er nickte bekräftigend, als reichte das, um die beiden Norweger zu überzeugen.

»Und da sind Sie sich ganz sicher?«, fragte Tommy.

»Hören Sie«, sagte Garulaitas. »Wir Litauer waren die letzten Heiden in Europa. Mit der Folge, dass wir danach katholischer wurden als der Papst. Die Religionsgemeinschaft der Skopzen stellt eine Form des Christentums dar, die die Katholiken nicht dulden. Die sind wirklich verrückt, Herr Bergmann.«

»Sie sagen *sind* verrückt, gleichzeitig betonen Sie, dass es diese Sekte nicht mehr gibt? Seit wann gibt es sie denn nicht mehr? Und wie lange hat es sie gegeben?«

Garulaitas atmete schwer. Vermutlich war ihm in seinem wollenen Sakko zu warm, auf seiner Stirn zeichnete sich ein Schweißfilm ab.

»Zum ersten Mal trat die Sekte 1771 in Orjol in Erscheinung, der Ort war damals übrigens litauisch, liegt heute aber im südlichen Russland. Ein Bauer namens Kondrati Seliwanow glaubte, Gottes Sohn zu sein. Er und ein zweiter Bauer, Iwanow, brachten andere Bauern dazu, sich kastrieren zu lassen. Die meisten wurden von der Geheimpolizei des Zaren nach Sibirien vertrieben, aber es waren erst die Kommunisten, die diesen sogenannten Christen wirklich den Garaus gemacht haben. Die Skopzen sind ausgerottet, mein Freund. Ein paar der Vertriebenen sind unter Stalin nach Rumänien geflohen, aber sie praktizieren ihren Glauben nicht mehr, ganz einfach weil es sie nicht mehr gibt. Und zu Ihrem Kommentar: Ich habe mich nicht exakt ausgedrückt. Ich meinte, dass diese Sektenmitglieder verrückt *waren.*«

»Ich habe irgendwo gelesen, dass es nicht einmal Stalin gelungen ist, sie vollständig auszurotten«, sagte Tommy.

»Das ist dann falsch«, sagte Garulaitas. »Die Russen sind seit Jahrhunderten besessen von extremen Ideologien, egal ob religiös oder politisch. Rasputin hätte ein Vorkämpfer der Skopzen sein können, aber er hat früh erkannt, dass der Zar ihn dann nach Sibirien verbannt hätte. Die Zaren hatten Angst vor religiösem Extremismus, trotzdem gab es schließlich sogar im Winterpalast Anhänger der Skopzen-Sekte, darunter hohe Beamte, Offiziere und Adelige. Stellen Sie sich mal vor, wie es wäre, die Macht an weißgekleidete Menschen zu verlieren, die das Matthäusevangelium wirklich wörtlich auslegen.«

»Wie meinen Sie das?«

»Es wäre äußerst peinlich für die Russen gewesen, da das Land sich ja als moderner Staat zeigen und dem Westen öffnen wollte. Ein modernes Land, in dem sogar die Elite zum Extremen neigt? Zu einem Extremismus, der an frühgeschichtliche Heiden erinnert? Dass es Stalin nicht gelungen ist, sie auszurotten oder zu vertreiben, stimmt einfach nicht.«

»Und an was haben diese Skopzen-Leute geglaubt?«

»Dass Enthaltsamkeit von jeder Form der Sexualität ihnen Erlösung bringen würde. Im Matthäusevangelium heißt es: *Es ist besser, dass du zum Leben lahm oder als Krüppel eingehst, denn dass du zwei Hände oder zwei Füße hast und wirst in das höllische Feuer geworfen.* Die Skopzen haben das wörtlich genommen.«

»Für mich klingt das fast so, als wollten sie die Unterschiede zwischen den Geschlechtern entfernen.«

»Keine schlechte Deutung«, sagte Garulaitas. »Die Sektenmitglieder meinten, die ganze Bosheit der Menschen stecke in der körperlichen Schönheit und der sexuellen Attraktivität. Sie forderten sexuelle Enthaltsamkeit, trotzdem sind einige Mitglieder auch noch in die Sekte aufgenommen worden, nachdem sie Kinder bekommen hatten. Auch Ehen waren erlaubt, aber natürlich nur unter Eunuchen. Die Extremsten haben sich nicht mit der Kastration begnügt, um Erlösung zu finden, sie haben sich gegenseitig auch noch Gliedmaßen abgetrennt, meistens Hände, aber auch Füße, und in manchen Fällen sogar ein Auge ausgestochen.«

»Wenn das schon den Russen peinlich war, wie peinlich muss es dann einem modernen, westlich orientierten Litauen sein, sollte es diese Sekte doch noch geben? Kann das Land Mitglied in der EU sein, wenn es hier noch Leute gibt, die sich gegenseitig Geschlechtsorgane, Hände und Füße abschneiden?«, fragte Tommy. »Schauen Sie sich mal diesen Artikel an. Anonyme Quellen haben angegeben, dass die Polizei eine Razzia gegen eine Sekte durchgeführt hat.«

Er schob dem Professor eine Kopie der *Aftenposten*-Seite zu.

Garulaitas lächelte, ohne das Blatt in die Hände zu nehmen.

»Die internationale Presse liebt es doch, negativ über ein kleines Land wie Litauen zu schreiben. Sie sollten nicht alles glauben, was in der Zeitung steht. Ich kann mich nur wiederholen: Die Skopzen-Sekte gibt es nicht mehr. Der letzte bekannte Vorfall war in den siebziger Jahren.«

Tommy verzog keine Miene.

»Sie glauben noch immer, dass die Frau aus dem Nationalpark von Skopzen getötet wurde?«, fragte Garulaitas.

»Die Sache ist die: Ich suche nach einem Mann, von dem ich glaube, dass er hier im Land war. Und ich glaube, dass er ein dreizehnjähriges Mädchen bei sich hat. Es gibt gewisse Anhaltspunkte dafür, dass das etwas mit dieser Sekte zu tun haben könnte.«

Garulaitas schluckte. Dann beugte er sich vor und hob die Kaffeetasse an.

»Dreizehn Jahre?«, sagte er. »In einem extremen, und damit meine ich wirklich äußerst extremen Flügel der Sekte glaubte man daran, dass Männer von ihren sexuellen Sünden befreit werden können, von ihrer Schuld im Allgemeinen, wenn sie eine Jungfrau heiraten, die noch keine vierzehn Jahre alt ist.«

Auch Tommy beugte sich vor. Für einen Moment hätte er fast das Gleichgewicht verloren.

»Das Mädchen musste dafür beschnitten werden, in Ausnahmefällen trennte man ihm auch Hände und Füße ab. Außerdem musste es im Zeichen des Widders geboren sein. Eine merkwürdige Mischung aus Christentum und Astrologie. Ich meine, glauben Sie an Astrologie?«

»Wir sind jetzt im Zeichen des Widders«, sagte Wessel-Hansen. »Das geht bis zum 20. April, oder?«

Tommy stand auf und sah beinahe automatisch auf seine Armbanduhr. Amanda Viskveen war am 18. April 1991 geboren worden. An dieses Datum erinnerte er sich besser als an seinen eigenen Geburtstag. Sie wird am Montag vierzehn, dachte er. In fünf Tagen. Sollte sie noch am Leben sein, musste er sie vor Sonntag finden.

Montag wäre es zu spät.

»Ist Ihnen klar, was Sie da sagen?«

Garulaitas schüttelte den Kopf. »Ich wollte damit nicht sagen, dass …«

Tommy schob den Couchtisch zwischen ihnen zur Seite, so dass das Porzellan klirrte.

Wessel-Hansen sprang auf, als wäre er mit einem Mal ein Verbündeter Tommys.

Tommy war kurz davor, Garulaitas am Kragen zu packen und hochzuziehen.

»Das Mädchen, das ich suche, wird am Montag vierzehn. In fünf Tagen, verstehen Sie? Wenn sie noch am Leben ist, muss ich sie spätestens am Wochenende finden. Wenn Sie irgendwelche Informationen zurückhalten …«

Tommy ließ den Satz unvollendet.

»Herr Bergmann, ich tue mein Bestes«, sagte Garulaitas.

Wie zum Henker konnte Farberg wissen, dass Amanda ein Widder war?, fragte Tommy sich. Durch das Handballtraining, natürlich. Farberg hatte als Trainer bestimmt Zugriff auf die Geburtsdaten gehabt.

Noch einmal rechnete Tommy die Tage durch. Wenn sie bis Montag nicht geschändet und verstümmelt war, hatte Farberg keine Verwendung mehr für sie.

Sie war bereits so gut wie tot.

Wie konnte jemand einen solchen Eingriff überleben?

»Aber wer traut denn einen derart sündigen Menschen mit einem jungen Mädchen? Ein gewöhnlicher Priester tut so was doch nicht!«, sagtc Tommy.

Garulaitas sackte auf seinem Stuhl immer weiter zusammen. Tommy war jetzt doppelt so groß wie der Professor, und für einen Moment sah es so aus, als wollte er sich auf den Mann stürzen und ihn aus dem Fenster werfen, wenn dieser ihm nicht endlich die Antworten gab, auf die er wartete.

»Das kann nur jemand, der Seliwanows Rolle als Gottes Sohn übernommen hat.«

»Und wer ist das?«

Garulaitas sah aus, als wollte er im Polster seines Stuhls verschwinden. Tommy hatte sich vor ihm aufgebaut und starrte auf ihn hinab.

»Wer?«

»Ich weiß es nicht.«

»Wenn das Mädchen erst vierzehn ist, ist sie nicht mehr zu gebrauchen. Das ist richtig, oder?«

Garulaitas nickte vorsichtig.

Tommy trat einen Schritt zurück. Er versuchte, seine Gedanken zu sortieren.

Zuerst musste er in das Restaurant, in dem Farberg mit diesem geheimnisvollen R und einer dritten Person gegessen hatte.

»Wenn ich Ihnen den Buchstaben R nenne, denken Sie dann an eine bestimmte Person?«

»R? Nein, wer sollte das sein?«

Professor Garulaitas machte Anstalten aufzustehen, aber Tommy drückte ihn zurück auf den Stuhl.

»Ich will Ihnen eine letzte Chance geben«, sagte Tommy zu Garulaitas. »Sind Sie sich wirklich sicher, dass Sie niemanden kennen, der noch heute Anhänger dieser Sekte ist? Ich glaube, dass die Hochzeit hier im Land stattfinden soll. Was meinen Sie?«

Er hockte sich vor dem Professor hin, legte den Kopf etwas zur Seite und zog die Augenbrauen hoch. Etwa so, wie wenn er mit einem Kind spräche, von dem er wusste, dass es ihm kaum die Wahrheit sagen würde.

»Die Skopzen-Sekte ist in Litauen ausgestorben. Da bin ich mir ganz sicher, Herr Bergmann.« Garulaitas lockerte seinen Krawattenknoten. Dann holte er sein Taschentuch hervor und wischte sich die Stirn ab.

Tommy zeigte auf Garulaitas' Hals und sagte: »Wenn Sie mich anlügen, komme ich zurück und ziehe Ihnen den Schlips stramm. Ein für alle Mal, verstehen Sie?«

7

Das famose Restaurant Totorino, in dem Jon-Olav Farberg mit zwei Unbekannten gegessen hatte, lag in der Totoriugatve in der Altstadt. Es war von der Uni aus leicht zu Fuß zu erreichen.

Dieses Mal war es Wessel-Hansen, der mit Tommy kaum Schritt halten konnte.

Tommy ging mit langen Schritten über den Platz mit der Kathedrale und dem frei stehenden Glockenturm. Der Diplomat versuchte, zu ihm aufzuschließen, kam aber kaum an ihn heran.

»Was hatten Sie denn vor?«, fragte Wessel-Hansen. »Wollten Sie ihn aus dem Fenster hängen lassen? Ich muss Sie wirklich bitten, sich etwas zu zügeln, Tommy. Wir kriegen Schwierigkeiten, wenn Sie so weitermachen.«

»Ich dachte, Sie wollten Ihren Posten hier sowieso gern loswerden«, sagte Tommy. Er bog nach links ab, überquerte eine stark befahrene Straße, manövrierte sich zwischen zwei langsam fahrenden Wagen hindurch und erreichte schließlich den Beginn des Kneipenviertels der Altstadt.

»In diesem Land kann man für Geld alles kaufen, das stimmt doch, oder?«, fragte er Wessel-Hansen. »Aber aus Garulaitas, fürchte ich, müssen wir die Antwort herausprügeln.«

Das Restaurant lag in einem etwas heruntergekommenen eingeschossigen Haus. Trotzdem ein anscheinend teurer Laden, der von der Einrichtung und dem Namen her an ein intimes italienisches Restaurant erinnerte, obwohl auf der Speisekarte eher französische Brasseriegerichte standen.

»Geschlossen, war ja klar«, sagte Tommy zu Wessel-Hansen. Es war kaum neun Uhr morgens. Sie sahen nur eine Putzfrau, die einem traurigen Dokumentarfilm über die miesen Lebensbedingungen in Osteuropa entsprungen zu sein schien. Ihre Haare waren notdürftig blondiert, und ihre Zähne hatten auch schon mal bessere Zeiten gesehen, dabei war sie kaum älter als vierzig.

Tommy klopfte.

Er versuchte, ihr die Fotografie von Jon-Olav Farberg zu zeigen, aber sie schüttelte nur den Kopf.

»Wann kommt Ihr Chef?«, fragte Wessel-Hansen auf Englisch. *»Boss?«*

»Later, later.«

Wessel-Hansen legte Tommy die Hand auf die Schulter und nickte in Richtung der anderen Straßenseite.

»Setzen Sie sich in das Café dort drüben, Sie können da warten, bis jemand kommt, der etwas zu sagen hat. Ich fahre in der Zwischenzeit in die Botschaft und erledige ein paar Telefonate.«

Tommy ging die Straße auf und ab und zeigte in den ansässigen Geschäften das Foto von Jon-Olav Farberg herum. Das Resultat war wie erwartet niederschmetternd. Er wartete anderthalb Stunden im Café Vitas und holte in dieser Zeit immer wieder den Zettel von Tatjana heraus. Sollte er sie anrufen und bitten, ins Café zu kommen? Aber nein, das konnte er nicht tun. Oder doch?

Schließlich tauchten zwei Männer vor dem Restaurant auf, in dem Farberg gegessen hatte. Tommy war aus dem Café gestürmt, noch ehe sie die Tür aufgeschlossen hatten.

»Haben Sie diesen Mann schon einmal gesehen?«, fragte er und hielt ihnen das Foto von Farberg hin.

Ohne Erfolg. Keiner der beiden erinnerte sich an den Mann, der hier im letzten Sommer ein Entrecote gegessen hatte.

»Warum fragen Sie?«, wollte einer der Männer wissen.

Tommy antwortete nicht, schrieb ihm aber seine Handynummer auf.

Etwas entfernt hupte ein Auto.

Die drei drehten sich um und sahen Wessel-Hansens protzigen BMW auf den Bürgersteig rollen. Der Diplomat schaltete den Warnblinker ein und stieg aus.

»In diesem Land kann sich niemand so ein Auto leisten, ich frage mich nur, warum es dann keine Parkplätze mehr gibt«, sagte er.

»Vielleicht gibt es da ja einen Zusammenhang«, erwiderte Tommy.

»Sie sollten Ihr Telefon einschalten. Ich habe mehrmals versucht, Sie anzurufen«, sagte Wessel-Hansen.

Tommy nahm sein Handy heraus und schaltete es widerwillig ein.

Tatsächlich, der Diplomat hatte viermal versucht, ihn zu erreichen. Aber er hatte auch zwei unbeantwortete Anrufe von Morten Høgda, den er sofort zurückrief.

»Haben Sie weitere Postkarten bekommen?«, fragte Tommy.

»Nein.«

»Was ist dann los?«

»Ich habe einen anonymen Anruf erhalten. Und jetzt

kriege ich es wirklich mit der Angst zu tun. Ich bin übrigens gerade in Stockholm«, sagte Høgda.

»Von einer unbekannten Nummer?«

»Ja, es war eine Frau.«

»Eine Frau?«

Høgda schwieg.

Tommy sah zu Wessel-Hansen, der ihm wie wild zuwinkte.

Er legte die Hand auf das Mikrofon des Handys.

»Wir haben erst morgen die Gelegenheit, mit der Polizei in Švenčionys zu reden«, sagte Wessel-Hansen und hielt wie ein italienischer Fußballspieler, der seine Unschuld beteuerte, beide Arme vor sich. »Wir machen das morgen, gehen wir jetzt lieber was essen.«

»Morgen ist es zu spät. Das muss noch heute klappen, verstehen Sie? Sonntag kann sie schon tot sein.«

»Die haben da allem Anschein nach irgendeine Übung.«

»Eine Übung? Polizisten haben doch keine Übungen.«

»Entschuldigung?«, sagte Morten Høgda.

Tommy hatte ihn für einen Moment vollkommen vergessen. Er hatte den Verdacht, dass Høgda bluffte und nur seine Aufmerksamkeit wollte.

»Sie sind also von einer Frau angerufen worden«, sagte Tommy.

»Ja, ich glaube schon. Das heißt, ich bin mir sicher.«

Tommy schüttelte den Kopf, Morten Høgda ging ihm langsam wirklich auf die Nerven.

»Hat sie was gesagt?«

»Vielleicht sollte ich um Polizeischutz bitten.«

Tommy gab Wessel-Hansen ein Zeichen, jetzt nichts zu sagen.

»Sie wollen Polizeischutz?«

»Ja, das muss doch was mit diesem Fall zu tun haben«, sagte Høgda und murmelte einen Namen.

»Was?« Tommy verstand erst nicht, was Høgda gesagt hatte.

»Amanda.«

»Sie sind von einer unbekannten Frau angerufen worden und meinen jetzt, das hätte was mit Amanda zu tun?«

»Sie verstehen nicht«, sagte Høgda. »Amanda. Das hat sie gesagt. Amanda. Nur dieses eine Wort.«

8

Schmeckt euch das Essen nicht?«, fragte Svein und sah für einen Moment eher wie ein beleidigter Teenager als wie ein Mann über fünfzig aus.

Nach einem späten Essen in Brüssel am vergangenen Abend hatte er den Morgenflug genommen, eine Stunde im Büro verbracht und war dann direkt nach Hause zu Susanne gekommen, was im Laufe der zwei Monate, die sie jetzt zusammenwohnten, noch nie vorgekommen war. Er hatte sogar Essen gekocht, wenn auch nur mittelmäßige Spaghetti mit Hacksoße.

Vielleicht war ihr deshalb so wenig wohl in ihrer Haut. Hatte er in Brüssel wirklich ein Geschäftsessen gehabt? Oder hatte er die Nacht mit einer anderen Frau verbracht?

Einmal untreu, immer untreu.

Aber in diesem Punkt durfte sie ihm nun wirklich keine Vorwürfe machen!

»Ich habe einfach keinen Hunger«, sagte sie.

Verdrängung war einer der primären psychischen Verteidigungsmechanismen, und in diesem Fach war sie eine wahre Meisterin.

Das hatte mit Svein gar nichts zu tun.

Schon den ganzen Tag versuchte sie, nicht an die Frau in Göteborg zu denken, was ihr eigentlich ganz gut gelungen war, bis Tommy sie aus Litauen angerufen hatte.

Sie wusste nicht, was sie mehr entsetzte: die tote Frau in Schweden oder die Tatsache, dass Morten Høgda einen Anruf von einer Frau bekommen hatte, die nur den Namen »Amanda« gesagt hatte.

Letzteres konnte sie wirklich kaum glauben.

Tommy hielt es nicht für unwahrscheinlich, dass Høgda langsam durchdrehte. Er hatte ihr aber auch von den Postkarten aus Vilnius erzählt, die Høgda erhalten hatte, und die existierten wirklich. Trotzdem war Tommy sich nicht sicher gewesen, ob er alles für bare Münze nehmen konnte.

Tommy wollte, dass Susanne mit Høgda sprach, wenn er aus Stockholm zurück war, einfach um sicherzugehen, dass er nicht im Begriff war, den Verstand zu verlieren.

Ansonsten war Tommy nicht sonderlich mitteilsam gewesen. Er hatte ihr aber versichert, dass Jon-Olav Farberg sich irgendwo in Litauen befinde und dass er ihn eigenhändig nach Norwegen zurückbringen werde, tot oder lebendig, um ihn Fredrik Reuter auf den Schreibtisch zu werfen.

»Und kein Wort zu deinem Lover«, hatte Tommy gesagt. »Sonst sperren sie mich noch in irgendeine Klapse.«

Susanne hatte Morten Høgda noch am Nachmittag angerufen und mit ihm geredet. Er hatte glaubwürdig geklungen, wie seltsam seine Geschichte über die Frau, die nur »Amanda« gesagt hatte, auch war.

Susanne konnte sich kaum noch beherrschen, und es war ihr mehr und mehr egal, dass Svein explodieren würde, wenn er herausfände, dass sie langsam, aber sicher auf Tommys Seite wechselte. Andererseits kam Morten Høgda erst am Abend des nächsten Tages aus Stockholm zurück, und bis dahin konnte sie kaum etwas tun.

Eine Hand streichelte ihr über die Wange.

»Ich räume später auf«, sagte Svein und begann, sie zu massieren, erst den Rücken, dann die Schultern.

Sie schloss die Augen und versuchte, den Gedanken ziehen zu lassen, wie sie es einmal in einem Zen-Yoga-Kurs gelernt hatte: Lass einen Gedanken herein, lass ihn durch den Kopf kreisen und auf der anderen Seite wieder ziehen.

Auch wenn es ihr nicht gelang, alle Gedanken aus dem Kopf zu bekommen, es beruhigte sie, dass Jon-Olav Farberg auf der anderen Seite der Ostsee war – wenn er denn noch lebte.

Farberg hatte es nicht auf sie abgesehen. Oder auf Mathea, wie sie es sich in ihren schlimmsten Stunden eingebildet hatte.

Svein beugte sich über sie und küsste ihren Hals.

»Du bist heute so anziehend«, sagte er.

So viel zum Thema Zen-Yoga, dachte Susanne.

Sie hatte Svein überschätzt. Er hatte sie in Brüssel nicht betrogen und deshalb Hausmann gespielt. Er war einfach ein simpel gestricktes Wesen. Vermutlich dachte er, dass er für den Sex auch mal eine Gegenleistung bringen müsste.

»Komm, lass uns nach oben gehen«, sagte sie und nahm seine Hand. Sie musste wirklich mal auf andere Gedanken kommen.

Sie liebte den heimlichen, verstohlenen Sex, besonders seit sie Mathea bekommen hatte. Die Spannung und die Ungewissheit, ob sie von Markus oder Mathea unterbrochen werden würden, ließen sie alles doppelt intensiv erleben.

Svein nahm sie von hinten, als wäre er noch fünfundzwanzig und nicht Jahrgang 1950. Susanne schlug mit dem Kopf gegen das Vorderteil des Betts. Für einen Moment dachte sie, dass ihr eigener verfluchter Vaterkomplex sie fickte oder dass sie mit Svein nur zusammengezogen war, um ihre Mutter zu bestrafen. Dann konzentrierte sie sich darauf, nicht vor Svein zum Höhepunkt zu kommen.

Nachdem er sie zu einem Orgasmus geleckt hatte, der intensiver war als die der letzten Wochen, blieb er halb über ihr liegen, als wäre er die Frau und sie der Starke, Unverwundbare, an den man sich klammern konnte. Das milchige Licht des Frühlingsabends fiel auf ihren Unterarm. Sie studierte die Bewegungen ihrer eigenen Hand, als sie Svein über den Rücken streichelte, und registrierte seinen Atem, als wäre es der ihre.

»Ich hätte nicht gedacht, dass ich jemals jemanden wie dich finden würde«, sagte er.

Sie antwortete nicht, drückte ihn aber noch fester an sich, bevor bleierne Müdigkeit sie überkam.

Das ist die Geschichte von Susanne Bech, dachte sie. Gestern Nacht in den Armen des Schweden, heute in Sveins Armen. Aber mit Svante war ja nichts passiert. Wo also war das Problem?

Für einen Augenblick fasste der giftige Gedanke Fuß, dass die Eingangstür unten im Erdgeschoss nicht abgeschlossen sein könnte. Sie versuchte sich damit zu beruhigen, dass das nur wieder ihr posttraumatisches Stresssyndrom war, andererseits wusste sie ganz genau, dass sie Psychopharmaka brauchen würde, wenn das so weiterging.

Sie beobachtete Svein, als er seine Unterhose und dann seine Hose anzog.

So ein Leben habe ich immer haben wollen, sagte sie zu sich selbst.

»Schlaf ein bisschen«, sagte Svein.

Sie fühlte sich seltsam ruhig, und für einen Moment

dachte sie, dass ihr Leben wirklich gut war. In Gedanken hörte sie Matheas Lachen, es klang anders als früher. Dienstag wurde sie sechs, sie war jetzt kein kleines Kind mehr, sondern würde schon bald in die Schule gehen.

»Übrigens«, sagte Svein. Er hatte die Tür geöffnet und hielt gedankenverloren die Klinke in der Hand. Von unten waren die leisen Geräusche des Fernsehers zu hören.

»Markus hat gesagt, dein Telefon habe heute Nachmittag dreimal geklingelt.«

Er lächelte sie an, als wollte er unterstreichen, dass sie das alte Festnetztelefon ausrangieren sollte, das sie unbedingt hatte behalten wollen, als sie von Oslo-Grønland zu ihm gezogen war.

»Ja, und? Warum?«

»Weil da keiner dran war.«

Susanne schloss die Augen, und mit einem Mal war die tote Frau in dem Metallschrank in Göteborg wieder auf ihrer Netzhaut.

»Dreimal?«, fragte sie und zog sich die Decke bis zum Kinn.

»Ja, das hat er gesagt. Vermutlich hat sich da bloß jemand verwählt.«

Doch nicht dreimal hintereinander, dachte Susanne.

Sie wartete, bis Svein unten in der Küche verschwunden war, zog sich an und schlüpfte lautlos über die Treppe nach unten, als wollte sie nicht, dass er sie hörte.

Ihr Telefon stand auf der alten Kommode, die Svein vor Jahren in einem Gebrauchtwarenladen erstanden hatte. Sie schloss die gläsernen Flügeltüren zum Wohnzimmer, wo Markus und Mathea vor dem Fernseher saßen.

Sie wusste, dass die letzten zehn Nummern in umgekehrter Reihenfolge gespeichert waren, sowohl für angenommene wie auch für getätigte Anrufe. Trotzdem spürte sie den Widerstand in sich, der ihr sagte, dass sie ein besseres Leben haben würde, wenn sie nicht herauszufinden versuchte, wer sie angerufen hatte.

Die oberste Nummer war die ihrer Mutter in Asker, sie hatte während des Essens angerufen. Die drei davorliegenden Anrufe kamen von derselben Nummer, die sie aber nicht kannte. Es war eine Osloer Nummer.

Noch ehe sie es bereuen konnte, hatte sie die Auskunft angerufen.

Der Mann im Callcenter wiederholte langsam die Ziffern, als wäre Susanne zurückgeblieben und müsste bedient werden wie ein Kind.

»Das ist die Nummer vom Hotel Fønix in der Dronningens gate«, sagte die Stimme am anderen Ende.

Für einen Moment fühlte Susanne sich wie schwerelos. Warum sollte sie jemand dreimal hintereinander aus dem Fønix anrufen?«

9

Es war halb neun, als sie in der Dronningens gate den Wagen parkte. Sie blieb sitzen und ließ Christopher Cross zu Ende singen: »*It's all right, I think we're gonna make it.*« Aus irgendeinem Grund ließ der Song sie unglaublich sentimental werden. Sie erinnerte sich noch an den rosa Flamingo auf dem Cover der Kassette, die bei ihren Eltern im Auto gelegen hatte, als sie noch klein war. Damals hatte sie noch eine Schwester gehabt und auch keine Anrufe aus irgendeinem schäbigen Stundenhotel bekommen, wenn nur ihr Stiefsohn zu Hause war.

Das nimmt kein gutes Ende, dachte sie, stieg aus dem Wagen und ging in Richtung Hotel, dessen rotes Neonschild ihr entgegenstrahlte.

Junkies und Säufer traten bei ihrem Anblick einen Schritt zur Seite. Diese Menschen besaßen äußerst feine Antennen für Polizisten, da konnte Susanne sich noch so viel Mühe geben, zivil auszusehen.

Sie schob sich an drei dunkelhäutigen Huren vorbei, die vor einem Asia-Take-away standen und sich von ihr nicht stören ließen.

Wie viele andere im Präsidium dachte auch Susanne, dass der Bereich vom Bahnhof bis zum Fjord und nach oben bis zum Egertorget von der Polizei und den normalen Menschen nach Einbruch der Dämmerung regelrecht aufgegeben worden war. Wenn es dunkel war, regierten hier die Dealer, Drogensüchtigen, Huren und Säufer. Und die Person, die sie am Nachmittag zu Hause bei sich in Grefsen angerufen hatte.

Sie zog die Tür des Hotels Fønix auf und stieß beinahe mit einer Frau zusammen. Sie war in ihrem Alter, stark parfümiert und geschminkt, trug einen Kunstpelz mit Leopardenmuster und kniehohe Stiefel. Ein Fettwanst mittleren Alters beugte sich über den Tresen der kleinen Rezeption.

Susanne ließ sich auf das Chesterfield-Sofa fallen, das auch schon bessere Tage gesehen hatte. Der Rezeptionist wurde sofort auf sie aufmerksam. Er war groß und dünn, und seine Wangen waren eingefallen wie bei den Junkies draußen auf der Straße.

Der Fette beklagte sich über die Preise.

»Hier«, sagte der Rezeptionist und schob etwas über den Tresen, vielleicht einen Geldschein.

Susanne stand auf und machte ein paar Schritte in Richtung der Treppe, die nach oben führte. Ihr Puls ging schneller.

Es konnte doch nicht so sein, wie sie sich das vorstellte.

»Kann ich Ihnen helfen?«, kam es von hinten. Die Stimme war laut und ließ keinen Zweifel daran, dass sie nicht willkommen war.

Der Rezeptionist stand an den Tresen gelehnt da und sah sie an. Er hatte große dunkle Ringe unter den Augen und ließ keinen Zweifel daran, dass Susanne Bech nicht der Mensch war, mit dem er an diesem Frühlingsabend reden wollte.

Susanne Bech holte ihren Notizblock aus der Tasche.

»Ist das die Telefonnummer dieses Hotels?«

Der Mann nahm den Zettel entgegen, ohne sie aus den Augen zu lassen.

»Wer will das wissen?«, brummte er.

Sie legte ihren Dienstausweis auf den Tresen.

Der Rezeptionist atmete schwer.

»Haben Sie nichts anderes zu tun?«

»Könnten Sie bitte meine Frage beantworten? Und mir Ihre Gästeliste zeigen.«

Der Rezeptionist trommelte eine Weile mit seinen nikotingelben Fingern auf die Tischplatte. Der Anblick war so abstoßend, dass Susanne sich sofort gelobte, in dieser Woche keine Zigarette mehr zu rauchen.

»Es gibt nur ein Zimmer mit Telefon«, sagte er. »Ganz oben, im Dachgeschoss. Nummer 501.«

Susanne kaute auf ihren Wangen herum.

»Die Nummer stimmt, vielleicht jemand, der Sie nicht vergessen kann?« Er tippte etwas in die Tastatur, woraufhin ein alter Nadeldrucker die Gästeliste ausspuckte.

Susanne spürte, wie trocken ihr Mund war. Ihr Kopf rauschte, als hätte sie zu hart trainiert.

Sie wusste ganz genau, dass jedes Hotel seine Gäste registrieren musste, dass Norweger sich im eigenen Land aber nicht auszuweisen brauchten. Einige trugen sich als Donald Duck oder Keith Richards ein und kamen damit immer wieder durch.

»Sie wohnt noch hier«, sagte der Rezeptionist und hielt ihr den Ausdruck hin.

Susanne spürte, wie ihre Knie weich wurden. Damit hatte sie nicht gerechnet.

»Sie?«

»Soll ich sie anrufen? Wo ist das Problem?«

Susanne nickte in Richtung der altmodischen Zimmerschlüssel, die an der Wand hingen. »Sie ist nicht da.«

Der Rezeptionist drehte sich schnell um. Dann wandte er sich wieder an Susanne: »Okay, aber Frau Bechmann hat nicht ausgecheckt. Wird nach ihr gefahndet?«

»Was haben Sie gesagt?«, fragte Susanne und spürte ein Zittern, als würde sie Fieber bekommen.

Er reichte ihr den Ausdruck.

Der Rezeptionist hatte den Namen umkreist.

Susanne Bechmann, las sie.

»Bechmann«, sagte sie leise vor sich hin. »Mit ch.«

»Kennen Sie die?«

Susanne schüttelte den Kopf und sagte noch einmal leise den Namen.

»Geben Sie mir den Schlüssel«, sagte sie und streckte die Hand aus.

Der Mann schüttelte den Kopf.

Sie nahm ihr Handy aus der Tasche.

»Ich kann dieses Loch hier in fünf Minuten räumen lassen, darüber sind Sie sich doch wohl im Klaren?«

Er sah sie an wie einen streunenden Hund, der sich ins Hotel verirrt hatte.

Sie wählte eine der gespeicherten Nummern.

»Geben Sie mir den diensthabenden Staatsanwalt«, sagte sie.

Der Rezeptionist breitete die Arme aus.

»Ich gebe mich geschlagen.«

Susanne stürmte die schmale, steile Treppe hoch, und mit jedem Schritt schienen ihre Schuhe tiefer in dem rot gemusterten Teppich zu versinken. Als sie schließlich vor der Tür des Zimmers 501 stand, war ihr Puls so hoch, dass sie sich für einen Moment an den Türrahmen lehnen musste.

Erst als der Schlüssel ins Schloss glitt, dachte sie daran, dass sie unbewaffnet war und außer dem nicht gerade vertrauenerweckenden Mann an der Rezeption niemand wusste, wo sie war.

Sie riss die Tür so schnell auf, dass sie an die Wand des Flurs knallte.

Das Doppelbett war ungemacht.

Sie ging einen Schritt ins Zimmer und stellte sogleich fest, dass kein Gepäck im Raum war.

Die Badezimmertür war angelehnt.

»Hallo?«, sagte sie leise und realisierte, wie dumm das alles klang. »Susanne Bechmann«, zischte sie durch die Zähne und stieß die Badezimmertür auf.

Mit der linken Hand tastete sie nach dem Lichtschalter.

Es dauerte ein paar Sekunden, bis sie die Buchstaben wahrnahm, die mit Lippenstift auf den Spiegel vor ihr geschrieben worden waren.

Sie wird ihn erlösen.

Susanne lief ein Schauer über den Rücken. Sie trat einen Schritt zurück, um aus dem Bad zu kommen, stolperte aber über die Türschwelle und streckte die rechte Hand nach hinten aus.

»Hallo?«, hörte sie eine Stimme hinter sich.

Susanne hob den Blick und sah im Spiegel das anämische Gesicht von Elisabeth Thorstensen.

Erst ein paar Sekunden später erkannte sie den Mann von der Rezeption.

»Fassen Sie nichts an«, sagte sie, drehte sich um und drückte ihn zur Seite. »Sie wird nicht wieder hierher zurückkommen.«

Susanne trat ans Dachfenster. Sie zog den Stuhl heran, der neben dem Bett stand, kletterte darauf, öffnete das Fenster und beugte sich nach draußen.

Die Geräusche der Stadt erfüllten den Raum, weit entfernt war eine Polizeisirene zu hören, ein Bus bremste, jemand hupte, Stimmen. Der Himmel über ihr war tiefschwarz. Es sah aus, als würde es bald zu regnen anfangen. Dreizehn oder vierzehn Meter unter ihr lag die Dronningens gate. Richtung Osten stauten sich ein paar Autos, Menschen standen vor den Kneipen und rauchten, ein paar Säufer grölten etwas, ein Junkie taumelte über die Fahrbahn, und die Huren standen noch immer dort, wo sie zuvor gestanden hatten.

Als das Handy in ihrer Jackentasche klingelte, zuckte sie zusammen und hätte fast das Gleichgewicht verloren. Sie rettete sich ins Zimmer und nahm es aus der Tasche.

Eine unbekannte Handynummer.

Sie begegnete dem Blick des Rezeptionisten und deutete ihm mit dem Zeigefinger an den Lippen an, jetzt den Mund zu halten.

»Hallo?«, sagte sie.

Ihr Blick zuckte zurück ins Bad, und wieder lief ihr ein Schauer über den Rücken.

Am anderen Ende war nur Atmen zu hören, nicht obszön, eher so, als liefe jemand schnell über eine Straße. Auf hohen Absätzen.

Sie schloss das Fenster, und die Straßengeräusche verschwanden. Doch nein: Sie waren noch immer da, Susanne hörte sie im Telefon.

Eine Ampel piepte. Sie war auf Grün gesprungen.

Die Frau musste gesehen haben, wie sie ins Hotel gegangen war.

Vielleicht hatte sie in einer der Kneipen auf der anderen Straßenseite gesessen.

»Reden Sie mit mir«, sagte Susanne.

Die Verbindung wurde unterbrochen.

»Mist«, schimpfte sie.

Noch einmal schob sie den Rezeptionisten zur Seite, einfach um die Angst, die sich langsam in Frust verwandelt hatte, unter Kontrolle zu bekommen. Sie riss die Tür auf und rannte über die schmale Treppe nach unten.

Ein paar Sekunden später war sie draußen auf der Dronningens gate. Sie hastete zwischen den Autos hindurch, die an der Ampel zur Karl Johans gate warteten. Aber die Bürgersteige waren zu voll, sie konnte die Menschen nicht auseinanderhalten.

Ganz davon abgesehen wusste sie ja nicht einmal, wen sie suchte.

Wie viele Fluchtwege hatte die Frau, die sich als Susanne Bechmann ausgegeben hatte? Vier, dachte sie, bis zum Abzweig, dann wieder vier und so weiter und so weiter.

Ihr zu folgen hatte keinen Zweck. Außerdem hatte Susanne keine Ahnung, wer ihre unbekannte Namensschwester sein konnte. Sie glaubte an keinen Zufall. Bechmann? Eine Kombination aus ihrem eigenen und Tommys Nachnamen.

Ein paar Junkies wechselten die Straßenseite, als sie sie sahen. Der Rezeptionist stand mit fragend ausgebreiteten Armen auf der Treppe vor dem Hotel.

Sie ging zurück. »Wie alt war diese Frau?«, fragte Susanne.

»Schwer zu sagen. Ich war nicht da, als sie eingecheckt hat, aber ich glaube, das war die, die vor einer Stunde gegangen ist. Vielleicht auch nur vor einer halben. Ende fünfzig, würde ich sagen.«

»Haarfarbe?«

Er wiegte den Kopf. »Eine Art Blond, Dunkelblond, schöne Haare.«

»Trug sie Schmuck, vielleicht aus Bernstein? Ein Armband?«

»Ein Armband?«

»Hatte sie so was?«, fragte Susanne und trat einen Schritt auf ihn zu.

Er antwortete nicht gleich.

Dann nickte er.

»Vielleicht. Das kann schon stimmen.«

»Dann ist das dieselbe Frau«, rutschte es Susanne heraus.

Sie nahm ihr Handy und rief die Einsatzzentrale an, bevor sie sich wieder auf den Weg zum Hotelzimmer 501 machte.

Ihre Beine brannten, als sie erneut die Zimmertür aufriss.

Nichts.

Unten von der Straße war eine Polizeisirene zu hören. Der Laut beruhigte sie etwas. Sie war nicht mehr allein.

Danach ging sie ins Bad. Auch die mit Lippenstift geschriebenen Buchstaben hatten ein wenig von ihrem Schrecken verloren.

Sie wird ihn erlösen.

Susanne ging zurück ins Zimmer. Links neben dem Bett stand ein Nachtschränkchen.

Spontan musste sie daran denken, dass Tommy im Hotel in Suttestad einen Zettel im Nachtschränkchen gefunden hatte, wie er meinte, eine Botschaft von Farberg.

Vorsichtig zog sie die Schublade auf.

Das darf doch nicht wahr sein, dachte sie.

Ein weißer, unbeschrifteter Umschlag kam zum Vorschein.

Susanne setzte sich aufs Bett, nahm ihn und tastete ihn vorsichtig ab. Er enthielt etwas Flaches, Längliches.

Sie öffnete ihn.

Eine alte Maxell-Kassette kam zum Vorschein. Im Textfeld standen vier Ziffern, jeweils getrennt durch einen Zwischenraum.

2 4 0 0.

Teil 3

1

Donnerstag, 14. April 2005

Botschaftssekretär Wessel-Hansen hatte auf der gut achtzig Kilometer langen Fahrt von Vilnius nach Švenčionys beinahe ohne Unterlass geredet. Die kleine Stadt lag im Nordosten der Hauptstadt unweit der weißrussischen Grenze.

Tommy war ausnahmsweise einmal ausgeschlafen. Der Versuch, aus der Polizei in Vilnius irgendetwas Vernünftiges herauszubekommen, war gescheitert, er war immer wieder an die Behörde in Švenčionys verwiesen worden. Daraufhin hatte er gemeinsam mit Wessel-Hansen in der Altstadt zu Abend gegessen und war dann früh ins Bett gegangen. Das Handy hatte er ausgeschaltet. Er wollte sich selbst davon abhalten, Tatjana anzurufen, und weitere Telefonate mit Fredrik Reuter verkraftete er jetzt auch nicht.

Alles, was er sich vorgenommen hatte, würde implodieren, wenn Susanne schwach wurde und sich Svein Finneland oder Fredrik Reuter anvertraute. Aber Tommy hatte einen Trumpf in der Hinterhand: Høgdas Postkarten aus Vilnius. Sollte Høgda selbst in den Strudel geraten und Farberg ihn auf irgendeine Weise töten, würde Tommy ihm keine Träne nachweinen.

Er mochte den Mann nicht, und vielleicht hatte er ihn deshalb in Verdacht, die angebliche Anruferin erfunden zu haben.

Tommy verdrängte den Gedanken. Sein Kopf war so voll von abstrusen Phantasien, dass er sich manchmal fragte, ob die Welt ohne ihn nicht ein besserer Ort wäre.

Er tat so, als hörte er Wessel-Hansen zu.

Die weite, offene Landschaft aus Feldern und Wiesen wurde hier und da unterbrochen durch dichte Laubwälder. Eine Landschaft wie geschaffen für brutale Kriege; Deutsche und Russen hatten sich hier seit dem Mittelalter immer wieder blutige Schlachten geliefert.

Wessel-Hansen sprach von Massakern während des Zweiten Weltkriegs und von den Folterkammern des KGB in den Kellern von Vilnius. Er meinte, dass dieses Land seit der Christianisierung durch den Deutschritterorden im 13. Jahrhundert nichts als Leid erfahren habe.

»Ja, hier lebt man wirklich auf der Sonnenseite«, sagte Wessel-Hansen. »Fehlen nur noch Sonnenöl, ein paar Drinks und Musik von Demis Roussos.«

Er wandte sich Tommy zu und lachte über seinen eigenen Scherz.

Švenčionys überraschte Tommy mit einem äußerst gepflegten Erscheinungsbild. Was die Instandhaltung ihrer Innenstädte betraf, waren die Litauer offensichtlich fähiger als manche reichen Länder.

Das Zentrum bestand aus einer großen weißen Kirche sowie niedrigen Stadthäusern und alten Holzbauten, die Tommy an eine Fernsehserie erinnerten, die er vor langer Zeit gesehen hatte. Darin hatte ein Zar Menschen, die er nicht mochte – und das waren ziemlich viele –, einfach die Augen ausgestochen.

Wessel-Hansen manövrierte seinen BMW auf einen der Parkplätze vor der Polizeistation.

Tommy spürte seinen Puls steigen, als er aus dem Auto stieg. Nicht weil er so gespannt auf das Resultat der Besprechung war, sondern weil er sich wie ein Kaufhausdieb auf dem Weg zum Ausgang fühlte. Dabei war er ein guter Schauspieler: Immerhin war es ihm gelungen, Hege über zehn Jahre hinweg zu misshandeln, ohne sich nach außen etwas anmerken zu lassen. Jetzt hatte er ein Dokument gefälscht und in der Botschaft angegeben, aus offiziellem Grund hier zu sein. Hatte er eigentlich noch alle Tassen im Schrank? War seine Furcht, als Fälscher ertappt zu werden, wirklich größer als damals seine Angst, als brutales Schwein entlarvt zu werden, das seine Frau misshandelte?

Er hatte die Hilfe von Psychiater Viggo Osvold weiß Gott bitter nötig.

Warum war ihm dieser Fall so wichtig? Konnte er nur Frieden finden, wenn er einen Mann schnappte und aus dem Verkehr zog, der schlimmer war als er selbst?

Es zeigte sich, dass die Englischkenntnisse auf der Polizeistelle nicht sonderlich gut waren. Wessel-Hansen erklärte der Beamtin am Empfang die Situation, so gut er konnte.

»Möglicherweise gibt es einen Zusammenhang mit einigen Morden in Norwegen«, sagte er. »Verstehen Sie?« Er zeigte auf das gefälschte Dokument und nannte den englischen Namen der Kripos: *The National Criminal Investigation Service.* Sein norwegischer Akzent war stärker, als es sich für einen Mitarbeiter des Außenministeriums gehörte. Wessel-Hansen erinnerte Tommy eher an einen schwedischen Fremdenführer als an einen Diplomaten.

»Was für eine Trulla«, sagte Wessel-Hansen, lächelte Tommy zu und reichte ihm das gefälschte Schreiben.

Tommy warf einen Blick auf die gefälschte Unterschrift von Fredrik Reuter. Sie war gar nicht so schlecht. Außerdem gab es in ganz Litauen niemanden, der wusste, wie Fredrik Reuter seinen Namen schrieb.

Sie blieben in dem großzügigen Empfangsbereich sitzen und warteten. Der Marmorboden, die Messingtische und der große Kronleuchter unter der Decke des Raumes erinnerten Tommy an eine alte Bank oder ein Telegrafengebäude, wie es sie früher in Oslo gegeben hatte.

Nach einer Stunde wurden sie von einem höheren Beamten, einem gewissen Kamiński, empfangen.

»Pole«, flüsterte Wessel-Hansen. »Die halbe Stadt ist polnisch.«

Kamiński war fast so groß wie Tommy. Sein Gesicht ließ deutlich erkennen, wie überflüssig er den Besuch von Tommy und Wessel-Hansen fand. Er deutete vage in Richtung der beiden Besucherstühle vor dem massiven Edelholzschreibtisch.

»Nun«, sagte er und lehnte sich zurück. »Was kann ich für Sie tun?«

Wessel-Hansen ergriff das Wort. Nach ein paar einleitenden Phrasen reichte er Kamiński den Brief, von dem er nicht wusste, dass Tommy ihn selbst verfasst hatte.

Kamiński setzte eine alte Lesebrille auf, zwirbelte seinen Schnauzbart und überflog den kurzen Text.

Als er zum Ende gekommen war, sah er die beiden Norweger wie ein Direktor an, der zwei Schüler maßregeln musste.

Tommy dachte, dass Kamiński alt genug war, um seine Polizeiausbildung und seine ersten Dienstjahre als Polizist noch in der Sowjetunion gemacht zu haben. Sein Englisch war gut, möglicherweise handelte es sich auch bei ihm um einen früheren Agenten.

»Erwarten Sie etwa, dass ich das ernst nehme?«, fragte Kamiński. »Muss ich Ihnen wirklich erklären, wie internationale Polizeizusammenarbeit funktioniert?«

»Haben Sie das Fax vom norwegischen Kriminalamt nicht bekommen?«, fragte Tommy.

Kamiński schob die Unterlippe vor und schüttelte den Kopf. Dann griff er zum Telefonhörer, ließ Tommy aber nicht aus den Augen.

Er grunzte ein paar Kommentare in den Hörer. Tommy suchte fieberhaft nach einer Alternative, fand aber keine. Er konzentrierte sich auf ein Foto, das hinter dem Beamten hing. Es zeigte einen jungen Kamiński, der dem litauischen Nationalhelden Vytautas Landsbergis die Hand schüttelte. Tommy erinnerte sich an Landsbergis' Gesicht. Es war in den dramatischen Januartagen 1991, als Litauen versucht hatte, sich von der Sowjetunion zu lösen, oft in den Medien gewesen.

»Und wann soll dieses Fax geschickt worden sein?«

»Dienstag«, sagte Tommy.

Kamiński schüttelte den Kopf.

»Heute ist Donnerstag, kein Fax.«

»Können Sie uns etwas über die Frau sagen, die im Nationalpark gefunden wurde?«, versuchte Tommy es.

Kamiński atmete schwer aus.

»Tut mir leid. Sie müssen die richtigen Formulare bringen. Bis dahin müssen Sie Ihr Glück in Vilnius versuchen.«

»In Vilnius haben sie uns gesagt, dass wir hierhin müssen. Sie können ein dreizehnjähriges Mädchen retten, Herr Kamiński.«

»Ich habe genug damit zu tun, mich selbst zu retten«, sagte Kamiński. »Versuchen Sie es in Vilnius. Die Zuständigkeit liegt da.«

»Es gab eine Razzia bei einer Sekte. Welchen …«

»Das klärt sich schon«, sagte Wessel-Hansen und bedachte Tommy mit einem strengen Blick.

»Versuchen Sie es in Vilnius«, wiederholte Kamiński noch einmal. »Vielleicht sagen die Ihnen da ja was, was sie mir nicht gesagt haben? Wir stehen nicht gerade auf gutem Fuß miteinander.« Kamiński lächelte traurig, als wünschte er sich insgeheim, mehr preisgeben zu können.

Erst als sie wieder draußen bei Wessel-Hansens BMW standen, kam Tommy auf das Offensichtliche.

Wessel-Hansen wollte etwas sagen und öffnete schon den Mund, aber Tommy hob die Hand, um ihn zum Schweigen zu verdonnern.

2

Sie nutzten den privaten Kassettenrekorder der Polizeichefin, einen alten, verstaubten Grundig, den sie noch im Regal hinter ihrem Schreibtisch stehen hatte.

Hanne Rodahl hielt die Kassette vorsichtig zwischen Daumen und Zeigefinger, als wollte sie keine Fingerabdrücke zerstören.

Schließlich drückte sie auf Play.

Es folgten ein paar Sekunden Stille, dann drangen unbestimmbare Hintergrundgeräusche aus den Lautsprechern, gefolgt von einem Knacken und einem dumpfen Laut, als wäre der Rekorder bei der Aufnahme bewegt worden.

»Wie heißt du?«, fragte eine bewusst verzerrte Stimme. Die Aufnahmegeschwindigkeit war gedrosselt worden, wie im Fernsehen, wenn man die Identität eines Interviewpartners geheim halten wollte.

Es konnte ein Mann sein, alt oder jung. Oder eine Frau.

Keine Antwort. Nur das Rauschen des Bandes und die Hintergrundgeräusche.

Eine Waschmaschine?, dachte Susanne.

»Willst du nach Hause?«, fragte die Stimme.

Susanne wusste genau, was kommen würde. Nun lief die Aufnahme wieder in normaler Geschwindigkeit.

Für ein paar Sekunden hörten sie nur das Weinen eines Mädchens.

Susanne hätte sich am liebsten die Ohren zugehalten.

»Die Leute, die dir zuhören, würden sicher gerne wissen, wer du bist.« Die verzerrte Stimme schien sich für einen Moment aufzulösen.

Das Weinen wurde lauter.

Susanne schloss die Augen.

2 4 0 0, dachte sie. Was zum Henker konnten die Zahlen auf der Kassette bedeuten?

»Amanda«, fragte die Stimme fast besorgt. »Willst du, dass sie dich finden, oder willst du den Rest deines Lebens mit mir verbringen? Ich glaube …« Eine Kunstpause, als müsste der Betreffende sich Gedanken machen, bevor er – oder sie – die richtigen Worte fand.

»… ich habe das richtige Leben für dich gefunden. Wenn ich auch noch nicht weiß, ob ich das hinkriege und wir es dahin schaffen. Ich weiß im Moment ja nicht einmal, wer ich selbst bin.«

Hanne Rodahl verbarg den Kopf in den Händen, als das Mädchen wieder zu weinen begann.

»Es gab eine Zeit vor der Erbsünde. Und es gibt Menschen, die herausgefunden haben, wie man dort wieder hinkommen kann. Aber die Kommunisten und Sozialisten haben das alles kaputtgemacht. Ich habe ein Werk begonnen, das aber selbst nie erkannt. Es war wirklich wie eine Offenbarung. Ich war nie gläubig, aber nach allem, was geschehen ist, bin ich jetzt, ja, vielleicht … gottesfürchtig. Mit jedem Tag, der noch vergeht, steigt eure Schuld an allem, was passiert. Ihr seid es, die solche wie mich erschaffen.«

Es gab eine kurze Pause, ehe die Stimme weiterredete. »Sie kann nur gerettet werden, wenn ich den Eingriff durchführe, nur so kann sie weiterleben wie all die anderen. Nur so kann ich weiterleben, wie Rostow es mir versprochen hat, auch wenn ich es nicht verdiene. Aber er hat es versprochen. Jetzt müssen wir nur noch dorthin kommen.

Willst du etwas sagen, Amanda? Für Mutter und Vater? Du siehst sie nie wieder, wenn Tommy und seine Freunde uns nicht finden. Aber seine Chancen stehen schlecht. Da bin ich mir ziemlich sicher. Wenn auch … nun ja. Es ist etwas geschehen. Wir müssen weg von hier. Wir müssen los.«

Ein Laut kam von dem Mädchen. Dann ein erstickter Schrei, als hielte ihm die Person den Mund zu.

»Sag auf Wiedersehen, Amanda.«

Damit brach die Aufnahme ab.

Ein paar Sekunden Stille folgten, dann schob Fredrik Reuter seinen Stuhl zurück.

»Zwei, vier, null, null«, sagte er, nachdem er die Kassette aus dem Gerät genommen hatte.

»Was kann das bedeuten? Sagt euch das etwas?«

»Das ist eine Botschaft«, sagte Susanne. »Die Ziffern sind extra deutlich geschrieben worden.«

»Ach was«, schimpfte Hanne Rodahl und schlug mit der Hand auf den Tisch. Hätte sie eine Fliegenklatsche gehabt, sie hätte nach Susanne geschlagen wie nach einem lästigen Insekt. »Was soll das denn sonst sein?«

»Und Rostow?«, fragte Reuter in betont mildem Tonfall, um gegen die zunehmend schlechte Stimmung anzukämpfen.

Susanne breitete die Arme aus.

Sie hatte den Namen schon vor dem Treffen gegoogelt. Die meisten Treffer bezogen sich auf eine Stadt in Russland. In den Registern war niemand, der so hieß. Auch nicht auf den Fahndungslisten von Interpol. Trotzdem, es klang so, als wäre Rostow eine Person, aber was meinte er dann mit »dorthin kommen«?

»Was meint er mit ›wie Rostow es versprochen hat‹?«, fragte Rune Flatanger, der Psychologe der Kripos.

»Rostow ist eine Stadt in Russland«, sagte Susanne.

»Russland?«, erwiderte Hanne Rodahl. »Was soll das bedeuten?« Sie sah aus, als wäre sie zu ihrer eigenen Beerdigung eingeladen worden. »Und wo ist Tommy Bergmann? In Litauen?«

»Ja, in Litauen.«

»Ich kann ihn nicht erreichen«, sagte Reuter leise.

»Wir müssen jetzt aber wohl alle einsehen, dass Jon-Olav Farberg am Leben ist«, sagte Susanne. »Tommy ist überzeugt davon, dass Farberg in Litauen ist.«

Hanne Rodahl schnitt eine Grimasse. »Sie wird ihn erlösen«, sagte sie. »Das hatte die Frau doch mit Lippenstift auf den Spiegel geschrieben, oder? Was soll das bedeuten? Sie wird *ihn* erlösen?«

»Ich weiß es nicht«, antwortete Susanne, »*Sie* ist vielleicht Amanda oder vielleicht die Frau, die das Zimmer gemietet hatte. Und *er* muss doch Farberg sein, wer sonst?«

Sie sah sich im Zimmer um, begegnete den Blicken von Svein Finneland und Fredrik Reuter, fand dort aber keine Hilfe.

»Berichten Sie mir von dieser Frau im Hotel Fønix«, verlangte Hanne Rodahl. »Hatte sie sich wirklich als Susanne Bechmann eingetragen?«

Susanne nickte.

»Ich habe alles gesagt, was es dazu zu sagen gibt«, fuhr sie fort. »Sie hat mich allem Anschein nach dreimal zu Hause angerufen und muss dann direkt vor mir verschwunden sein. Sie hat auch Morten Høgda angerufen und dabei den Namen Amanda genannt. Und Høgda hat zwei Postkarten aus Vilnius in Litauen erhalten. Die Frau, die Vigdis Solberg in Kongsvinger getroffen hat, soll ein Bernsteinarmband getragen haben. Ein solches Armband wurde auf jeden Fall bei Solberg gefunden. Ansonsten war sie nackt, da war nur dieses Armband. Der Rezeptionist meinte, dass diese angebliche Susanne Bechmann auch so ein Armband getragen hat.«

»Dann ist das dieselbe Frau«, meinte Fredrik Reuter mehr zu sich selbst als zu den anderen im Raum.

»Bernstein ist eines der bedeutendsten Exportgüter aus Litauen«, sagte Hanne Rodahl. »Die verkaufen da überall Bernstein, aber das wussten Sie sicher, Susanne.«

Susanne nickte und versuchte, ein möglichst wissendes Gesicht zu machen. Sie war froh, dass sie am Morgen so dick Grundierung aufgetragen hatte und niemand sehen konnte, wie rot sie wurde. Warum war sie der Frage, ob es einen Zusammenhang zwischen Litauen und Bernstein geben konnte, nicht nachgegangen?

»Die Frau, die Solberg in Kongsvinger getroffen hat, nennen wir sie mal Susanne Bechmann, war entweder mit Farberg in Litauen oder er hat ihr Geschenke aus Litauen mitgebracht«, sagte Hanne Rodahl.

Susanne hätte Rodahl gerne widersprochen und sie in den Verdacht eingeweiht, dass Farberg Solberg getötet hatte, aber sie traute sich nicht. Stattdessen rutschte sie wie ein Schulmädchen, das von seinem Lehrer zurechtgewiesen worden war, auf ihrem Stuhl herum.

»Wo sind diese Postkarten, die Høgda bekommen hat?«, fragte Reuter. »Hat Tommy die bei sich? Das sind Beweise, das ist …«

Reuter hielt sich selbst zurück, als Hanne Rodahl den Arm hob und das Wort ergriff: »Susanne Bechmann ist eine Mischung aus Ihrem und Tommys Namen, nicht wahr, Susanne? Diesen Namen muss ihr Jon-Olav Farberg genannt haben. Farberg scheint auch mit Høgda noch eine Rechnung offen zu haben. Irgendwo in Nordeuropa muss ein toter Mann herumlaufen. Sollten er und Amanda wirklich am Leben sein und wir keinen Finger gerührt haben, müssen sich alle in diesem Raum noch vor dem Sommer nach einem neuen Job umsehen. Und glauben Sie mir, ich werde nicht zögern, Sie alle mit in die Tiefe zu reißen, wenn es darauf ankommt.«

Hanne Rodahl sah von einem zum anderen, bis ihr Blick an Susanne hängenblieb.

»Susanne, wie hat diese Bechmann *Ihre* Telefonnummer bekommen? Oder Ihre und Finnelands, sollte ich wohl sagen?«

Sie warf einen vielsagenden Blick in Richtung Svein Finneland, und für einen Moment wirkte es so, als verträte sie die Staatsanwaltschaft und nicht er.

»Ich stehe im Telefonbuch«, sagte Susanne.

»Vielleicht sollten Sie sich eine Geheimnummer zulegen?«, schlug Hanne Rodahl vor. In ihrer Stimme lag keinerlei Mitgefühl. »Es ist ja nicht das erste Mal, dass Sie das brauchen könnten.«

Danach las die Polizeichefin mechanisch aus dem vorläufigen Bericht vor, der vor ihr lag: »Sie wird ihn erlösen …«

Sie nahm ihre Lesebrille ab und dachte einen Moment nach.

»Und diese Zahl auf der Kassette. Oder was immer das ist. Zwei, vier, null, null. Mit Zwischenraum zwischen den Ziffern. Die ergibt doch keinen Sinn.«

Für eine ganze Weile war es still im Raum.

Susanne wünschte sich, Tommy wäre bei ihnen.

»Tja«, sagte Reuter und versuchte, intelligent auszusehen. »Alle Mann an die Arbeit. Und wo, verdammt, ist Tommy, Susanne? Wo genau in Litauen befindet er sich?«

Susanne hob die Schultern.

»Ich weiß es nicht. Er vertraut uns nicht mehr. Keinem von uns. Insbesondere Ihnen beiden nicht.« Sie nickte in Richtung Reuter und Finneland.

»Also Fredrik, Sie fahren nach Litauen und finden Tommy Bergmann, und zwar schneller, als Sie das Wort Kündigung aussprechen können«, sagte Hanne Rodahl. »Und Sie, Svein, kümmern sich um dieses DNA-Institut in Tuzla. Wir brauchen eine Antwort. Ich korrigiere mich, wir müssen endlich wissen, ob Farberg am Leben ist oder nicht. Es deutet wohl einiges auf Ersteres hin. Finden Sie das heraus!«

Svein Finneland sah sie an, als wäre seine Karriere bereits am Ende. »Ähm …«

Hanne Rodahl schlug mit der Faust auf den Tisch.

»Sie waren derjenige, der auf Teufel komm raus an Jon-Olav Farbergs Tod festhalten wollte. Vielleicht möchten Sie dem Generalstaatsanwalt erklären, wie es möglich ist, dass eine Frau in Oslo herumrennt und Aufnahmen von Amanda verteilt und Morten Høgda Postkarten aus Vilnius bekommt, auf denen Zitate von Gustaf Fröding stehen? Ich weiß nicht, wie es Farberg gelungen ist, am Leben zu bleiben, aber ich fresse meine Dienstmarke, wenn er das nicht ist. Wenn wir Amanda retten können, haben wir vielleicht noch eine Restchance, unsere Jobs zu behalten.«

»Natürlich, Hanne«, sagte Svein Finneland. »Sie haben wie immer recht.«

Susanne war mit einem Mal eiskalt.

Die Art, wie Svein sein Fähnchen ohne jede Mühe in den Wind hängte, erinnerte sie an Männer, an die sie eigentlich nicht erinnert werden wollte.

Um sie herum kratzten Stuhlbeine über den Boden.

Kaum dass die Besprechung offiziell vorüber war, schien bei allen Beteiligten die Kreativität beflügelt zu sein: Stimmen schallten durch den Raum, eine Theorie nach der anderen wurde vorgebracht. Wenn die Leute da draußen nur wüssten, was für eine ratlose Mannschaft hier im Präsidium hockt, dachte Susanne.

Plötzlich stand Fredrik Reuter vor ihr. Er machte ein merkwürdiges Gesicht. Wie ein Schuljunge, der den Tränen nahe war, nachdem er eine Standpauke von einer Lehrerin erhalten hatte.

»Susanne, was hat das alles zu bedeuten?«, fragte er. Er hielt ihr die Kassette hin.

2 4 0 0. In gleichmäßigen Buchstaben. Nichts deutete darauf hin, dass die Person, die das geschrieben hatte, irgendwie aus dem Gleichgewicht geraten war.

Sie konnte nur den Kopf schütteln.

»Vielleicht besprichst du das mit den Analysten bei der Kripos. Die sollen ja so smart sein.«

Reuter öffnete die Akte, die er in der Hand hielt, und reichte ihr die Abschrift einer Vernehmung.

Susannc übcrflog dic crstc Scitc.

Das war eine Vernehmung von Farbergs Exfrau Anne-Britt. Tommy war vor Weihnachten bei ihr gewesen.

»Der Gedanke kam mir bereits heute Nacht. Wenn Farberg am Leben ist …«, sagte Reuter und senkte die

Stimme, als wollte er nicht, dass die anderen im Raum ihn hörten. Ganz sicher nicht Hanne Rodahl. »Wenn er noch lebt, muss ihm jemand hier zu Hause geholfen haben, oder? Nicht nur diese angebliche Susanne Bechmann. Anne-Britt Farberg Torgersen war etwas *zu* überzeugt davon, dass ihr Exmann ein Unschuldslamm ist. Es gibt genug Frauen, die Monstern helfen und alles nur Erdenkliche verstecken. Vielleicht ist das nur ein Schuss ins Blaue, aber ich will ausschließen können, dass es so ist. Du musst ja ohnehin nach Kongsvinger.«

Susanne erinnerte sich, blätterte sich aber trotzdem bis zu der Vernehmung vor. Ja, dachte sie. Anne-Britt Farberg Torgersen hatte mit Nachdruck darauf bestanden, dass Jon-Olav Farberg nicht der bestialische Mörder war, für den ihn alle hielten. Das wirkte wirklich verdächtig.

»Wer hat Jon-Olav Farberg geholfen, außer Landes zu kommen? Oder versteckt er sich noch immer irgendwo hier?«, fragte Reuter.

»Und wer ist diese Susanne Bechmann?«, ergänzte Susanne.

Sie blätterte zum Ende der Vernehmung weiter, aber in dem Bericht waren natürlich keine Fotos von Anne-Britt Farberg Torgersen.

»Was, wenn Susanne Bechmann und Anne-Britt Farberg Torgersen ungefähr gleich alt sind?«, fragte Fredrik Reuter, als hätte er Susannes Gedanken gelesen. Reuter legte ihr den Arm um die Schulter und führte sie aus Rodahls Zimmer in Richtung seines eigenen Büros.

»Erst fährst du zu dem Barkeeper in Kongsvinger, er ist vermutlich die einzige Person, sieht man mal von dem Typen im Hotel ab, die diese Susanne Bechmann gesehen hat. Anschließend besuchst du Anne-Britt Farberg

Torgersen, außer der Barkeeper identifiziert sie gleich als Susanne Bechmann. In diesem Fall käme ich direkt mit dem Einsatzteam«, sagte Reuter und lächelte müde. »Die Kassette überlassen wir dem Kriminalamt, sollen die sich doch um die Handschriftenanalyse und die verdammten Ziffern kümmern.«

Susanne stutzte, als sie die Adresse im Vernehmungsprotokoll sah.

Anne-Britt Farberg Torgersen hatte lange in Skøyen gewohnt, die dortige Wohnung aber inzwischen untervermietet und als Erstwohnsitz eine Adresse in Skotterud in der Gemeinde Eidskog angegeben.

»Eidskog«, sagte sie leise vor sich hin.

»Was meinst du?«, fragte Reuter. »Was ist mit Eidskog?«

Sie schüttelte den Kopf. »Nichts.«

Zurück in ihrem Büro, sah Susanne die Polizeiregister nach Anne-Britt Farberg Torgersen durch, es gab aber keinen Eintrag. Bei einer einfachen Google-Suche dagegen erhielt sie gleich mehrere Treffer.

Es gab auch zwei Schwarzweißbilder von ihr im Netz, beide aus einem Seminar für Kinderschutzpädagogen vor zwei Jahren. Die Auflösung war nicht sonderlich gut, aber es war einen Versuch wert.

Susanne druckte die beiden Fotos aus und fuhr zum Hotel Fønix.

Die Dronningens gate sah in der Morgensonne deutlich besser aus als abends im Dunkeln.

»Sie schon wieder?«, sagte der Rezeptionist, als er sie erblickte.

»Wenn Sie keine Polizisten mögen, haben Sie einen schlechten Tag vor sich«, sagte sie.

»Ich dachte, es wären schon alle hier im Haus. Was kann ich heute für Sie tun?«

»Noch immer keine Kameras im Hotel?«, fragte Susanne.

»Sieht das hier aus wie das Grand?« Der Rezeptionist lachte über seinen eigenen Witz.

»Ist das hier Susanne Bechmann?«, fragte Susanne und reichte ihm die beiden Ausdrucke mit den Fotos von Jon-Olav Farbergs Exfrau.

Der Rezeptionist warf beiläufig einen Blick darauf und sagte sofort: »Nee, das ist sie nicht.«

»Wie können Sie sich da so sicher sein? Sie haben doch gesagt, Sie hätten sie kaum gesehen.«

»Warum fragen Sie mich dann?«

Susanne nahm die Ausdrucke wieder zurück.

»Wir haben versucht, Ihren Kollegen zu erreichen, der sie eingecheckt hat, aber bisher ohne Erfolg. Wenn er sich bei Ihnen meldet, rufen Sie mich an, ja?«

Er nickte.

»Sie können mir aber glauben, die hier war das nicht.« Er zeigte auf die Ausdrucke.

Susanne ging nach draußen und sah, wie ein übergewichtiger Angestellter des städtischen Ordnungsamts ihren Wagen fotografierte, den sie halb auf dem Bürgersteig abgestellt hatte.

Susanne stieß einen leisen Fluch aus, drückte sich das Handy ans Ohr, erreichte aber wieder nur Tommys Anrufbeantworter.

»Verdammter Idiot!«, sagte sie halblaut. »Warum musst du nur so einen Dickkopf haben?«

Der Ordnungsbeamte drehte sich um.

Sie versuchte, so aufrichtig wie möglich zu klingen, als sie sagte: »Reuter glaubt dir jetzt. Wir alle glauben dir!«

Wenn ich damit nur nicht das Gegenteil von dem erreiche, was ich will, dachte sie im nächsten Moment.

»Tut mir leid«, sagte der Ordnungsbeamte und druckte mit seiner kleinen Maschine einen saftigen Strafzettel aus.

Sie hielt ihm ihren Dienstausweis hin, aber er lächelte nur herablassend.

Hoffentlich war der Barkeeper in Kongsvinger hilfsbereiter.

3

Der Barkeeper wohnte in einem der niedrigen Blocks an der Hauptstraße, die durch das Zentrum von Kongsvinger führte. Direkt neben den Häusern lag das Gjemselund Stadion. Als Polizeischülerin war Susanne mal mit einem Lover im Ullevål Stadion in Oslo gewesen und hatte Kongsvinger gegen irgendeinen italienischen Club spielen sehen. Das lag aber schon Jahre zurück und war das Einzige, was sie mit diesem Verein verband.

Sie drückte die Klingel und wartete.

Keine Antwort.

Sie klingelte noch einmal.

Schließlich trat sie ein paar Schritte zurück und sah zu den Fenstern der Wohnung hinauf. In einem Zimmer waren die Gardinen zugezogen.

Sie nahm ihr Handy und rief ihn über die Nummer an, die er bei seiner Vernehmung angegeben hatte.

Die Gardine bewegte sich leicht, als hätte jemand im Vorbeigehen den Stoff gestreift.

»Ich bin nicht zu Hause«, sagte er, kaum dass sie sich vorgestellt hatte. »Ich bin in Schweden.«

Der Kerl war nicht auf den Kopf gefallen, das musste sie ihm lassen. Aber wenn er so ein guter Lügner war, wie verlässlich waren dann die Informationen, die er ihnen gegeben hatte?

»Wenn das so ist, habe ich keine guten Nachrichten für Sie. Da ist nämlich jemand in Ihrer Wohnung. Haben Sie möglicherweise vergessen abzuschließen?«

Susanne stürmte die Treppen nach oben, nachdem er ihr doch noch geöffnet hatte.

»Ich habe doch schon alles gesagt«, brummte der Barkeeper. Er trug den altmodischen Namen Odd-Gunnar, war aber erst Ende zwanzig. Der Mann zündete sich eine Zigarette an und knöpfte sich den obersten Knopf seines Hemdes zu. Susanne stand am Fenster und ließ ihren Blick über die stark befahrene Straße, das Stadion und die Glomma schweifen.

»Sie haben ausgesagt, dass an dem betreffenden Abend zwei Frauen in der Bar waren?«

»Ja, habe ich«, sagte Odd-Gunnar hörbar genervt.

Susanne drehte sich zu ihm um. Er sah etwas verkatert aus, und er hatte Damenbesuch. Susanne hatte eine junge Frau bemerkt, die nur im Slip über den Flur ins Bad gehuscht war. Die Arme hatte sie über ihren Brüsten verschränkt.

»Sie hätten anrufen können, bevor Sie aus Oslo losgefahren sind«, sagte Odd-Gunnar und rieb sich mit einer Hand die Augen.

»Sie haben sicher genug Filme gesehen, um zu wissen, dass ich Ihnen dann die Chance gegeben hätte, wirklich nach Schweden zu fahren.«

»Nur Leute, die was zu verbergen haben, hauen ab«, sagte er.

»Oder sagen, dass sie in Schweden sind, obwohl sie das gar nicht sind.«

Darauf erwiderte Odd-Gunnar nichts.

Susanne öffnete die Mappe und nahm das Protokoll

seiner Aussage heraus. »Die Frau in der Bar, Vigdis Solberg, machte einer anderen Frau ein Kompliment für deren Armband, als Letztere von der Toilette kam«, las sie laut vor.

»Das stimmt, ja«, sagte Odd-Gunnar. Er drückte die Zigarette aus und setzte sich aufs Sofa.

»Erinnern Sie sich, was das für ein Armband war?«

Odd-Gunnar nahm das Zigarettenpäckchen vom Couchtisch. Susannes Blick huschte zu der jungen Frau, die aus dem Bad kam.

»Möglich.«

»Können Sie es beschreiben?«

»Das war eigentlich ein ganz normales Armband.«

»Farbe?«

»Weiß ich nicht mehr. Gelb, glaube ich.«

»In Richtung orange?«, fragte sie.

Sie suchte eines der Bilder heraus, die vom Handgelenk der Ermordeten gemacht worden waren. Die halb abgeschnittene Hand war nicht zu sehen.

Odd-Gunnar riss überrascht die Augen auf.

»Wo haben Sie denn dieses Bild her?«, fragte er.

»War es dieses Armband?«

Er antwortete nicht.

»Sie sind sich doch im Klaren darüber, dass es strafbar ist, eine Falschaussage zu machen?«

»Wer sagt denn, dass ich eine Falschaussage gemacht habe? Ich habe immer die Wahrheit gesagt.«

»Gut«, bemerkte Susanne.

»Aber ja, ich glaube, dass es ein solches Armband war. Oder eines, das dem hier sehr ähnlich sieht.«

»Wenn Sie sich an das Armband erinnern, erinnern Sie sich doch vielleicht auch daran, wie die Frau ausgesehen hat?«

»Möglich.«

»Könnte es sich um diese Frau gehandelt haben?«, fragte Susanne und reichte dem Barkeeper eine Kopie des Fotos von Anne-Britt Farberg Torgersen.

Er sah sich das Foto ein paar Sekunden lang an.

»Nein«, sagte er mit weiterhin gesenktem Blick. »Die sieht ganz anders aus. Die Frau im Bellmanns war schlanker, dabei aber ziemlich maskulin, verstehen Sie? Die hier wirkt ja eher dicklich.«

»Die andere Frau war … schlank?«, fragte Susanne.

»Glauben Sie mir nicht?«, fragte Odd-Gunnar.

Sie maßen sich ein paar Sekunden mit den Augen.

»Versuchen Sie, sie zu beschreiben.«

Odd-Gunnar gab widerwillig eine Beschreibung, die weitestgehend der des Rezeptionisten im Hotel Fønix entsprach. Blondgefärbte Haare, Alter schätzungsweise Mitte fünfzig.

»Hatte sie irgendwelche besonderen Merkmale?«

»Sie hatte ziemlich große Hände.«

Ihre Blicke begegneten sich.

Susanne merkte, dass sie die Stirn runzelte, als machte ihr diese Aussage spontan Sorgen.

»Ziemlich große Hände?«

»Ja.«

»Wie meinen Sie das?«

»Nur dass sie halt große Hände hatte. Einige Frauen haben das ja. Die waren größer als meine.« Odd-Gunnar hielt ihr seine Hände hin.

»Und Sie sind sicher, dass Sie mir nicht noch etwas sagen möchten?«, hakte sie noch einmal nach.

»Ja. Da gibt es nichts zu sagen«, entgegnete er.

Susanne fragte sich, ob sie an die Tür des Schlafzimmers klopfen sollte, ließ es aber bleiben.

Bevor sie ging, gab sie Odd-Gunnar ihre Visitenkarte, obwohl ihr das beinahe widerstrebte.

Sie rannte die Treppe des Wohnblocks schnell nach unten, dabei war sie ausnahmsweise einmal nicht in Eile.

Markus wollte zwei Jungs mit von der Schule nach Hause bringen, und ihre Mutter hatte sich bereit erklärt, eine Stunde auf die Kinder aufzupassen und dann Mathea aus dem Kindergarten abzuholen.

Auf dem Weg nach Kongsvinger hatte Susanne mit Svein telefoniert. Er meinte, sie solle sich keine übertriebenen Sorgen machen. Die Frau habe sie schließlich nicht bedroht, oder? Susanne setzte sich ins Auto und versuchte noch einmal, Tommy anzurufen. Verdammter Dickschädel, dachte sie, als sich wieder nur die Mailbox meldete.

Zwei Frauen treffen sich in einem Pub in Kongsvinger, dachte sie. Eine der beiden trägt ein Bernsteinarmband, und Bernstein war, Hanne Rodahl zufolge, eines der Hauptexportgüter Litauens. Dann wird die andere Frau tot aufgefunden, am Handgelenk ein Bernsteinarmband. Ermordet mit der Präzision eines Chirurgen. Gleichzeitig ist Tommy Bergmann irgendwo in Litauen und hat nicht mal sein Handy an. Wie sollte Reuter auch nur die Spur einer Chance haben, ihn zu finden?

Sie warf einen Blick auf ihre Armbanduhr, die sie für immer an Nicolay erinnern würde, ob sie nun wollte oder nicht. Sie zweifelte, ob es jetzt noch Zweck hatte, Jon-Olav Farbergs Exfrau Anne-Britt aufzusuchen.

Aber vielleicht hatte Reuter recht und es war wirklich einen Versuch wert.

Susanne wählte ihre Nummer und erreichte sie auf Anhieb.

Die kalte, abweisende Stimme kam ihr irgendwie bekannt vor. Konnte das die verstellte Stimme von der Kassette sein?

»Ich würde lieber nicht mehr über Jon-Olav reden«, sagte sie.

»Es wäre uns eine große Hilfe, wenn Sie …«

Farberg Torgersen unterbrach sie: »Wissen Sie, wo Skotterud ist?«

Susanne wurde für einen Moment still.

»Nein.«

»Der Ort ist nicht weit von Kongsvinger entfernt. Eine knappe halbe Stunde Richtung Südosten. In der Gemeinde Eidskog. Wenn Sie nicht auf die Beschilderung achten, landen Sie in Magnor.«

Susanne wollte etwas sagen, aber ihre Gedanken spielten verrückt.

»Ich habe jetzt aber erst einen Termin beim Friseur«, sagte Anne-Britt Farberg Torgersen. »Wenn Sie wollen und es so wichtig ist, können Sie gerne anschließend kommen.«

»Magnor«, rutschte es Susanne heraus.

»Ja, Magnor, das ist der bekannteste Ort der Gemeinde«, sagte Anne-Britt Farberg Torgersen.

Als Susanne den Gang einlegte, wusste sie mit einem Mal, warum sich ihr bei dem Ortsnamen Magnor die Haare aufgestellt hatten.

Magnor lag an einer der drei Routen, die der Mörder von Vigdis Solberg nach Schweden genommen haben konnte. Susanne erinnerte sich, dass sie mit Svante die möglichen Straßen mit einer Karte in der Hand studiert hatte.

Wenn ich nur nicht selbst so ende, dachte sie. Nackt und

tot, mit einem Bernsteinarmband. Verdammte Idiotin, schalt sie sich selbst.

Aber da war noch etwas anderes mit Magnor, das ihr nicht in den Sinn kommen wollte. Sie hielt den Wagen an und versuchte noch einmal, Tommy zu erreichen.

4

Es schien so, als hätte die Landschaft ringsherum nur Nuancen von Grau zu bieten.

Wessel-Hansen trat das Gaspedal durch, so dass Tommy Bergmann in das Lederpolster des Beifahrersitzes gedrückt wurde. Der große BMW schoss über die Landstraße, als wollte er abheben.

»Dieses Fax vom Kriminalamt ist wohl nie geschickt worden, oder?«, fragte Wessel-Hansen.

Tommy antwortete nicht. Der Diplomat machte an diesem Tag einen ziemlich mürrischen Eindruck. Er ahnte vermutlich, dass Tommy den Brief von Reuter gefälscht hatte, wusste aber noch nicht, wie er jetzt weiter vorgehen sollte. Wessel-Hansen fuhr auf die Gegenfahrbahn und überholte fünf oder sechs Wagen.

Er raste weiter auf der linken Spur über die topfebene Landschaft, als am Horizont ein Monstrum von Lastwagen auftauchte.

»Ich verstehe ja, dass Sie mir nicht glauben«, sagte Tommy.

Wessel-Hansen wartete so lange wie nur möglich, bevor er wieder auf die rechte Fahrbahn einscherte.

Der Lastwagenfahrer hupte, als er an ihnen vorbeifuhr. Tommy zuckte zusammen, und Wessel-Hansen rutschte für einen Moment sogar das Lenkrad aus den Händen.

»Verdammter Kommunist«, schimpfte Wessel-Hansen.

»Ich suche nach …«, begann Tommy.

»Ich werde einfach nicht gerne hintergangen«, sagte Wessel-Hansen. »Von jetzt an müssen Sie allein zurechtkommen. Ich kann rausfliegen, wenn ich ohne offizielles Mandat operiere. Und das gilt doch wohl auch für Sie.«

»Wäre vielleicht das Beste«, sagte Tommy. »Dann könnten wir diesen Teufel weiterhin gemeinsam suchen.«

Tommy wachte auf, als der Wagen anhielt. Einen Moment lang glaubte er, wieder zurück in Oslo zu sein, vor den hohen Blocks in Lambertseter.

Es dauerte ein paar Sekunden, bis er die Flaggen vor dem Hotel und das Neonschild der Stripbar auf der anderen Straßenseite wiedererkannte und ausstieg.

»Melden Sie sich, wenn Ihre Papiere in Ordnung sind«, sagte Wessel-Hansen. Dann deutete er mit der Hand eine Art Gruß an und fuhr davon.

»Werde ich tun«, sagte Tommy zu sich selbst.

Er hatte kaum eine andere Wahl, als nach Hause zu fahren und wieder von vorne anzufangen. Die Polizei in Litauen hörte nicht auf ihn, und die Einzige, die ihm jetzt vielleicht noch helfen konnte, war eine russische Hure.

Vielleicht war es in dieser Situation wirklich besser, in Fredrik Reuters Büro zu marschieren und die Karten auf den Tisch zu legen.

In der Suite im vierzehnten Stock packte er rasch seine Sachen zusammen. Er versuchte zu verdrängen, dass der Raum noch immer schwach nach Tatjana roch, und beeilte sich, wieder auf den Flur zu kommen. Statt nach unten zu fahren, ging er aber nach oben.

Eine letzte Chance, dachte er.

Die SkyBar war beinahe leer. Er nickte dem Mann hinter dem Tresen zu und drehte eine Runde durch das große Lokal.

Vier französische Geschäftsleute saßen am Fenster und unterhielten sich offenbar über die beeindruckende Aussicht. Sonst war niemand da.

Keine Tatjana.

Im Taxi auf dem Weg zum Flughafen versuchte er zu schlafen, aber es war hoffnungslos. Irgendwann konzentrierte er sich nur noch auf das hin und her baumelnde Kreuz, das der junge Fahrer an den Rückspiegel gehängt hatte.

Im Taxfree kaufte er eine lokale Absinth-Variante, einen achtzigprozentigen Kräuterschnaps. Er hatte nicht schlecht Lust, den Inhalt der grünen Flasche noch am selben Abend zu vernichten.

Erst am Gate schaltete er sein Handy ein. Jetzt konnte er sich Reuters Nachrichten auch anhören. Aber was sollte das alles, er war schließlich noch anderthalb Wochen krankgeschrieben. Und inzwischen hatte er einen Termin bei Viggo Osvold weiß Gott bitter nötig.

Das Telefon zeigte fünf unbeantwortete Anrufe von Susanne an, aber was Tommy wirklich interessierte, war die SMS, die er am Vormittag von Anwalt Gundersen bekommen hatte:

Ich habe Neuigkeiten über Anders Rask. Rufen Sie mich bitte an.

Er nahm seine Boardingkarte und stellte sich ans Ende der Schlange.

Ein Teil von ihm wollte zurück zum Hotel und Tatjana mit nach Norwegen nehmen, dabei wusste er ganz genau, dass er das nicht tun konnte.

Weil er der war, der er war.

Und dieses Schicksal verdiente sie nicht. Sie sollte nie auf dem Badezimmerboden liegen müssen, die Hände schützend um den Kopf gelegt, und um ihr Leben flehen! Nein, so ein unkontrollierbares Monster wollte er nie wieder werden.

Was hatte sie gesagt, wie alt war ihre Tochter jetzt?

Er ging langsam über die Gangway zum Flugzeug und las noch einmal die SMS von Gundersen.

Aber in diesem Moment hatte er einfach nicht den Nerv dazu, sich weiter damit zu befassen.

Als er an Bord des Flugzeugs ging und den Flugbegleiterinnen zunickte, die ihn willkommen hießen, klingelte sein Handy.

»Gundersen hier«, meldete der Anwalt sich. »Es geht um Anders.«

»Ist er doch nicht tot?«, fragte Tommy und schob sich an einem dicken Mann vorbei, der einen viel zu großen Koffer in das Gepäckfach zu quetschen versuchte.

Gundersen überhörte den sarkastischen Kommentar.

»Ich kann die Informationen, die ich bekommen habe, nicht für mich behalten.«

Tommy blieb mitten im Gang stehen.

»Was für Informationen?«

»Ich weiß nicht, ob das wichtig ist, aber …«

»Aber was?«

»Ich bin von einem Anwalt aus Vaduz in Liechtenstein angerufen worden …« Gundersen sprach nicht weiter.

»Ja?«

»Es hat sich herausgestellt, dass Anders vermögend war. Im wahrsten Sinne des Wortes.«

»Sagen Sie das noch mal«, forderte Tommy. »Ist das

nicht das Geld von Rasks Mutter? Die war doch recht wohlhabend.«

»Die hatte aber keine Million Euro auf einer Bank in Vaduz.«

»Eine Million?«

»Ich glaube, Jon-Olav Farberg hat Rask das Geld gegeben, damit dieser die Schuld für die Morde auf sich nimmt«, sagte Gundersen.

Tommy zögerte und sagte schließlich: »Ich bin in einem Flugzeug, ich rufe Sie später wieder an.« Er war verwirrter als jemals zuvor, und für einen Moment kehrten die massiven Kopfschmerzen aus der Boxhalle in Sandaker zurück. Er suchte seinen Platz auf, lehnte sich in seinem Sitz zurück und hoffte für einen Augenblick, das Flugzeug würde abstürzen.

Das Handy in seiner Hand vibrierte.

Er musste es abschalten.

Im Display wurden sechs neue SMS angezeigt. Alle von Susanne. Sie verpasste ihm eine Standpauke nach der anderen. Die letzte Nachricht hatte allerdings einen ganz anderen Wortlaut:

Eine Frau hat im Hotel Fønix eine Kassette deponiert, die mit 2 4 0 0 beschriftet ist. Amanda ist am Leben. Außer die Aufnahme ist alt. Die Stimme auf der Kassette ist verstellt, bis jetzt ist noch unklar, ob sie von einem Mann oder einer Frau stammt.

Göteborg: Der Frau aus Kongsvinger sind die Brüste abgeschnitten worden und die Vulva und eine der Hände. Ich glaube, es gibt da einen direkten Zusammenhang.

»*Boarding completed*«, schallte es durch die Lautsprecheranlage des Flugzeugs.

Tommy las hastig weiter.

Wir müssen nach oder zu Rostow, heißt es auf der Kassette. Hast du eine Ahnung, was damit gemeint sein kann?, fragte Susanne. *Ist das ein Ort oder eine Person? Reuter will wissen, wo du bist. Alles ist vergeben, sagt er.*

Alles vergeben?, dachte Tommy. Wer muss hier wem was vergeben? Tommy dachte, dass er wirklich nicht das narzisstische Selbstbild hatte, das man als Chef einer öffentlichen Behörde offensichtlich benötigte. Andererseits war jetzt nicht die Zeit, sich über Fredrik Reuter zu ärgern. Wichtig war jetzt nur der Name mit R. Und dass er nur noch bis Sonntag Zeit hatte.

Er brauchte keine Vergebung. Nicht von Fredrik Reuter. Er musste Amanda finden, und wenn es das Letzte war, was er tat.

Immerhin hatte er jetzt einen Namen.

»Essen mit R«, sagte er laut vor sich hin. Das Essen, das Jon-Olav Farberg in Vilnius gehabt hatte. R musste Rostow sein. Und er ahnte schon, um was für einen Menschen es sich bei diesem Rostow handeln konnte.

Er sprang aus seinem Sitz auf.

»Ich muss aussteigen!«, rief er der am nächsten stehenden Flugbegleiterin zu.

Sie starrte ihn an, als wäre er völlig von Sinnen.

Dann schob er sie, so freundlich er konnte, zur Seite.

5

Ein paar Minuten nachdem Susanne das Zentrum von Skotterud passiert hatte, verriet ihr das Navigationsgerät, dass sie die Hauptstraße verlassen und nach links in einen nicht asphaltierten Waldweg einbiegen sollte.

Etwa hundert Meter vor sich sah sie eine Lichtung mit einem kleinen Hof.

Eine Frau in schwarzen Kleidern ging über den Hofplatz und verschwand in einem weißen Haus.

Susanne warf einen Blick in den Rückspiegel zur Hauptstraße. Wie weit war es bis dort? Hundertfünfzig Meter? Zweihundert?

Was hatte die Frau gemacht?, fragte sie sich. Konnte sie einem gefangenen Mädchen etwas zu essen gebracht haben?

Unsinn.

Anne-Britt Farberg Torgersen war nur Jon-Olav Farbergs Exfrau. Mehr nicht.

Susanne gab Gas und fuhr über den Waldweg auf das Haus zu.

Das alte Hauptgebäude war mit Eternitplatten verkleidet. Zu dem Hof gehörten aber auch noch drei weitere Gebäude: eine kleine Scheune, ein Schuppen und eine Art Garage.

Sie parkte den Wagen vor dem Hauptgebäude und sagte sich selbst, dass sie wieder zum Arzt gehen sollte. Sie musste ihre Paranoia endlich loswerden. Wie lange litt man eigentlich unter diesem verfluchten posttraumatischen Stresssyndrom?

Sie hatte das noch lange nicht überstanden. Das zeigten ihr die wilden Gedanken, die ihr in den letzten Tagen durch den Kopf gegangen waren. Da war wirklich einer schlimmer als der andere gewesen.

Eine Frau in den Fünfzigern, dachte sie.

Wie Elisabeth Thorstensen.

Aber Elisabeth Thorstensen war tot. Susanne hatte sie eigenhändig getötet und den leblosen Körper über sich gespürt. Sie war ja wohl kaum von den Toten auferstanden.

Jon-Olav Farberg konnte hingegen noch am Leben sein, da musste sie Tommy recht geben.

Wenn es nicht Elisabeth Thorstensen war, die sich im Hotel Fønix als Susanne Bechmann ausgegeben hatte, wer war es dann, und warum hatte diese verfluchte Frau ausgerechnet sie angerufen? Susanne zweifelte nicht daran, dass es dieselbe Frau war, die auch Morten Høgda angerufen hatte.

Sie stieg aus dem Wagen.

Hinter einem der großen Wohnzimmerfenster des Hauptgebäudes zeichnete sich ein Schatten ab.

Susanne sah das Gesicht nicht, nahm aber an, dass es sich um Anne-Britt Farberg Torgersen handelte.

Susanne hob den Arm zu einer Art Gruß, erhielt aber keine Antwort.

Vorsichtig ging sie die Treppe hoch.

Über der Tür hing ein Windspiel: drei Keramikeulen und ein paar Messingröhren klimperten in dem sanften Wind.

Sie konnte keine Klingel entdecken.

Eine Weile blieb sie unschlüssig auf der obersten Treppenstufe stehen. Dann ging sie langsam wieder nach unten.

Linker Hand lag die kleine Scheune, direkt vor ihr der Schuppen und die Garage. Die weiß gestrichenen Doppeltüren der Gebäude waren mit kräftigen Vorhängeschlössern verriegelt.

Die Kellerfenster des Hauptgebäudes schienen mit Pappe verdunkelt zu sein.

Sie trat näher an die Wand heran und kniete sich hin. Direkt an der Hauswand lag ein Beet, das zurzeit aber nur aus feuchter Erde bestand.

Ihr erster Eindruck stimmte, die schmalen Scheiben waren tatsächlich an der Innenseite mit grauer Pappe verklebt, so dass sie nicht hineinsehen konnte.

Es klimperte an der Haustür, aber Susanne drehte sich nicht um, sondern legte die Hand an eines der Kellerfenster.

»Kann ich Ihnen irgendwie helfen?«, erklang eine brüchige Stimme über ihr.

Susanne drehte sich um und sah eine großgewachsene Frau mit langen schwarzen Haaren oben auf der Treppe stehen. Ihre Arme hingen gerade herab, aber die Finger schienen sich wie Krallen zu verkrampfen, als litte die Frau unter Rheuma.

Susanne stand auf und versuchte zu lächeln.

Die Frau, sie war einen Kopf größer als Susanne, trat einen Schritt zurück.

Ihre Haut war kreidebleich.

Plötzlich war ein Automotor zu hören.

Die Schwarzhaarige drehte sich um. Ein kleiner Lieferwagen hielt auf dem Hof, und eine Autotür knallte zu.

»Geh wieder nach oben in dein Zimmer«, sagte die Frau, die aus dem Auto ausgestiegen war und auf das Haus zukam. Sie hatte harte Gesichtszüge, wie gezeichnet von den Niederlagen des Lebens. Ihre kurzen, frisch blondierten Haare verliehen ihrem Aussehen etwas Maskulines.

»Ich bin Anne-Britt Torgersen«, sagte die neu angekommene Frau und schob die andere etwas nach hinten. »Also, eigentlich Anne-Britt Farberg Torgersen, aber ich stelle mich nur noch selten mit Farberg vor, das verstehen Sie ja sicher.«

Sie lächelte matt.

Susanne nahm die Ähnlichkeit der beiden Frauen wahr und ergriff Anne-Britts breite, kräftige Hand.

»Geh in dein Zimmer«, sagte Anne-Britt noch einmal. »Du machst den Menschen Angst.«

Die große Frau begann lautlos zu weinen und wich nach hinten zurück.

»Sie geht wieder ins Heim, aber da ist erst in drei Wochen wieder ein Platz frei. Und dabei leben wir angeblich in einem Wohlfahrtsstaat. Wir heißen alle möglichen Menschen willkommen, die bloß auf der Suche nach ihrem persönlichen Glück sind, aber unsere eigenen Leute müssen warten.«

Susanne wischte sich etwas feuchte Blumenerde vom Hosenbein, als das Handy in ihrer Gesäßtasche zu klingeln begann.

»Kommen Sie doch rein«, sagte die Exfrau von Jon-Olav Farberg.

Susanne folgte ihr und drückte den Anruf weg.

Verdammt typisch für Tommy, dass er sie gerade dann anrief, wenn sie nicht drangehen konnte. Jetzt musste er warten.

6

Das Haus weckte in Susanne die Klaustrophobie ihrer Kindheit. Sie musste unwillkürlich an entfernte Verwandte denken, die irgendwo auf dem Land in einem Haus aus den Fünfzigern gelebt hatten. Die wenigen Male, die sie dort gewesen war, hatte sie wie jetzt das Gefühl gehabt, die Wände bewegten sich auf sie zu. Es schien, als wäre das ganze Haus eher ein Labyrinth als eine Wohnstatt. Eine schmale Treppe führte nach oben, und hinter der weiß gestrichenen Tür gleich rechts neben dem Eingang ging es in den Keller.

Sie legte die Finger an die Klinke der Kellertür, die mit einem lauten Knirschen antwortete, so dass Susanne die Hand erschrocken zurückzog, noch ehe sie spüren konnte, ob die Tür verschlossen war oder nicht.

»So kommen Sie doch herein«, sagte Anne-Britt Farberg Torgersen.

Es war, als stünde die Zeit still. Alles im Haus schien noch original aus dem Baujahr zu stammen: Fensterrahmen, Boden, Klinken, ja sogar das raue gelbliche Glas des Flurfensters, durch das ein seltsam krank wirkendes Licht hereinfiel.

»Das Haus ist unser Elternhaus«, sagte Anne-Britt Farberg Torgersen aus dem Wohnzimmer. »Wir kommen aus einfachen Verhältnissen, aber gefehlt hat es uns an nichts.

Meine Schwester war übrigens schon immer so, auch als wir klein waren. Mutter und Vater sind mittlerweile tot. Sie hat nur noch mich. Und ich werde bald wohl auch niemand anderen haben als sie. Mein Sohn ist zum Studieren nach Neuseeland gegangen. Ausgerechnet Neuseeland. Als hätte er versucht, so weit wegzukommen, wie es nur geht.«

Anne-Britt Farberg Torgersen redete ohne Unterlass weiter, aber Susanne konnte sich nicht mehr auf ihre Worte konzentrieren. Ihr Blick glitt über die breite Fensterbank vor dem großen Wohnzimmerfenster. Die Kakteen, Gummibäume und Yuccapalmen schienen wie die Tapete auch noch aus alten Zeiten zu stammen.

Was war das nur für ein Haus?, fragte Susanne sich.

Es wirkte wie ein Museum. Zwei Schwestern, die einander auf die Nerven gingen. Die eine davon pflegebedürftig, die andere die Exfrau des schlimmsten Mörders des Landes.

Mitten im Zimmer blieb sie stehen, während Anne-Britt Farberg Torgersen in der Küche verschwand, ununterbrochen weiterplappernd.

Auf dem alten Couchtisch lag ein Stapel Zeitschriften, daneben ein paar mit Maschine geschriebene Briefe mit dazugehörigen Umschlägen.

»Mögen Sie ein Stück Kuchen?«, fragte Anne-Britt Farberg Torgersen aus der Küche.

»Gerne«, antwortete Susanne und machte ein paar Schritte auf den Couchtisch zu. Ganz zuoberst lag das Schreiben eines Pflegeheims.

Die Schwester, dachte Susanne.

Sie warf einen Blick auf den Briefkopf.

Magnor, las sie noch, dann stand Anne-Britt Farberg Torgersen bereits wieder vor ihr.

»Interessant?«, fragte sie.

Susanne spürte, dass sie rot wurde.

»Ich habe leider keinen Kaffee«, sagte die andere.

»Ist schon in Ordnung.«

Jon-Olav Farbergs Exfrau nickte müde, beugte sich vor und sammelte die Briefe und Zeitschriften zusammen, bevor sie wieder zurück in die Küche ging.

Susanne wurde auf einige Fotos aufmerksam, die auf einer Kommode standen. Ein paar ältere Porträts von Anne-Britt und das Konfirmationsfoto von einem Teenager, den Susanne für Anne-Britts Sohn hielt. Auf jeden Fall stand sie neben ihm. Susanne nahm das Foto hoch und studierte es genauer. Das Bild schien ausgeschnitten worden zu sein. Ein Stück der Schulter des Jungen fehlte. Susanne schloss daraus, dass neben dem Jungen Jon-Olav Farberg gestanden haben musste.

Auf dem Foto hatte Anne-Britt noch lange Haare gehabt. Sie war einmal recht hübsch gewesen.

»Die langen Haare haben Ihnen gestanden«, sagte Susanne und drehte sich zur Küche um.

Anne-Britt Farberg Torgersen antwortete nicht. Sie stand in der Tür, in der Hand einen Teller mit Kuchen und ein großes Messer.

»Stellen Sie das Foto zurück«, sagte sie.

Susanne spürte, dass sie zweimal schlucken musste. Sie verfluchte sich selbst dafür, denn Anne-Britt musste ihre Unsicherheit bemerkt haben.

»Sie sind doch wohl kaum hierhergekommen, um sich alte Fotos anzuschauen?«

Susanne schüttelte den Kopf.

»Wollen Sie wissen, warum ich mich wirklich habe scheiden lassen?«

»Hatten Sie einen Verdacht?«

Anne-Britt Farberg Torgersen stellte den Kuchen auf den Tisch, legte das Messer weg und hob abwehrend die Hände.

»Wie oft muss ich Ihnen eigentlich noch sagen, dass dieser Mann niemanden umgebracht hat? Der kann nicht mal einer Fliege was zuleide tun. Jon-Olav konnte kein Blut sehen, er wurde schon ohnmächtig, wenn er sich nur mal in den Finger geschnitten hat.«

Susanne spürte, dass sie heiße Wangen bekam. Sie ging zu dem Sessel und setzte sich.

Mit einem Mal war ihr bewusst geworden, dass Anne-Britt noch am Morgen lange Haare gehabt haben konnte. Vielleicht hatte sie sich die gerade erst abschneiden lassen.

»Das habe ich alles auch schon Ihrem Kollegen gesagt, wie heißt der noch mal? Johnny, oder?«

»Tommy«, sagte Susanne. »Tommy Bergmann.«

»Stimmt. Er hat auch behauptet, Jon-Olav habe ihm geschrieben, irgendetwas von einem schwedischen Dichter.«

»Gustaf Fröding.«

Anne-Britt Farberg Torgersen schüttelte den Kopf.

»Jon-Olav hat sich nie wirklich für Literatur interessiert. Für einen Norwegischlehrer ist das ganz schön erstaunlich. Ganz anders seine neue Frau, die hat ja kaum etwas anderes gemacht als lesen.«

Aber die ist tot, dachte Susanne.

Sie musste spontan eine Entscheidung treffen, dabei wusste sie nicht einmal, ob sie Anne-Britt Farberg Torgersen trauen konnte. Schließlich ging sie das Risiko ein. »Wir haben Grund zu der Annahme, dass Farberg noch am Leben ist«, sagte sie. »Hat Tommy Ihnen das schon mitgeteilt?«

Die Überraschung der Frau wirkte echt. »Am Leben?«

»Mehr kann ich im Moment noch nicht sagen. Ich muss nur wissen, ob er irgendwie mit Ihnen Kontakt aufgenommen hat.«

»Am Leben?«, wiederholte Anne-Britt Farberg Torgersen und zog die Augenbrauen zusammen. Sie schien wirklich schockiert zu sein.

Susanne warf einen Blick auf ihre Notizen.

Nicht literaturinteressiert, las sie. Sie hob den Blick und musterte Anne-Britt Farberg Torgersen noch einmal, musste sich aber eingestehen, dass sie nicht wusste, was sie über sie denken sollte. Die größten Psychopathen waren oft die besten Schauspieler und unmöglich zu lesen.

»Sie wollten eben etwas sagen«, begann Susanne. »Warum haben Sie sich scheiden lassen?«

»Jon-Olav war …«, begann Anne-Britt Farberg Torgersen.

»Ja?«

»Vielleicht nicht pädophil, aber …«

Susanne wartete.

»Er hat sich sehr für die Mädchen in seiner Schule interessiert. Vetlandsåsen. Und für die Handballmädchen.«

»Aha.«

»Ich habe das an seinen Blicken gesehen. Nachdem wir unser Kind bekommen hatten, hat er das Interesse an mir vollkommen verloren. Er hat mit einem dieser Mädchen geschlafen.«

»Kristiane Thorstensen?«

»Ja. Sie wusste bestimmt, was sie tat. Sie war fünfzehn, aber wie kann sich ein erwachsener Mann so verführen lassen?«

Susanne wollte etwas erwidern. Eine Fünfzehnjährige, die einen Erwachsenen verführt?

»Er hat mir das erzählt, wissen Sie.«

»Was hat er Ihnen erzählt?«

Anne-Britt Farberg Torgersen starrte auf ihre Hände. Sie faltete sie, als spräche sie ein Gebet. Susanne bemerkte auch eine Bewegung der Lippen, konnte aber kein Wort ablesen.

»Männer sind eigentlich Schweine«, sagte sie. »Sie denken nur an das eine. Mit so jungen Mädchen zu schlafen, das geht doch nicht, das sind doch noch Kinder.«

Susanne beugte sich vor. Ihr wurde bewusst, dass sie den Kugelschreiber krampfhaft umklammert hielt, ihre Finger schmerzten bereits.

»Jon-Olav war ein lieber Kerl, wirklich. Aber er hat mit diesem Mädchen geschlafen. Sie hat sich ihm angeboten, und er konnte nicht widerstehen. Er hat sie aus der Handballmannschaft geschmissen, aber nicht mal das hat geholfen.«

»Woher wissen Sie das alles?«

Anne-Britt Farberg Torgersen verbarg das Gesicht in ihren großen Händen. Susanne musterte sie. Hatte der Barkeeper nicht explizit von großen Händen gesprochen?

Die Frau vor ihr flüsterte etwas. Susanne hatte Mühe, sie zu verstehen.

»Er hat es mir gesagt. Ganz einfach.«

»Er hat es gesagt? Was genau hat er gesagt?«

»Als dieser Drogenabhängige der Zeitung gesagt hat, dass er sie in Skøyen gesehen hat, wo wir wohnten, ist bei Jon-Olav eine Sicherung durchgebrannt. Er hat abends plötzlich laut aufgeschrien und gesagt, dass er dieses Mädchen nicht umgebracht hat.«

»Erinnern Sie sich noch an seine genauen Worte?«

»Er hat mir gesagt, dass er mit ihr geschlafen hat. Mehrmals. Zu Hause bei ihr, in unserer Wohnung und draußen im Wald. Immer wieder. Ich musste ihm versprechen, nichts zu sagen, denn sonst hätte er ja seinen Job und seine Stellung als Trainer verloren.«

Susanne nickte. »Hat er etwas über den Abend gesagt, an dem sie verschwunden ist? Sie waren damals nicht zu Hause, oder?«

»Nein, ich war nicht zu Hause, aber er hat mir erzählt, dass er dem Mädchen gesagt hat, dass er das alles nicht mehr will. Und dass Kristiane daraufhin bei sich zu Hause angerufen hat, obwohl er sie gebeten hat, das nicht zu tun. Aber getötet hat er sie nicht. Und die anderen auch nicht. Diese Mädchen sind doch so übel zugerichtet worden, all die Verstümmelungen – dafür musste man ja schon fast ein Arzt sein und sich mit der Anatomie auskennen, finden Sie nicht auch?«

Mit einem Mal kam Susanne wieder Alexander Thorstensen in den Sinn.

Wenn Kristiane an diesem Abend wirklich zu Hause angerufen hatte, musste ihr Bruder Alexander an den Apparat gegangen sein.

Und der war inzwischen Chirurg.

»Warum haben Sie nie etwas über die Beziehung zwischen Jon Olav und Kristiane gesagt?«

»Gesagt? Was gibt es da denn zu sagen? Dass ich mit einem pädophilen Lehrer verheiratet war, sogar ein Kind von ihm bekommen habe? Ich will da nicht reingezogen werden. Es ist schon schlimm genug, so ein Monster als Exmann zu haben. Genau wie sein Freund, dieser Anders Rask. Ich wollte nichts mit ihnen zu tun haben, nichts.

Aber dass Jon-Olav …, nein, das glaube ich nicht, das muss anders gelaufen sein.«

Erneut klingelte das Handy in Susannes Tasche.

Es war wieder Tommy.

Der Gedanke, den sie beinahe nicht zu denken wagte, lautete, dass Anne-Britt Farberg Torgersen sehr wohl die Frau im Hotel Fønix und in der Bar in Kongsvinger gewesen war, dass ihr aber weder der Rezeptionist noch der Barkeeper die Wahrheit gesagt hatten, als sie ihnen das Bild von Farbergs Frau gezeigt hatte.

»Wann haben Sie Ihren heutigen Friseurtermin ausgemacht?«, fragte Susanne.

»Das geht Sie nichts an. Verdächtigen Sie mich etwa? Habe ich nicht bereits genug gelitten?«

Anne-Britt Farberg Torgersens Stimme überschlug sich beinahe, trotzdem wusste Susanne den Tonfall nicht einzuschätzen. War sie im Begriff, die Beherrschung zu verlieren? Würde sie gleich zu weinen anfangen?

Susanne holte tief Luft. »Warum haben Sie die Kellerfenster mit Pappe verkleidet?«, fragte sie.

Jon-Olav Farbergs Exfrau knetete ihre Finger, die Knöchel waren völlig weiß.

»Ich würde gerne einen Blick in den Keller werfen«, sagte Susanne. »Und in die anderen Gebäude, die zum Haus gehören.«

Sie spürte, wie ihre Nasenflügel sich automatisch weiteten, als sie die Veränderung wahrnahm, die über Anne-Britt Farberg Torgersens Gesicht huschte. Es war, als erfüllte der seltsam alte Geruch im Haus plötzlich ihren ganzen Körper.

»Wieso den Keller, was haben Sie denn da verloren?«

Susanne antwortete nicht.

»Ich schenke Ihnen mein ganzes Vertrauen, und Sie wollen den Keller sehen?«

Anne-Britt Farberg Torgersen wirkte für einen Moment viel größer, als sie in Wirklichkeit war.

Susanne starrte auf das Messer, das auf dem Couchtisch lag, und trat automatisch einen Schritt vor, bereit, sich daraufzustürzen, sollte Anne-Britt Farberg Torgersen eine Bewegung auf sie zu machen.

»Ich kann mir auch einen Durchsuchungsbeschluss besorgen«, sagte sie.

»Dann tun Sie das«, sagte Anne-Britt Farberg Torgersen.

Susanne war aufgestanden. Warum hatte sie das nur gesagt?

»Verstehen Sie mich bitte nicht falsch«, sagte sie. »Wir verdächtigen Sie ja nicht.«

»Na dann«, sagte Anne-Britt Farberg Torgersen. »Von mir aus können Sie den Keller sehen.«

Susanne wäre am liebsten direkt in den Flur gestürmt.

»Glauben Sie etwa, ich verstecke da unten was?«, fragte Anne-Britt Farberg Torgersen. »Oder *jemanden*?«

Susanne antwortete nicht.

Anne-Britt Farberg Torgersen nahm das Messer vom Tisch.

»Ich schließe Ihnen auf«, sagte sie, ging aber erst wieder in die Küche. Susanne hörte eine Schranktür auf- und zugehen, dann wurde der Wasserhahn angedreht.

Als Anne-Britt Farberg Torgersen zurückkam, hatte sie das Messer weggelegt, in ihrem Blick aber lag etwas Dunkles, Hartes.

»Ich verstehe wirklich nicht, warum Sie mir nicht trauen.«

Sie traten beide in den Flur. Aus der oberen Etage waren die Geräusche eines Fernsehers zu hören.

Anne-Britt Farberg Torgersen steckte den Schlüssel ins Schloss und drehte ihn herum.

Muffige, feuchte Luft schlug ihnen entgegen. Vor ihnen führte eine dunkle Treppe nach unten.

»Gehen Sie vor«, sagte Susanne.

»Nein, ich lasse meinen Gästen den Vortritt«, sagte Anne-Britt Farberg Torgersen lächelnd. »Ich bin nicht gerne da unten. Meistens schicke ich Bjørghild. Ich bin seit Wochen nicht mehr im Keller gewesen.«

7

Susanne hatte keine Wahl, sie musste vorgehen.

Als sie unten auf dem rohen Betonboden stand, versuchte sie sich ein wenig Mut zuzusprechen. Immerhin war sie nicht die Treppe hinuntergestoßen worden.

Anne-Britt Farberg Torgersen schaltete das Licht ein. Susanne sah drei Türen, die nach links führten, und zwei weitere auf der rechten Seite. Am Ende des Flurs schien ein weiterer schmaler Gang nach links abzuzweigen.

Über ihnen ging die Tür.

Die dunkelhaarige Schwester stand oben auf der ersten Treppenstufe.

Susanne tastete mit der Hand ihre Jackentasche ab. Ein Kugelschreiber. Der musste als Stichwaffe reichen, sollte das nötig werden.

»Da unten ist was Gefährliches«, sagte die Schwester.

Susanne trat einen Schritt von Farbergs Exfrau weg, die im Licht der alten Glühbirne mit einem Mal ziemlich krank aussah.

»Glauben Sie, dass hier unten etwas Gefährliches ist?«, wandte sie sich an Susanne. »Was soll sich hier denn verstecken?«

»Da unten ist wer gestorben, Anne-Britt. Das weißt du genau. Deshalb traust du dich da ja nie runter«, sagte die Schwester und lachte leise glucksend.

Susanne öffnete den Mund, um etwas zu sagen, aber es kam kein Wort. Sie umklammerte weiterhin den Kugelschreiber, jederzeit bereit, ihn als Waffe gegen Anne-Britt Farberg Torgersen zu nutzen.

»Warum erzählst du ihr nicht, dass da unten jemand gestorben ist?«, fragte die Schwester von oben.

»Geh wieder hoch, Bjørghild«, sagte Anne-Britt Farberg Torgersen. »Hier ist keiner gestorben. Damit hat Papa uns doch nur Angst machen wollen.« Sie versuchte, Susanne anzulächeln, aber ihre Augen waren jetzt fast schwarz.

Susanne bemühte sich, das Lächeln zu erwidern, wusste aber nicht, ob ihr Mund sich überhaupt bewegte. Sie blieb ruhig stehen, während Anne-Britt Farberg Torgersen noch einmal nach oben zu ihrer Schwester ging.

Die zwei Schwestern verschwanden im Flur. Dann wurde die Tür geschlossen und der Schlüssel herumgedreht.

Susanne ließ den Kugelschreiber los und nahm ihr Handy aus der Hosentasche.

Kein Netz.

Eine ganze Weile blieb sie an die Wand gelehnt stehen.

Wie dumm konnte man eigentlich sein?

Susanne warf noch einmal einen Blick auf das Handydisplay, es war vergeblich.

Dann konnte sie auch beginnen, sich im Keller umzusehen.

Der erste Raum war ein Brennholzlager. Ein Streifen Licht drang an der am alten Fenster befestigten Pappe vorbei in den Raum. Susanne schloss die Tür und ging weiter. Der nächste Raum schien eine Art Vorratskammer zu sein.

Das Licht war kaputt.

Sie öffnete die Tür, so weit es ging, so dass das Licht aus dem Kellerflur hineinfiel, und trat dann über die Schwelle.

Reihe um Reihe alter Marmeladengläser stapelten sich in einem Metallregal. Es roch muffig.

Sie trat an das kleine Fenster unter der Decke und versuchte, die Pappe zu entfernen, aber es ging nicht, sie musste an den Rahmen geleimt worden sein. Dann drehte sie sich um und nahm eines der staubigen Gläser in die Hand. Was sich darin befand, war in dem schwachen Licht nicht zu erkennen, aber in der bräunlichen Flüssigkeit dümpelte irgendetwas herum.

Susanne stellte das Gefäß zurück und nahm das nächste. Auch hier schien Luft ins Glas eingedrungen zu sein. Der Inhalt war verdorben.

Es war unmöglich, nicht daran zu denken, dass Jon-Olav Farberg seinen Opfern Finger abgeschnitten und manchmal sogar Organe entnommen hatte. Allein bei dem Gedanken wäre Susanne das Glas fast aus den Händen gerutscht. Was, wenn diese Gefäße hier Finger, Hände, eine Niere oder ein Herz enthielten?

Der Frau, die in der Göteborger Rechtsmedizin lag, hatte eine Hand gefehlt; hätte diese Hand hier landen sollen?

Nein, dachte Susanne und nahm ein weiteres Glas.

Eine Echse, dachte sie, als sie das schwarze Etwas in der Flüssigkeit erblickte.

»Meine Schwester wollte Biologin werden«, kam es plötzlich von links. »Sie ist besessen von toten Dingen.«

Susanne erschrak so sehr, dass ihr das Glas aus der Hand rutschte und mit einem lauten Knall auf dem Betonboden des kleinen Kellerraums zerschellte. Eine schwarze Echse hüpfte für ein paar Sekunden auf dem Boden herum.

»Tut mir leid«, sagte Susanne.

»Habe ich Sie erschreckt?«, fragte Anne-Britt Farberg Torgersen.

Sie musste lautlos die Treppe heruntergekommen sein. Jetzt stand sie in der Tür, die Arme hinter dem Rücken, als versteckte sie etwas.

»Ich habe genug gesehen«, erwiderte Susanne, wohl wissend, dass sie sich das Labyrinth des restlichen Kellers nicht mehr ansehen würde. Nicht ohne weitere Unterstützung.

»Ich habe solche Angst«, sagte Anne-Britt Farberg Torgersen und machte eine Bewegung mit dem rechten Arm.

Für eine Sekunde dachte Susanne, sie hätte das große Messer hinter dem Rücken und wollte auf sie losgehen, weshalb sie instinktiv den Kugelschreiber zückte.

»Die hier habe ich vor einer Weile bekommen«, sagte Anne-Britt Farberg Torgersen. »Ich dachte, Sie würden mich verdächtigen, wenn ich sie Ihnen zeige.«

Eine Postkarte, schoss es Susanne durch den Kopf. Sie ließ den Kugelschreiber fallen und nahm die Karte. »Sie haben auch so eine bekommen?«, rutschte es ihr heraus.

»Er lebt«, sagte Anne-Britt Farberg Torgersen.

Susanne studierte die Vorderseite der Karte, ein simples Panorama von Vilnius. Auf der Rückseite stand in Blockbuchstaben:

ICH WOLLTE DEIN LEBEN NICHT
ZERSTÖREN.

Abgestempelt am 30. März in Vilnius.

Sie richtete ihren Blick auf das Adressfeld.

ANNE-BRITT FARBERG TORGERSEN
2230 SKOTTERUD

»2230«, sagte Susanne leise vor sich hin.

Sie gab Anne-Britt Farberg Torgersen die Postkarte zurück.

»Wollen Sie die nicht haben?«

»Der Brief«, sagte Susanne.

»Brief? Was für ein Brief?«

Susanne schob sie entschlossen aus der Tür und stürmte die Treppe hoch.

Die Schwester hockte im Flur auf dem Boden und weinte, das Gesicht in den Händen verborgen. Als sie auf Susanne aufmerksam wurde, begann sie zu schreien.

Susanne ging mit schnellen Schritten in die Küche.

Sie ignorierte die infernalischen Geräusche hinter sich und blätterte zügig durch den Briefstapel auf dem Küchentisch.

Mitten darin steckte der Brief, der ihr zuvor auf dem Couchtisch aufgefallen war und den Anne-Britt Farberg Torgersen so entschlossen weggenommen hatte.

Ganz oben stand die Adresse:

SOLHEIM BETREUTES WOHNEN

2400 MAGNOR

»Zweitausendvierhundert«, sagte Susanne leise.

»Was ist denn mit diesem Brief?«, wollte Anne-Britt Farberg Torgersen wissen, die plötzlich wieder hinter ihr stand. Sie hatte die Arme um ihre Schwester gelegt. »Das sind betreute Wohnungen, nichts Besonderes.«

»Es ist eine Postleitzahl«, sagte Susanne zu sich selbst.

Sie sah die Zahlen vor sich, getrennt durch einen Zwischenraum, wie sie auf der Kassette mit der Aufnahme von Amanda gestanden hatten.

2 4 0 0.

8

Auf dem Rückweg hielt Susanne an der Esso-Tankstelle im Zentrum von Skotterud und rief Fredrik Reuter an, der gerade am Abflugterminal in Gardermoen war.

Er teilte ihre Überzeugung nicht: »Warum sollte zwei, vier, null, null, jeweils mit Zwischenraum, ausgerechnet eine Postleitzahl darstellen?«, fragte er. »Das ist eine kodierte Nachricht, Susanne, da sind sich die Leute vom Kriminalamt ziemlich sicher. Und die Postkarte, die Farbergs Ex bekommen hat, ist doch auch aus Litauen geschickt worden. Das ist doch von Magnor ganz schön weit weg. Und überhaupt, Magnor … ein Nest an der schwedischen Grenze? Im Ernst?«

»Aber …«, begann Susanne, brach dann aber ab. Sie wollte nicht auf dem Argument herumreiten, dass Magnor an einer der drei Routen lag, über die Vigdis Solbergs verstümmelte Leiche nach Schweden gebracht worden sein musste.

Wenn sie nicht erst in Schweden ermordet worden war, dachte Susanne. Sie verlor den letzten Rest Mut, als Reuter noch einmal auf das staatliche Kriminalamt verwies, bevor er auflegte, weil das Boarding begann. Er war auf dem Weg zu Tommy, wollte den Dickschädel endlich finden.

»Schieb dir dein Scheißkriminalamt doch in den Arsch!«, brüllte Susanne, nachdem sie aufgelegt hatte.

Sie war gerade wieder zurück in Oslo, als ihr Handy klingelte.

»Susanne«, meldete sie sich.

»Hallo Susanne«, hörte sie am anderen Ende. »Ich hoffe, es ist in Ordnung, dass ich Sie Susanne nenne?«

Morten Høgdas Stimme war angenehm. Sollte sein Äußeres so attraktiv sein wie seine Stimme, würde das erklären, warum Elisabeth Thorstensen über Jahrzehnte hinweg ein Verhältnis mit ihm unterhalten hatte. Dann fiel ihr wieder ein, dass Høgda kein Engel war. Schließlich hatten sie ihm nachgewiesen, dass er immer wieder in den Puff ging, auch war er mehrmals wegen Vergewaltigung angeklagt gewesen.

»Sie wollten mich treffen?«, fragte er.

»Sind Sie nicht mehr in Stockholm?«

»Ich komme einen halben Tag früher, ein wichtiger Termin hier in Oslo. Heute Abend bin ich aber zu Hause«, sagte er.

»Sind Sie erneut angerufen worden? Oder haben Sie noch weitere Postkarten bekommen?«

Susanne warf einen Blick auf die Postkarte aus Vilnius, die auf dem Beifahrersitz lag. Irgendwie hatte sie Angst, dass auch in ihrem Briefkasten so eine Postkarte wartete. Oder dass eines der Kinder sie mit ins Haus genommen haben könnte, ohne ihr oder Svein etwas davon zu sagen.

»Glauben Sie mir, das hätte ich Ihnen gesagt.«

»Wo wohnen Sie?«, fragte sie.

»Stranden. Aker Brygge.«

Sie erinnerte sich. Tommy hatte Høgda in dessen Wohnung in Aker Brygge vernommen, während sie bei Jon-Olav Farberg gewesen war. Eine Vernehmung, die sie das Leben hätte kosten können. Wenn sie daran dachte, wie knapp Elisabeth Thorstensen davor gewesen war, sie zu töten, wagte sie kaum daran zu denken, wie entschlossen Farberg gewesen wäre, hätte er es damals auf sie abgesehen gehabt.

Die ganze Sache beunruhigte sie ungemein. Vielleicht war Farberg gar nicht in Litauen, sondern irgendwo in Oslo, um sie zu töten? Möglicherweise wieder mit Hilfe einer Komplizin?

»Wenn ich Sie schon am Telefon habe: Ich muss auch mit Ihrem Sohn sprechen.«

»Meinem Sohn? Welchem?«

»Mit Alexander Thorstensen natürlich.«

Es entstand eine Pause.

Susanne dachte, dass sie sich auch nach den anderen Söhnen erkundigen sollte, ließ es aber bleiben.

»Warum?«, wollte Høgda wissen.

Weil er Chirurg ist, dachte Susanne. Und weil er allein zu Hause war, als Kristiane, seine Schwester, zu Hause angerufen hatte, 1988, am Tag ihres Verschwindens. Alexander war noch immer ein schwarzes Loch in den Ermittlungen des zentralen Mordes, für den Anders Rask statt Farberg verurteilt worden war.

»Das kann ich Ihnen nicht sagen. Arbeitet er noch immer im Krankenhaus in Tromsø?«

»Konzentrieren wir uns doch erst einmal auf mich und die Drohungen gegen meine Person«, sagte Høgda. »Alexander hatte kein einfaches Leben, auch wenn es ihm rein materiell an nichts gefehlt hat.«

»Wie meinen Sie das?«, fragte Susanne.

Høgda antwortete nicht gleich.

»Das muss zwischen Alexander und mir bleiben.«

Susanne entschloss sich, Høgda nicht weiter unter Druck zu setzen. Sie war auf seine Kooperation angewiesen und durfte ihn jetzt nicht in die Ecke drängen.

Nachdem sie noch für den Abend zu Hause bei ihm in der Wohnung ein Treffen vereinbart hatte, fuhr sie in Höhe des IKEA-Marktes von der Autobahn ab und parkte bei der Statoil-Tankstelle in Alfaset. Sie rief die Auskunft an, um mit dem Krankenhaus in Tromsø verbunden zu werden.

»Alexander Thorstensen arbeitet nicht mehr hier«, sagte die Frau in der Telefonzentrale.

»Wenn das so ist, muss ich ihn zu Hause anrufen.«

»Es tut mir leid, aber ich glaube, er ist umgezogen.«

»Umgezogen?«

»Ja, nach Oslo. Er war nach Weihnachten für einen Monat krankgeschrieben. Danach hat er gekündigt. Seither hat niemand hier etwas von ihm gehört.«

Susanne legte auf und rief in der Polizeizentrale an.

»Machen Sie bitte mal einen Suchlauf für Alexander Thorstensen.«

»Skolegata, Tromsø.«

»Mist«, sagte sie.

Sie wählte seine Tromsøer Nummer, erhielt aber nur die Ansage, dass der Anschluss nicht mehr aktiv sei.

Danach rief sie die einzige Handynummer an, die auf Alexander Thorstensen registriert war.

Die Stimme des selbstaufgenommenen Ansagetextes klang wie die eines Kindes, nicht wie die eines erwachsenen Mannes.

»Hier ist Alexander. Ich kann gerade leider nicht ans Telefon gehen.«

Susanne fand den Text merkwürdig. Es fehlte sowohl die Aufforderung, eine Nachricht zu hinterlassen, als auch die Versicherung zurückzurufen.

Alexander Thorstensen machte auf sie irgendwie einen femininen Eindruck.

Sie beobachtete den dichten Verkehr vor sich, ehe sie ihren Blick auf den Friedhof auf der anderen Seite der Straße richtete. Dort war im letzten Herbst Daina, die litauische Prostituierte, begraben worden.

Sie nahm die Postkarte, die Anne-Britt Farberg Torgersen aus Vilnius bekommen hatte.

ICH WOLLTE DEIN LEBEN NICHT ZERSTÖREN.

Vorsichtig fuhr sie mit dem Finger über die Buchstaben und hielt bei dem Wort Leben inne. Dann bei der Postleitzahl, 2300.

Es war so, als würde ihr erst in diesem Moment, inmitten des Verkehrsinfernos, wirklich bewusst, dass Jon-Olav Farberg am Leben war.

Sie schloss die Augen, sah aber sofort Elisabeth Thorstensens weißes Gesicht im Spiegel und hörte Matheas Schreien. Dann spürte sie das Gewicht der fallenden Frau auf sich.

Plötzlich hatte sie das Gefühl, dass ihr die Zeit durch die Finger rann. Ohne weiter nachzudenken, trat sie aufs Gas und fädelte sich in die Fahrzeugkolonne ein.

Je näher sie ihrem Haus in Grefsen kam, desto sicherer war sie sich, dass sie Mathea zum letzten Mal gesehen hätte, wenn sie fortan nicht vorsichtiger war.

9

Wieder prasselte der Regen auf das flache, gottverlassene Land. Tommy sah aus dem Fenster der SkyBar im Hotel Reval und gewann den Eindruck, dass die Menschheit offensichtlich keinen weiteren Sommer verdiente. Von dem Grün, das die Stadt geprägt hatte, war nichts mehr zu sehen.

Dann ließ er seinen Blick zum Eingang an der Stirnseite des Lokals schweifen. Nach einer halben Stunde kam Tatjanas Freundin in die Bar. Es war eigentlich zu früh für gute Geschäfte, aber ihr Auftauchen ließ Tommy hoffen, dass auch Tatjana bald kommen würde.

Er hatte für vier Tage einen Wagen gemietet, brauchte aber jemanden, der die Landessprache konnte. Die Botschaft oder Wessel-Hansen konnte er nicht mehr kontaktieren. Die würden ihn nur ausweisen lassen.

Das Handy drehte sich mit einem Mal vibrierend im Kreis. Tommy hatte es in der Hoffnung auf einen Anruf von Tatjana vor einer halben Stunde eingeschaltet. Sie hatte sich aber nicht gemeldet.

Er nahm sein Telefon und hätte vor lauter Eile beinahe die Getränkekarte, die vor ihm auf dem Glastisch stand, zur Seite gefegt.

Es war Susanne.

Endlich, dachte er.

»Anders Rask hat eine Million Euro auf einem Konto in Liechtenstein«, sagte er, noch ehe sie ein Wort herausbringen konnte. »Und in Oslo deponiert eine Frau eine Kassette. Farberg schickt Postkarten an Morten Høgda. Wie kriegen wir das alles zusammen?«

»Farberg schickt auch Postkarten an seine Ex«, sagte Susanne.

Tommy schüttelte verwundert den Kopf. »An Anne-Britt Farberg Torgersen?«

»Ja, aus Vilnius.«

»Glaubt ihr mir jetzt?«, fragte Tommy. »Es war sogar jemand in Farbergs Haus auf Malmøya und hat dieses Foto von Fröding aus der Bibliothek ins Arbeitszimmer gehängt. Wer könnte das gemacht haben?«

»Seit gestern glauben wir dir. Sag mir, wo in Litauen du bist. Bist du noch in Vilnius?«

Er ignorierte sie.

»Jon-Olav Farberg hat Anders Rask bezahlt, damit dieser die Schuld auf sich nimmt. Und in den anderen Punkten hatte ich auch recht, erzähl mir jetzt nichts anderes. Er lebt, und er hält Amanda gefangen.«

»Aber was ist mit der Frau im Hotel Fønix?«, fragte Susanne. »Wer kann das sein? Für einen Moment dachte ich, es könnte seine Exfrau sein, aber da bin ich mir nicht mehr so sicher. Reuter ist auf der Suche nach dir. Vielleicht fliegst du raus, egal was du machst.«

»Sag ihm, dass mich seine ›Vergebung‹ nicht interessiert. Für wen hält er sich eigentlich? Er ist doch nicht Jesus. Erzähl mir lieber von der Kassette, die diese Frau im Hotel hinterlassen hat.«

Er notierte sich ein weiteres Mal den Namen Rostow, dann die Möglichkeit, dass die Ziffern 2 4 0 0 auf der

Kassette die Postleitzahl von Magnor sein konnten und dass Anne-Britt Farberg Torgersen in unmittelbarer Nähe wohnte.

Er studierte seine eigene Handschrift, während Susanne weiterredete.

Magnor, dachte er. Hatte er den Namen dieser Stadt im Zusammenhang mit diesem Fall nicht schon irgendwo gelesen?

Nein.

Er verwarf den Gedanken und sah aus dem Fenster. Tatjanas Freundin hatte sich zu einem dicken Geschäftsmann gesellt. Bei den beiden war es keine Frage, wer von ihnen oben liegen würde.

»Moment, was hast du gesagt?« Er unterbrach Susanne mitten in einem Satz.

Er notierte sich, was Susanne über Vigdis Solberg aus Kongsvinger gesagt hatte, die in Schweden ermordet aufgefunden worden war.

Er konnte nicht anders, er musste lächeln. Schadenfreude. Ein anderes Wort gab es nicht für das Gefühl, das er verspürte. Das Problem war nur, dass damit tatsächlich die Möglichkeit bestand, dass Jon-Olav Farberg sich in Norwegen aufhielt, was er Susanne aber nicht sagte. Zuerst musste er Rostow finden. Er gelobte sich selbst, Tatjana mit nach Norwegen zu nehmen, wenn der R von der Restaurantrechnung nicht doch Rostow war.

»Aber wer war diese Frau, die dich zu Hause angerufen und die Kassette im Hotel deponiert hat?«, fragte er.

Konnte es die dritte Person sein, die an dem Essen in Vilnius teilgenommen hatte? Sonst kam eigentlich niemand in Frage.

»Ich dachte ja spontan an Anne-Britt Farberg Torgersen«, sagte Susanne. »Das glaube ich inzwischen nicht mehr. Aber da ist irgendwas mit Magnor, mit dieser Zweitausendvierhundert, ich krieg das aber noch nicht zusammen. Sie wohnt da ja ganz in der Nähe, und nach Kongsvinger ist es auch nicht weit.«

»Und du glaubst, dass diese Susanne Bechmann aus dem Fønix dieselbe ist, die auch in diesem Pub in Kongsvinger war?«

»Ja, ich sehe kaum eine andere Möglichkeit.«

»Okay«, sagte Tommy. »Farberg hat hier in Litauen Bernstein gekauft, den gibt es hier überall. Und den hat er dann der Frau gegeben, die er als Lockvogel nutzt. Überprüf das mit Magnor. Guck das alte Material durch, vielleicht taucht Magnor da irgendwo auf. Einen Versuch ist es wert.«

Bernsteinschmuck.

Rostow.

Allmählich fügten die Puzzleteilchen sich zusammen.

Und ein Lockvogel, dachte Tommy. Jon-Olav Farberg ist am Leben und nutzt eine Frau, die er schon lange kennt oder vielleicht erst auf der Flucht kennengelernt hat, als Lockvogel und Botin.

Er hob den Blick. Er war auf ein Lachen aufmerksam geworden, eine Stimme, die er seit gestern im Ohr hatte.

»Ich muss gehen«, sagte er. »Ich muss Amanda noch vor Sonntag finden, es gibt hier im Land so eine verrückte Sekte, die davon überzeugt ist, dass einem Mann seine Sünden vergeben werden, wenn er ein Mädchen, das noch keine vierzehn und vom Sternzeichen Widder ist, beschneidet und verstümmelt und sie dann heiratet. Deshalb hat Farberg Amanda entführt. Sie wird Montag vierzehn …«

Susanne war mit einem Mal ganz still.

»Susanne?«

»Sternzeichen Widder?«, fragte sie kaum hörbar.

»Ja. Widder.«

»Ich wusste es«, sagte sie. »Dann war das kein Zufall, verstehst du?«

»Dass er Amanda entführt hat? Nein, das war kein Zufall.«

»Dass er Elisabeth Thorstensen geschickt hat, um Mathea zu holen.«

»Mathea?«

»Sie wird am Dienstag sechs. Sie ist Sternzeichen Widder, Tommy.« Ihre Stimme war kurz davor, sich zu überschlagen. »Und was ist mit dieser Frau im Fønix? Wer zum Henker ist das?«

Tommy versuchte, sie zu beruhigen. »Mach dir keine unnötigen Sorgen. Bleib zu Hause und rede mit Bent, er findet eine Lösung, bis wir Farberg gefunden haben. Reuter würde mir ohnehin nicht glauben, also sag ihm nichts davon.«

»Ich habe mich heute Abend mit Morten Høgda verabredet, ich muss also aus dem Haus«, sagte Susanne. »Ich muss mit ihm auch über Alexander Thorstensen sprechen. Der ist nach Oslo gezogen. Ich glaube, der hat uns nicht alles gesagt, was Kristianes Verschwinden angeht.«

»Alexander Thorstensen?«, fragte Tommy, ohne seine Verwunderung zu verbergen.

»Kannst du mir nicht einfach sagen, wo du steckst, Tommy? Reuter versucht, dich zu finden, du würdest es uns wirklich einfacher machen, wenn du nicht so ein verdammter Dickschädel wärst. Was, wenn Amanda stirbt und deine Starrköpfigkeit daran schuld ist? Hast du darüber schon mal nachgedacht?«

»Damit Reuter herkommen und mir alles kaputtmachen kann? Die Behörden und die litauische Polizei machen nicht mit, diese Scheißbürokratie hier wirft einem nur Knüppel zwischen die Beine. Ich vertraue ihm nicht mehr. Glaub mir, ich finde Jon-Olav Farberg, bevor Reuter mich findet.«

»Kannst du nicht endlich damit aufhören, dich selbst ins Verderben zu stürzen? Warum musst du das nur immer wieder machen?«

Du erinnerst mich an Hege, dachte Tommy.

Auch du.

Seine Aufmerksamkeit ging von Susanne zu Tatjana.

Er legte ohne ein weiteres Wort auf und schaltete das Handy aus.

Tatjana saß an der Bar und flirtete mit dem Barkeeper, einem jungen Playboy mit rabenschwarzen Haaren. Sie legte die Hand auf seine, beugte sich vor und flüsterte ihm etwas ins Ohr. Er lachte leise, und sie warf mit einem gekünstelten Lächeln den Kopf zurück. Dabei machte sie keine Anstalten, Tommy Bergmann auch nur eines Blickes zu würdigen.

Tommy spürte Eifersucht in sich aufkommen, wie ein Gift, das langsam von seinem Körper Besitz ergriff. Er zündete sich eine Zigarette an und sah in Richtung der weiten Waldgebiete hinter dem Stadtrand, wo sich marmorweiße Hochhäuser in den Himmel reckten. Was hatte diese Frau nur mit ihm gemacht? Wenn er sich jetzt nicht zusammenriss, würde er sich noch bei dem Wunsch ertappen, sie nie wieder zu verlassen und mit ihr den Rest des Lebens hier in dieser Stadt zu verbringen. Warum musste er sich auch um so ein krankes Arschloch wie Jon-Olav Farberg kümmern? Das konnten doch auch andere machen, oder?

Er nahm sich noch einmal seine Unterlagen vor.

Ganz zuunterst lag ein Ausdruck der Fotos, die er im Internet über die Skopzen gefunden hatte. Eine weibliches Sektenmitglied starrte mit einem unergründlichen Gesichtsausdruck in die Kamera. Ihr fehlte eine Hand, und ihr grober Kittel war zur Seite geschlagen und entblößte zwei große Narben, wo ihre Brüste gewesen waren. Ihren Unterleib wollte er sich gar nicht erst ansehen.

Die Frage war nur, wie die Sektenmitglieder diese Verstümmelungen überhaupt überleben konnten. Tommy hatte einmal etwas über Sklavenhalter in den amerikanischen Südstaaten gelesen, die ihren Sklaven die halben Füße abgehackt hatten, wenn sie zu fliehen versucht hatten. Den Stumpf des Fußes hatten sie in siedendes Öl getaucht, damit die Opfer nicht verbluteten.

Wie konnte man zu so etwas nur imstande sein?, fragte Tommy sich und studierte das Gesicht der jungen Frau. Die Skopzen gab es also schon seit dem Zarenreich im 18. Jahrhundert. Nicht einmal Stalin war es gelungen, sie vollständig auszurotten. Die Arbeitslager in Sibirien hatten nicht gereicht, um ihnen ihren Glauben zu nehmen und die Überzeugung, dass sie dank Verstümmelungen und extrem grober Beschneidungen ins Himmelreich kämen.

Tommy rauchte noch eine Zigarette und leerte seine Cola, bevor er all seinen Mut zusammennahm und zur Bar ging. Er war verdammt nervös. Er brauchte ihre Hilfe, und er mochte es nicht, jemanden um Hilfe zu bitten. Das machte ihn immer irgendwie verletzlich. Speziell dann, wenn die Menschen einen solchen Effekt auf ihn hatten wie diese Frau aus Smolensk.

Tatjana drehte sich auf ihrem Barhocker zu ihm herum, als er an die Bar trat.

Er setzte sich neben sie.

»Was machst du heute Abend?«, fragte er.

Sie lachte überrascht.

»Arbeiten.« Sie wandte sich von ihm ab und zündete sich eine Zigarette an.

Sie trug einen tief ausgeschnittenen Pullover und eine eng sitzende Lederhose, die nichts der Phantasie überließ. Außerdem war sie stark geschminkt.

»Ich brauche deine Hilfe.«

»Du glaubst, dass ich dich bestehle«, sagte sie leise. »Für wen hältst du mich eigentlich? Denkst du wirklich, dass ich bloß eine kriminelle Nutte bin?«

»Würdest du mit mir nach Švenčionys kommen?«

Sie drehte sich langsam zu ihm um.

»Švenčionys? Ich weiß nicht mal, wo das liegt.«

»Achtzig Kilometer von hier. Im Nordosten, unweit der Grenze zu Weißrussland. Den Weg finde ich schon, aber ich brauche jemanden, der die Sprache spricht.«

»Ich spreche kein Litauisch. Ich bin Russin. Oder hast du das bereits vergessen?«

Sie schien wirklich sauer zu sein, als hätten sie sich ganz normal kennengelernt und nicht als Freier und Prostituierte.

»Hier spricht doch jeder Russisch. Das hast du selbst gesagt.«

»In Švenčionys reden sie eher Polnisch.«

»Ich dachte, du wüsstest gar nicht, wo das liegt«, sagte Tommy.

»Ich bin Halbpolin«, sagte Tatjana. »Aber ich brauche Geld, sorry.«

»Du bist also halb polnisch, willst mir aber nicht helfen«, sagte Tommy und senkte die Stimme, so dass sie kaum noch zu hören war. »Du kriegst Geld, ich will dir kein Geschäft wegnehmen.«

Er wusste nicht, warum er ihre Hand nahm, er konnte einfach nicht anders.

Sie erwiderte seinen Händedruck kurz und intensiv.

»Ich will dir die Wahrheit sagen«, fuhr er leise fort, »ich suche nach einem dreizehnjährigen Mädchen, das noch vor Sonntag sterben wird, und heute ist bereits Donnerstag. Ich weiß nicht, wo sie ist, aber ich glaube, sie ist noch am Leben und hier in diesem Land. Und ich bin mir ziemlich sicher, dass der Mann, der sie entführt hat, in der Nähe von Švenčionys ist.«

Er öffnete die Mappe, die er in den Händen hielt, und zeigte ihr die Fotografie der jungen, verstümmelten Frau aus den zwanziger Jahren.

Tatjana schloss die Augen. Tommy betrachtete die langen Wimpern, die schwer von Mascara waren.

»Nur ich glaube, dass sie noch am Leben ist … und dass sie das da mit ihr vorhaben. Wenn sie überlebt, soll sie mit einem Mann verheiratet werden, der viele junge Mädchen ermordet hat. Einem Mann, den ich vor Weihnachten habe entkommen lassen. Es wird mich für den Rest meines Lebens verfolgen, wenn ich ihn nicht kriege.«

»Soll ich jetzt anfangen zu weinen?«, unterbrach Tatjana ihn. »Ich mag kein sentimentales Geschwätz. Und ich lasse mich nicht als Kriminelle hinstellen.«

Tommy versuchte nachzudenken, aber in seinem Kopf war nur Nebel. Ihr plötzlicher Stimmungswechsel hatte ihm das Gefühl gegeben, nichts wert zu sein.

War es nicht mit Hege genauso gewesen? Wenn sie sich von ihm abgewandt und ihm Kontra gegeben hatte, hatte er sich wie ein Kind gefühlt, und das in einem Moment, in dem er sie mehr als alles andere gebraucht hätte. So war es damals zu den Schlägen gekommen. Er hatte reagiert wie ein Kind, hatte wie ein kleiner Junge einfach zugeschlagen.

Jetzt spürte er keine Wut.

Er blieb einfach nur wie ein Idiot neben Tatjana sitzen.

»Ich muss arbeiten«, sagte sie und wandte sich von ihm ab.

Tommy wusste, dass er aus dem Hotel verschwinden musste, ehe er richtige Gefühle für diese kleine Hure aus Smolensk entwickelte. Das alles konnte nicht gutgehen. Und was sollte er auch hier mit einer Russin, in diesem Land, wo die Menschen alles Russische hassten?

Er nahm seine Unterlagen und verschwand ohne ein weiteres Wort, um zu packen.

In seinem Zimmer stellte er sich ans Fenster und betrachtete die Stadt unter sich. Es begann dunkel zu werden, Scheinwerfer funkelten in den Straßen, und die Baumkronen wirkten eher schwarz als grün.

Er erinnerte sich kaum noch daran, wie man fahren musste, um in Richtung Švenčionys zu kommen. Für einen Moment war er kurz davor, doch noch Fredrik Reuter anzurufen und ihm zu sagen, dass er im Hotel Reval in Vilnius war und Hilfe brauchte.

Nein, zum Henker, dachte er in der nächsten Sekunde. Mit etwas Glück fand er in Švenčionys jemanden, der Englisch sprach und ihn zu Rostow führen konnte.

Als er mit dem Aufzug nach unten zur Rezeption fuhr, waren die Zweifel aber wieder da.

Die Türen öffneten sich, und er starrte direkt in Tatjanas Gesicht.

Sie hatte sich in der Sitzgruppe bei der Rezeption niedergelassen. Als sie ihn bemerkte, stand sie sofort auf.

»Hast du nicht kapiert, dass ich dich wirklich mag?«, flüsterte sie ihm ins Ohr.

10

Sie musterte ihre Mutter, die ihr gegenüber am Esstisch saß. Das einzig Gute, das Elisabeth Thorstensens Mordanschlag auf Susanne mit sich gebracht hatte, war die Tatsache, dass Susannes Mutter sich seither einigermaßen normal verhielt. Soweit sie denn normal sein konnte. Auch wenn sie weder geweint noch irgendetwas annähernd Liebevolles gesagt hatte, so war sie doch, sooft es ging, bei Susanne im Krankenhaus gewesen. Auf diese Weise hatten sie immerhin das Kriegsbeil für eine Weile begraben.

Susanne hatte sich damit beruhigt, dass die Neurosen des Bürgertums ihre Mutter wohl nie ganz loslassen würden, dass diese sich aber zusammengerissen hatte, als ihr bewusst geworden war, dass sie nun auch ihre letzte Tochter verlieren könnte.

Als Markus und Mathea vom Tisch aufgestanden waren, beugte Susanne sich vor und nahm die Hand ihrer Mutter. »Ich bin so froh, dass du heute kommen konntest.«

Die Mutter lächelte kurz und wandte dann den Blick ab.

»Svein hat zurzeit viel zu tun, nicht wahr?«, sagte sie, stand auf und begann, den Tisch abzuräumen.

Susanne studierte die Bewegungen ihrer Mutter am Spülbecken und gelobte sich selbst, nie so zu werden. Sie dachte oft, dass sie nur noch Kontakt hatten, weil sie ihr einziges Kind war. Das einzige, das noch lebte. Ihre Schwester Line war immer das Lieblingskind gewesen, doch sie war gestorben und mit ihr der Rest Liebe, den ihre Mutter bis dahin auch für Susanne empfunden hatte.

Wie unterschiedlich zwei Menschen, die sich die Hälfte der Gene teilen, doch sein können, dachte Susanne und genoss den Gedanken, dass ihre Mutter Mathea im Kindergarten abgeholt hatte. Bestimmt hatte sie sich mehrmals die Hände gewaschen, nachdem sie ein Gebäude hatte betreten müssen, in dem sich derart viele Ausländerkinder aufhielten.

Als könnte sie Susannes Gedanken lesen, hielt die Mutter mit dem Spülen inne.

»Vielleicht würde es Mathea guttun, in einen Kindergarten hier im Viertel zu wechseln. Ich meine, sie wird doch auch hier in die Schule gehen?«

Susanne seufzte leise. Ein Kind, das im August in der Schule anfängt, noch im April aus seinem Kindergarten reißen? Außerdem wusste sie, wenn sie ehrlich war, nicht einmal, ob sie und Mathea im Sommer noch hier wohnen würden. Vielleicht würden sie auch zurück nach Grønland oder nach Tøyen ziehen. Je mehr Einwanderer, desto besser, dachte sie.

Sie ließ ihre Mutter in der Küche stehen und ging ins Wohnzimmer, wo Mathea und Markus vor dem Fernseher auf dem Boden lagen. Einen Moment lang versuchte sie, sich von dem Programm entführen zu lassen, doch ohne Erfolg. Es gelang ihr einfach nicht, sich auf einfache Sachen einzulassen, egal ob Radio, Fernsehen oder Bücher. Was nicht zu ihrem Job gehörte, war wie ein Strom aus diffusen Geräuschen, auf den sie sich einfach nicht konzentrieren konnte.

Sie beugte sich hinunter und streichelte Mathea über die Haare. Mathea schob ihre Hand weg.

»Mama, ich gucke fern.«

»Du musst aber bald ins Bett gehen.«

Mathea wedelte abwehrend mit der Hand und rutschte etwas näher an den vier Jahre älteren Markus heran.

Susanne trat an die französischen Türen, die zur Terrasse hinausgingen.

Der Horizont im Westen war noch ein bisschen rosa, darüber wurde der Himmel erst dunkelblau, dann tiefschwarz.

Sie senkte den Blick und betrachtete die Lichter der Stadt unter sich. Sie funkelten, als wäre es ein Weihnachtsabend und nicht irgendein Tag im April. Ein kalter Hauch zog über den Boden, als wollte es eher Winter werden als Sommer.

Jon-Olav Farberg sollte vor Weihnachten in einem Ofen verbrannt sein, doch stattdessen rannte er jetzt irgendwo auf der anderen Seite der Ostsee als freier Mann herum. Und auch seine Botin liegt noch immer zwei Schritte vor mir, dachte Susanne.

Gleich darauf hörte sie ein Geräusch aus dem Flur. Schlagartig war die Panik da, dass ihr schlimmster Alptraum wahr werden und Anne-Britt Farberg Torgersen ihren Mann angerufen und vor ihr gewarnt haben könnte. Woraufhin Farberg jetzt bewaffnet mit Messer und Hammer in ihrem Haus war, um alle zu töten, die sich ihm in den Weg stellten: Mathea, Markus, ihre Mutter und sie.

Kurz darauf hörte sie Sveins Stimme. Er kam hinter der Glastür zum Vorschein und begrüßte ihre Mutter.

Eine halbe Stunde später war Susannes Mutter gegangen, und irgendwie wünschte Susanne sich, dass sie sich erst in einer ganzen Weile wiedersehen würden.

Als sie Svein das Essen aufwärmte, fühlte sie sich wie eine Hausfrau aus den fünfziger Jahren, die keine andere Aufgabe hatte, als ihren Ehemann zufriedenzustellen. Im Moment war das okay, sie wollte nichts anderes als bloß ein bisschen Sicherheit.

»Das DNA-Profil kommt vielleicht noch vor Mitternacht. Sie arbeiten mit vollem Einsatz daran.«

»Ich bin nicht Hanne Rodahl, Svein. Du musst mir nichts erklären.«

»Ja, aber du verstehst, wie wichtig das ist.«

»Spielt das denn wirklich noch eine Rolle?«, fragte Susanne. »Wenn Farberg aus Litauen Postkarten an seine Exfrau schickt, gibt es ja kaum noch offene Fragen, oder?«

»Fredrik ist jetzt in Litauen«, sagte Svein und sah auf seine Armbanduhr. »Dieser Tommy Bergmann …« Er hielt inne, als fehlten ihm die Worte, diesen Mann zu beschreiben.

»Können wir vielleicht über irgendwas anderes sprechen? Nur für eine Weile?«

»Aber klar doch.«

»Ich brauche fünf Minuten Zuneigung von dir, bevor ich mit Morten Høgda rede.« Sie setzte sich dicht neben Svein, während er aß, und schob ihre Hand zwischen seine Oberschenkel, als könnte sie es nicht abwarten, mit ihm ins Bett zu gehen.

Irgendwie fühlte sie sich durch den Besuch ihrer Mutter genötigt, diese Beziehung nicht scheitern zu lassen. Auch wenn sie selbst dafür die ganze Arbeit leisten musste.

Sie sah auf ihre Armbanduhr. Sie wurde erst gegen neun Uhr bei Høgda erwartet. Mathea hätte längst im Bett sein sollen, aber das ließ sich jetzt nicht ändern.

Sie nahm Svein das Besteck aus den Händen.

»Lass uns nach oben gehen«, sagte sie. »Wir schaffen das noch.«

Er schüttelte den Kopf.

»Doch«, sagte sie und setzte sich rittlings auf seinen Schoß.

Sie musste die giftigen Gedanken loswerden.

»Es ist spät, die Kinder müssen ins Bett.«

»Seit wann interessiert dich denn so was?«, fragte sie leise lachend.

Sie legte ihm die Arme um den Hals und schmiegte ihr Gesicht an seine Schulter.

Der Tag war lang gewesen, und er war noch nicht zu Ende.

»Ruh dich aus«, sagte er. »Ich kann die Kinder ins Bett bringen.«

»Komm anschließend hoch. Ich liebe dich«, flüsterte sie, als er ins Wohnzimmer ging, um Mathea und Markus zu holen. Sie wusste aber nicht, ob er das noch gehört hatte. Egal, sie war sich ja nicht mal sicher, ob sie es auch wirklich so meinte.

Oben im Schlafzimmer zog sie sich aus und kroch unter die kalte Decke.

Sie musste unmittelbar eingeschlafen sein, denn das Nächste, was sie mitbekam, war Mathea, die in der Tür stand. Für einen Moment war sie sich sicher, dass sie das alles nur träumte. Erst Sekunden später erkannte sie, dass der unbekannte großgewachsene Mann, der hinter ihrer Tochter stand, Svein war.

Sie richtete sich im Bett auf und zog die Decke über den Kopf.

Mathea stürmte auf das Bett zu und warf sich auf sie.

»Willst du, dass ich dich ins Bett bringe?«, fragte Susanne.

Mathea nickte.

Susanne stand auf, wickelte sich die Decke um den Leib und schaltete das Licht ein.

»Komm«, sagte sie.

»Willst du dich nicht anziehen?«, fragte ihre Tochter. Sie blieb auf dem Bett sitzen und zerrte an einem Ärmel ihres Nachthemds.

»Nein«, sagte Susanne. »Ich hab mir die Decke angezogen.«

Mathea hatte einen seltsam leeren Gesichtsausdruck. Sie starrte einfach vor sich hin.

»Was ist denn los?«, fragte Susanne. »Ist was passiert?«

»Sie ist traurig, weil ein Bild verschwunden ist«, sagte Svein und zuckte mit den Schultern.

Susanne bedeutete ihm, sie mit ihrer Tochter allein zu lassen.

»Ein Bild?«

Mathea nickte. Sie hob die Hand an den Kopf, um nach ihrer Haarspange zu tasten.

»Im Kindergarten.«

»Im Kindergarten?«

Susanne begann zu frieren. Der alte Holzboden war kalt, sie wusste aber, dass es das Wort Kindergarten war, das ihr Gänsehaut bereitete.

Mathea antwortete nicht, sie fingerte wie manisch an ihrer Haarspange herum.

»Kannst du die Spange jetzt mal in Ruhe lassen und

mir sagen, was passiert ist?«, fragte Susanne. Sie merkte, wie ihre Stimme sich veränderte. Sie beugte sich vor und nahm etwas verärgert Matheas Hand aus den Haaren. Irgendwie gelang ihr trotzdem ein Lächeln, als sie ihrer Tochter über die Wange streichelte.

Mathea kaute auf ihrer Unterlippe herum.

»Sonst ist von keinem was weg.«

»Warum hast du das nicht eher gesagt? Ich verstehe nicht …«

»Als ich in den Kindergarten gekommen bin …«

»Heute Morgen?«

Mathea nickte.

Susanne dachte, dass sie wahrscheinlich die schlimmste Rabenmutter in ganz Oslo war. Sie hatte ihre Tochter einfach aus dem Auto aussteigen lassen und ihr hinterhergewunken.

»Meinst du das Bild über deinem Platz? Über deinem Haken? Auf dem dein Geburtsdatum steht?«

»Ja. Die Erwachsenen haben gesagt, dass jemand da war. Ein Dieb.«

Matheas Augen liefen über. Sie schluckte und schien vor Susanne verbergen zu wollen, wie traurig sie über den Diebstahl des Bildes war.

Susanne verfluchte sich selbst. Sie richtete noch das Leben ihrer eigenen Tochter zugrunde. Warum hatte sie ihren Job bei der Polizei nicht einfach an den Nagel gehängt, nachdem Elisabeth Thorstensen einen Mordanschlag auf sie verübt hatte?

Susanne ließ die Decke zu Boden fallen, beugte sich zu ihrer Tochter hinunter und drückte sie an sich.

Mathea atmete schnell, ihr Herz pochte, und sie presste ihre kleinen Hände an Susannes Rücken.

»Und sonst ist nichts weggenommen worden? Die Diebe haben sonst nichts gestohlen?«

»Ich glaube nicht.«

Susanne umarmte ihre Tochter so fest, dass sie einen Moment fürchtete, ihr die Rippen zu brechen. Ein leichtes Zittern ging durch Susannes Körper, aber sie redete sich selbst ein, dass das daran lag, dass sie nackt war.

Sie sah auf den Radiowecker auf Sveins Nachttisch. Sie würde zu spät zu dem Termin mit Høgda kommen. Sie wollte Mathea jetzt nicht allein lassen, aber sie hatte keine Wahl.

Auf wundersame Weise gelang es ihr, die Kleine zu beruhigen und ins Bett zu bringen. Als sie eingeschlafen war, versuchte Susanne, Tommy Bergmann anzurufen. Eine Frauenstimme meldete sich und verkündete ihr, dass der Teilnehmer zurzeit nicht erreichbar sei.

Danach führte sie zwei weitere kurze Telefonate. Das erste mit der Leiterin des Kindergartens, bei der sie sich beschwerte, nicht gleich über den Vorfall informiert worden zu sein. Das zweite mit Tommys altem Kollegen, Bent.

Erst als Bent um Punkt neun Uhr vor der Haustür stand, wagte sie daran zu denken, von zu Hause aufzubrechen.

Svein hatte nicht einmal den Versuch unternommen zu protestieren, als sie ihm den ungepflegten Zivilfahnder als Leibwache vorgeschlagen hatte.

11

Nebel lag auf der flachen Landschaft, als Tommy sich Švenčionys näherte. Das einzige beleuchtete Gebäude schien die Kirche zu sein, die auf einer kleinen Anhöhe am Rande des Ortes stand.

Es war leicht, einen Parkplatz zu finden. Mit beinahe steif gefrorenen Fingern zog er die Schlüssel aus dem Zündschloss. Die Heizung in dem alten Ford funktionierte nicht, und er fragte sich, ob er diesen in die Jahre gekommenen Schrotthaufen von Leihwagen überhaupt abschließen musste.

Als er die Autotür öffnete, begann es wieder zu regnen. Irgendwie hatte es geregnet, seit er nach Litauen gekommen war. Nur der Morgen mit Tatjana war eine Ausnah me gewesen.

»Ein netter Ausflug, auf den du mich da eingeladen hast«, rief Tatjana vom Bürgersteig aus. Sie hatte unter einer Markise Schutz gesucht, die ein Ladenbesitzer einzukurbeln vergessen hatte.

Tommy ging demonstrativ langsam auf sie zu und versuchte, die Mappe unter seiner Jacke vor dem Regen zu schützen.

»Komm her«, sagte er und legte ihr einen Arm um die Schultern. Sie hasteten durch den Regen auf das einfache Hotel zu, das ein Stück weiter in der gleichen Straße lag.

Es erinnerte eher an ein Studentenwohnheim als an ein Hotel, aber sie würden damit auskommen. Die Neonröhre über der Rezeption flackerte und hing etwas schief an der vergilbten Deckenverkleidung.

»Frag ihn nach Rostow«, sagte Tommy zu Tatjana, die mit dem kleinen, untersetzten Hotelangestellten über den Preis verhandelte.

»Später«, sagte Tatjana. »Ich friere mir hier noch den Arsch ab.« Sie nahm dem Mann die Schlüssel aus der Hand, ging zum Treppenhaus und schaltete das Licht ein.

»Ist doch schön hier?«, sagte sie, als sie die Tür des Zimmers aufgeschlossen hatte.

Eine alte orange Tagesdecke aus irgendeiner Kunstfaser lag über zwei einfachen Stahlbetten, wie man sie in Militärlagern oder Kinderheimen fand.

Tommy zündete sich eine Zigarette an und sah sich im Zimmer um. Es war der traurigste Ort, an dem er je gewesen war.

Tatjana warf ihre kurze Jacke zu Boden und zerrte sich die Bluse vom Körper.

Tommy beobachtete, wie sie die Stiefel und dann die enge Jeans auszog.

»Rostow kann warten.« Sie ging nackt durch das Zimmer und küsste ihn.

Du solltest zu Hause bei deiner Tochter sein, dachte Tommy.

»Komm«, sagte sie und streckte die Arme nach ihm aus. Dann lachte sie, und er wusste, dass dieses Lachen ihn verrückt machen würde, wenn er sie nicht verließ.

Er schrak abrupt auf, als er draußen auf dem Flur ein Geräusch hörte. Er tastete den Nachttisch nach etwas ab, womit er sich verteidigen konnte. Dann hörte er etwas entfernt das leise Lachen einer Frau.

Er drehte sich um und sah aus dem Fenster auf die Straße. Tatjanas Wärme verschwand für einen Moment, doch gleich darauf schmiegte sie sich wieder an seinen Rücken, dabei schlief sie allem Anschein nach fest.

Draußen war es stockfinster. Ihm fiel auf, dass es überhaupt keine Straßenbeleuchtung gab.

Vielleicht war es gar nicht so erstaunlich, dass dieser Rostow sich in einem solch entlegenen Winkel der Welt versteckt hielt. Eine Art Niemandsland zwischen dem reichen Europa und der letzten Diktatur des Kontinents in Weißrussland.

Gemeinsam mit Tatjana hatte er Professor Garulaitas noch einmal einen Besuch abgestattet, bevor sie zur weißrussischen Grenze aufgebrochen waren. Der Religionshistoriker hatte aber wieder nur verneint, dass die Sekte noch existierte, und von einem Mann namens Rostow hatte er auch noch nichts gehört.

Tommy stellte die Füße auf den braunen Linoleumboden.

Seine Sachen waren noch immer nass.

»Wohin willst du?«, fragte Tatjana.

»Du hast versprochen, mir zu helfen.«

»Morgen«, sagte sie.

»Morgen kann es zu spät sein …«

»Morgen«, sagte sie wieder.

Er zog sich im Dunkeln an. Mehrmals schauderte er wegen der nassen Kleider, doch der Gedanke an Amanda, sollte sie denn noch am Leben sein, ließ jedes Opfer erträglich erscheinen. Aber war sie tatsächlich in diesem Land?

»Du, ich bezahle dich ja«, sagte er zu Tatjana.

Sie stieg, die Decke um sich geschlagen, aus dem Bett.

»Ich will dein Geld nicht.«

»Ich fahre jetzt«, sagte er.

»Ich will dich«, sagte Tatjana. »Wann kapierst du das eigentlich?«

Er antwortete nicht, sondern wandte sich zur Tür.

»Warte«, sagte sie hinter ihm.

»Nie gehört den Namen«, sagte der Mann an der Rezeption, als Tatjana ihn nach Rostow fragte.

»Vielleicht kann ich Ihr Gedächtnis ja ein bisschen auffrischen«, sagte Tommy und legte hundert Euro auf den Tisch.

Der Rezeptionist zuckte mit den Schultern. Aus dem Hinterzimmer kam leise Musik, ein alter Hit, der Tommy wehmütig werden ließ.

Er legte einen weiteren großen Schein auf den Tisch.

»Ich weiß, dass Rostow sich hier irgendwo in der Nähe aufhält.«

Es kostete Tommy fünfhundert Euro, den Mann zum Reden zu bringen. Er war wie Tatjana Russe, vielleicht kam er deshalb doch noch richtig in Plauderlaune.

»Diese Verrückten sind nicht mehr hier«, übersetzte Tatjana. »Sie haben einen Hof in Adutiškis gekauft. Das ist das Letzte, was ich gehört habe. Sie waren auch hier in der Stadt, aber die Polizei wollte sie hier nicht mehr haben.«

Der kleine, untersetzte Mann schnitt eine Grimasse und sah Tommy an.

»Wie kommen wir dahin?«, fragte Tommy.

»Das ist nicht leicht zu finden.«

»Wir finden es«, sagte Tommy.

»Da wird euch niemand hinfahren wollen.«

Der Kerl sah Tommy an, als wollte er noch mehr Geld.

Ohne jede Vorwarnung packte Tommy ihn am Kragen, zerrte ihn hinter dem Tresen hervor und presste ihn unsanft an die Wand.

»Sag ihm, dass er uns da hinfahren muss, gratis«, sagte er zu Tatjana. »Und zwar sofort!«

Der Mann keuchte wie ein verletztes Tier und sagte dann irgendetwas auf Russisch.

»Ich hab keine Zeit für diesen Scheiß«, schimpfte Tommy.

»*I take you there*«, sagte der Mann in gebrochenem Englisch.

12

Schon im Treppenhaus vor Høgdas Wohnung erkannte Susanne, dass sein Zuhause genauso luxuriös war, wie sie es erwartet hatte.

Høgda öffnete ihr persönlich die Tür. Er hatte eine charmante Ausstrahlung und sah jünger aus, als sie in Erinnerung hatte.

»Als Ihr Kollege vor Weihnachten hier war, hat er mir ganz schön zugesetzt«, sagte Høgda. Er hielt ihren Blick lange fest, als wollte er Selbstsicherheit demonstrieren. »Vielleicht können wir beide ja ein bisschen freundlicher miteinander umgehen?«

Er trug eine Anzughose und ein blaues Hemd. Der Schlips war nachlässig gebunden. Sie hatte das vage Gefühl, dass er gerade erst geduscht und sich angezogen hatte. Seine Hand war überraschend weich, und auf seinem Gesicht zeichneten sich feine Linien ab.

»Ich hoffe, Bergmann hat Maßnahmen eingeleitet, was Polizeischutz betrifft?«, begann er.

Er machte eine einladende Bewegung mit der Hand. Sie betraten den riesigen Flur.

Susanne sah keines der sadistischen Motive, die laut Tommy an den Wänden hängen sollten.

»Das wird vermutlich nicht nötig sein«, sagte Susanne. »Außer jemand bedroht Sie konkret.«

Er legte ihr eine Hand in den Rücken.

»Gut. Die Sache belastet mich sehr. Ich habe die beiden Postkarten, die ich Bergmann gegeben habe, aus Vilnius bekommen. Und jetzt dieser Anruf. Aber kommen Sie herein, lassen Sie uns nicht hier im Flur stehen bleiben.«

Wieder legte er ihr eine Hand in den Rücken, als wären sie Freunde.

Er führte sie durch die Wohnung, die eine der größten von ganz Aker Brygge sein musste. Susanne war selbst in einer sehr wohlhabenden Familie aufgewachsen, konnte sich aber trotzdem nicht mit diesem neuen, vor Prunk und Wohlstand strotzenden Stadtteil anfreunden.

Vielleicht verhielt es sich wirklich so, wie ihre Mutter es immer gesagt hatte: Die Neureichen waren ohne Geld und Bildung auf die Welt gekommen, und das sah man ihnen auch später noch an.

In Morten Høgdas Fall war Susanne sich da allerdings nicht so sicher.

»Einen Drink?«, erklang seine Stimme aus der offenen Küche.

Erst jetzt nahm sie die klassische Musik wahr, die aus den versteckten Lautsprechern kam.

»Oder nein, Sie sind im Dienst«, beantwortete er die Frage selbst. »Ist es nicht so?«

Er nahm ihr gegenüber auf dem Sofa Platz und nippte an seinem Whisky.

»Können Sie die Stimme der Anruferin beschreiben?«, fragte Susanne.

Morten Høgda schüttelte den Kopf.

»Amanda. Mehr hat sie nicht gesagt. Mir ist dabei nichts Besonderes aufgefallen. Ich habe, wenn ich ehrlich sein soll, einfach nur Angst bekommen.«

Høgda presste die Lippen zusammen. Es sah wirklich so aus, als hätte diese Frau ihm einen Riesenschrecken eingejagt.

»Haben Sie irgendetwas anderes gehört? Im Hintergrund? Verkehr?«

Høgda schüttelte den Kopf. »Das Gespräch, wenn man es denn überhaupt als Gespräch bezeichnen kann, war sehr kurz.«

»Verstehe.«

»Was ich nicht begreife«, sagte Høgda, »ist, was Farberg, wenn er denn wirklich noch am Leben ist, von mir will. Ganz zu schweigen von der Frau, die mich angerufen hat.«

»Das weiß ich auch nicht«, sagte Susanne. »Sie haben keine Ahnung, wer das gewesen sein könnte?«

Er schüttelte den Kopf. »Die Nummer ist nicht angezeigt worden.«

Morten Høgda nahm sein Handy hervor und scrollte sich durch die Liste der Anrufer. Er zeigte ihr das Display. Der Zeitpunkt stimmte. Dreißig Sekunden Gespräch mit einer unbekannten Nummer.

»Das Merkwürdige ist …«, sagte er, kam dann aber wieder ins Stocken.

»Ja?«

»Ich hatte den Eindruck, dass der Anrufer vielleicht ein Mann war und keine Frau.«

Susanne legte den Kopf skeptisch zur Seite.

»Die Stimme war tief, aber gleichzeitig feminin, verstehen Sie?«

»Nein«, sagte Susanne. »Ehrlich gesagt nicht.«

»Vielleicht bilde ich mir das alles auch nur ein. Ich war ziemlich verängstigt, um es vorsichtig auszudrücken.«

Das würde zu den großen Händen passen, von denen

der Barkeeper in Kongsvinger gesprochen hatte, dachte Susanne. Sie musste ihn sich noch einmal vornehmen und ihn fragen, ob die Frau in Kongsvinger nicht auch ein Mann gewesen sein könnte.

»Warum haben Sie das nicht schon gesagt, als Sie mit Tommy telefoniert haben?«

»Das ist mir erst heute klargeworden. Aber vielleicht irre ich mich ja auch. Ich werde langsam alt. Es gibt schließlich auch Frauen mit einer sehr tiefen Stimme. Ich meine, ich war seinerzeit selbst ein Fan von Kathleen Turner. Erinnern Sie sich an sie?«

Susanne notierte sich, dass sie den Barkeeper und den Rezeptionisten des Hotels Fønix noch einmal sprechen musste.

»Übrigens möchte ich noch ganz offen zum Ausdruck bringen, dass ich Ihnen gegenüber skeptisch eingestellt bin. Ich hätte lieber nichts mit der Polizei zu tun, aber ich habe da wohl keine Wahl mehr«, sagte Høgda. »Ihr Kollege, dieser Bergmann – ich habe ihn nie gemocht.« Høgda hielt für einen Moment inne. »Im Gegensatz zu Ihnen. Sie könnte ich vielleicht mögen.«

»Tommy Bergmann«, sagte Susanne, als wollte sie das Gespräch von sich wegleiten.

»Bergmann, ja. Er war ein ziemlicher Rüpel, wenn ich das so sagen darf. Ich glaube, er war von der Idee besessen, dass ich Kristiane und diese litauische Prostituierte getötet hätte, und ja … er wollte mir ganz einfach nicht glauben, wenn Sie verstehen.«

Für einen Moment sah Høgda wie gemalt aus, wie er dort auf dem Sofa saß, dahinter die großartige Aussicht mit der hell beleuchteten Festung Akershus, dem glitzernden Wasser und den Lichtern der Vorstadt.

Susanne beugte sich vor.

»Es spielt keine Rolle, ob Sie Bergmann mögen oder nicht«, sagte sie. »Mir können Sie in jedem Fall vertrauen. Die Sache ist die, und ich kann nur wiederholen, dass diese Information streng vertraulich ist: Wir müssen damit rechnen, dass Jon-Olav Farberg noch am Leben ist. Das hat Tommy Ihnen ja auch schon gesagt.«

Morten Høgda drehte sein Whiskyglas in den Händen.

»Kannten Sie ihn?«

Høgda schnitt eine Grimasse. »Gekannt? Nein, nicht wirklich. Er war in einer meiner Firmen eine Zeitlang als Management-Coach angestellt. Und wir haben sicher auch mal miteinander gegessen, aber nie nur zu zweit. Von seinem Verhältnis zu Elisabeth wusste ich nichts.«

»Ich kann mich nicht daran erinnern, dass Sie das in den Vernehmungen vor Weihnachten gesagt hätten.«

Morten Høgda leerte seinen Whisky und starrte in das leere Glas.

»Und ich kann mich nicht daran erinnern, danach gefragt worden zu sein.«

Susanne wusste nicht recht, was sie entgegnen sollte.

Die klassische Musik im Hintergrund verstummte.

»Farberg und ich haben zumindest *ein* gemeinsames Interesse«, sagte Høgda.

»Und was war das?«

»Was *ist* das, meinen Sie, so er denn am Leben ist.« Høgda lächelte auf eine Weise, die ihr nicht gefiel. Er war sich darüber im Klaren, dass er ein attraktiver Mann war. Und genau diese Typen gefielen ihr nicht.

»Wir interessieren uns für gute Literatur.«

»Wie Gustaf Fröding?«

Er schüttelte den Kopf und stand auf, um sich nachzuschenken.

»Wie Sie wissen, gab es in den Briefen, die an die Polizei geschickt wurden, Referenzen zu Fröding«, sagte Susanne.

»Die an Tommy Bergmann geschickt wurden, meinen Sie.«

Morten Høgda war aus der Küche zurück.

»Farberg hatte ein Bild von Fröding in seinem Haus auf Malmøya.«

»Das ist möglich. Ich war selbst nie da.«

»Seine Exfrau sagt, er hätte sich nie wirklich für Literatur interessiert.«

»Verraten Sie mir doch mal eines«, sagte Høgda. »Was ist der wirkliche Grund für Ihren Besuch? Sie wollen doch nicht mit mir über Literatur reden? Und glauben Sie mir, Susanne, Exfrauen kann man nicht trauen.«

Er lächelte traurig, als hätte er sich diese Erfahrung teuer erkauft.

Susanne holte die Fotografien von Anne-Britt Farberg Torgersen und ihrer Schwester hervor.

»Haben Sie diese Frauen jemals gesehen?«

Høgda nahm die Fotos und sah sie sich lange an.

»Wer ist das?«, fragte er schließlich. »Die beiden sehen irgendwie aus wie Schwestern, oder täusche ich mich da?«

»Haben Sie sie schon einmal gesehen? Was lässt Sie glauben, dass es sich um Schwestern handelt? Finden Sie, dass die beiden sich ähnlich sehen?«

Für einen kurzen Moment sah sie etwas Dunkles in seinen Augen aufblitzen, etwas, das sie zuvor noch nicht bemerkt hatte.

Dann schüttelte er den Kopf und gab ihr die Fotos zurück.

»Ich muss Kontakt mit Alexander aufnehmen, Ihrem Sohn. Sie haben doch Kontakt zu ihm?«, fragte Susanne und schaute Høgda geradewegs in die Augen. Dieses Mal wich er ihrem Blick aus.

»Nein.«

»Gar nicht?«

»Nur wenig. Sehr wenig.«

»Rufen Sie mich an, sollte er sich bei Ihnen melden. Ich muss mit ihm reden.«

»Sie können ihn auf seiner Arbeitsstelle in Tromsø anrufen.«

Susanne hörte seine nördliche Herkunft durchscheinen, als er den Namen der Stadt aussprach.

»Ich kann ihn nicht erreichen. Er arbeitet nicht mehr im Krankenhaus. Man hat mir da oben gesagt, er wäre jetzt hier in Oslo. Bei ihm zu Hause geht keiner ans Telefon, und er geht auch nicht ans Handy.«

Høgda leerte auch seinen zweiten Whisky.

Susanne dachte, dass er für sein Alter jung wirkte. Dabei war er doch älter als Elisabeth Thorstensen?

»Sie sind hergekommen, um zu erfahren, wo Alexander ist? Und sagen nichts darüber, warum Sie mit ihm reden wollen?«

Sie ignorierte den Sarkasmus in seiner Stimme.

»Es ist spät«, sagte er. »Ich gehe gerne früh zu Bett.«

Lüge, dachte Susanne. Menschen, die gerne früh zu Bett gehen, trinken nicht zwei Gläser Whisky, als wäre es Wasser.

»Noch mal, ich kann Ihnen nicht sagen, worüber ich mit Alexander Thorstensen sprechen möchte.«

Høgda stand auf. Er trat ans Fenster und sah hinaus.

»Sie halten doch was zurück«, brummte er.

»Das trifft doch wohl für uns beide zu«, sagte Susanne. »Ich glaube, Sie haben mehr Kontakt zu Alexander, als Sie eingeräumt haben.«

»Ich bin derjenige, der bedroht wird, aber so langsam glaube ich, dass ich meinen Anwalt einschalten sollte.«

»Es hat mit dem Abend zu tun, an dem Kristiane Thorstensen verschwunden ist.«

»Was hat *Alexander* mit diesem Abend zu tun?«

»Der Abend ist nicht so abgelaufen, wie wir uns das vorgestellt haben«, sagte Susanne. »Laut Farbergs Exfrau hatte Kristiane ein Verhältnis mit Farberg. Sie hatte sich in ihn verliebt und war an jenem Samstag zu ihm gekommen. Farberg hat später bei einer Art Nervenzusammenbruch erzählt, dass er Kristiane gebeten hat zu gehen. Sie hat sich sein Telefon geliehen und zu Hause angerufen. Zu diesem Zeitpunkt war aber nur eine Person bei ihr zu Hause, nämlich ihr Bruder Alexander.«

Høgda lächelte traurig.

»Was an jenem Abend passiert ist, kann uns nur Jon-Olav Farberg sagen«, erwiderte Høgda. »Elisabeth ist tot. Und ich bin nach wie vor verbittert, dass sie mich derart hintergangen hat. Dass ich so naiv sein konnte. Es ist nicht das erste Mal, dass ich verarscht werde, aber sie konnte einen Mann wirklich um den Finger wickeln.«

»An dem Abend, als Kristiane verschwand, waren Sie mit ihr zusammen. Sind Sie sich ganz sicher, dass Alexander nicht bei Ihnen im Hotel angerufen hat?«

Høgda hob die Hand.

»Ganz sicher. Aber ich will ehrlich zu Ihnen sein«, sagte er, stand auf und ging in die Küche.

Gleich darauf kam er mit einem Notizblock und einem Kugelschreiber zurück.

»Ich weiß nicht, wie weit ich gehen soll, um Alexander zu schützen. Es stimmt, dass er hierher in die Stadt gezogen ist. Er war bei mir. Es hat leider den Anschein, als hätte er nach Elisabeths Tod jeden Bezug zur Wirklichkeit verloren.«

Sie starrten einander an.

Høgdas Augen wurden blank.

Susanne entschied sich zu schweigen. Was sollte sie auch sonst tun? Bedauern, dass sie Elisabeth Thorstensen in Notwehr getötet hatte? Auf seltsame Weise berührte es sie nicht, dass es Menschen gab, die um Elisabeth Thorstensen trauerten. Vielleicht war das nicht normal, aber sie hätte es wieder getan, wäre sie noch einmal in der Situation gewesen.

»Ich hätte gerne Alexanders Nummer«, sagte sie schließlich.

Susanne zog eine Visitenkarte hervor und legte sie auf den Couchtisch.

»Mir gefällt Ihre Hartnäckigkeit nicht …« Høgda brach ab und kritzelte dann rasch eine Telefonnummer auf den Notizblock.

»Wenn Ihnen noch etwas anderes Wichtiges einfällt …«

»Rufe ich Sie an«, sagte Høgda.

»Übrigens«, sagte Susanne, nachdem er sie zur Tür begleitet hatte. »Jon-Olav Farberg hat nicht irgendwann einmal den Ort Magnor erwähnt?«

»Magnor?«, fragte Morten Høgda, fuhr sich mit der Hand durch die Haare und sah aus, als dächte er nach.

Dann begann er vorsichtig zu lachen.

»Das Einzige, was ich mit Magnor verbinde …«

»Ist das Glaswerk«, beendete Susanne den Satz.

Sein Lachen wurde lauter, und Susanne konnte nicht anders, sie musste mitlachen.

Morten Høgda fing ihren Blick ein, und für den Bruchteil einer Sekunde war ihr vollkommen klar, warum Elisabeth Thorstensen sich in ihn verliebt hatte.

Als sie gehen wollte, hielt er ihre Hand länger fest, als angenehm war – als wollte er sie zurück in die Wohnung ziehen.

Im Fahrstuhl nach unten presste Susanne sich an die Wand und wich ihrem Spiegelbild aus. Für einen kurzen Augenblick hatte sie tatsächlich etwas für Morten Høgda empfunden. Etwas gespürt, was sie hatte vergessen lassen, dass er mehrfach wegen Vergewaltigung angeklagt worden war.

Sie schlüpfte durch die doppelten Glastüren hinaus, als ein Angestellter des Wachdienstes gerade das Foyer betrat.

Aus irgendeinem Grund drehte sie sich draußen zwischen den Gebäuden von Aker Brygge alle zwei Meter um. Und auf dem Bryggetorget begann sie zu laufen, als wäre der Teufel persönlich hinter ihr her.

Es war kalt und dunkel, und sie sagte sich selbst, dass sie schleunigst ihre Masterarbeit in Jura zu Ende bringen sollte, damit sie sich endlich einen normalen Job suchen konnte. Einen Job, bei dem sie nicht täglich mit abgeschlachteten Menschen zu tun haben würde. Einen Job, durch den sich niemand verleitet fühlte, in einen Kindergarten einzubrechen und Bilder ihrer Tochter zu stehlen.

Kaum hatte sie diesen Gedanken zu Ende gedacht, klingelte auch schon ihr Telefon.

Es war Leif Monsen von der Kriminalwache.

»Gott, sieht der aus«, sagte er. »In Haugerud ist heute Abend der Teufel los. Sie sollten hier hochkommen.«

»Wer ist ›er‹?«

»Ragnar Gundersen. Ein alter Bekannter. Arbeitet als Nachtportier im Hotel Fønix. Oder besser gesagt, *arbeitete* …«

Susanne wollte nachfragen, aber Monsen kam ihr zuvor und ließ jeden Zweifel zerplatzen.

»Ihm fehlen beide Hände. Und Füße. Und noch so einiges andere mehr.«

13

Sie waren allein. So weit das Auge reichte, war kein Mensch zu sehen. Das letzte Anzeichen von Zivilisation war die einsame Lampe eines Bauernhauses vor ein paar Minuten gewesen.

Der alte BMW roch nach Diesel, und der Auspuff war beinahe lauter als das Radio. Stimmen in einer Sprache, die Tommy niemals verstehen würde, hin und wieder unterbrochen von alten Hits.

Tatjana hatte seine Hand genommen und beugte sich zu ihm herüber, als wären sie Jugendliche. Wenn sie ihren Kopf zu ihm drehte, sah er im schwachen Licht der Armaturen die Glut in ihren Augen.

Der Mann an der Hotelrezeption hatte einen jungen Verwandten angerufen, der sie nach Adutiškis bringen sollte, doch von einer Stadt konnte hier wirklich nicht die Rede sein. Rostow wohnte angeblich auf einem abseits gelegenen Hof. Der Fahrer fuhr über eine schmale Straße, die parallel zur weißrussischen Grenze verlief. Das Gelände rechts der Straße war brutal gerodet worden, es gab nur noch wenige kleine Waldstücke.

Dann bog der Mann plötzlich nach links auf einen schmalen Weg ab, der sie durch dichten Laubwald führte. Die Scheibenwischer gingen auf Hochtouren.

Nach einigen Minuten schaltete der Mann ganz überraschend die Scheinwerfer aus und fuhr langsam im Stockdunkeln weiter. Pflanzen kratzten am Unterboden des Wagens entlang.

»*What are you doing?*«, fragte Tommy, aber der junge Mann antwortete nicht.

»Er spricht kein Englisch«, sagte Tatjana und wandte sich dann auf Russisch an den Mann, der murmelnd weiterfuhr.

»Was hat er gesagt?«, fragte Tommy.

Tatjana antwortete nicht, aber ihr Gesicht sprach Bände.

Tommy wiederholte die Frage.

»Er hat gesagt, dass er am Leben bleiben will.«

Ohne jede Vorwarnung hielt der junge Mann den Wagen an und drehte sich mit blassem Gesicht zu ihnen um. Wieder sagte er etwas Unverständliches.

»Er fährt nicht weiter«, übersetzte Tatjana. »Wir müssen aussteigen.«

Tommys Hand hatte sie längst losgelassen.

»Und wo fährt er hin?«

Der Fahrer schüttelte den Kopf, als hätte er die Frage bereits verstanden.

Tommy öffnete die Autotür.

»Lass uns zurückfahren«, sagte Tatjana.

»Du hast gesagt, dass du mitkommen willst«, erwiderte Tommy.

»Ja, und jetzt habe ich mich anders entschieden. Ich habe ein Kind, um das ich mich kümmern muss. Glaubst du, ich will für diese Sache hier sterben?«

Tommy schlüpfte schnell nach draußen und warf die Tür zu. Der Regen prasselte gnadenlos auf ihn herab. Er hatte den Weg in Matsch verwandelt, und die Sicht reichte gerade einmal wenige Meter.

Er klopfte an die Scheibe der Fahrertür. Der Fahrer ließ sie herunter. Tommy zeigte nach vorn. Eine große Auswahl hatte er nicht.

»*Yes, that way.*«

Jetzt sprichst du also doch Englisch, dachte Tommy und schlug den Kragen seiner Jacke hoch, als hülfe ihm dies, trocken zu bleiben.

Er hatte kaum ein paar Schritte getan, als er hörte, wie der Mann den Rückwärtsgang einlegte.

Vor sich glaubte er eine Lichtung erkennen zu können, er war sich aber nicht sicher.

Er ging am Rand des Weges entlang, wo die Bäume ein wenig Schutz vor dem Regen boten, und bemühte sich, nicht im Matsch auszurutschen. Nach ein paar Minuten erreichte er die Lichtung, auf der er auch ein hölzernes Tor ausmachte, ein Gatter und die Konturen einzelner Gebäude. Hinter einem der Fenster brannte Licht. Flatternd und schwach wie von einer Petroleumlampe. Wahrscheinlich gab es hier draußen gar keinen Strom. Woher sollte der auch kommen?

Gerade als er die Lichtung betreten wollte, hörte er hinter sich seinen Namen. Tatjana stapfte mühsam auf ihren hohen Absätzen hinter ihm her. Er verstand nicht, was sie sagte, es hörte sich aber nach Fluchen an.

Beim nächsten Baum stellte er sich unter, musterte sie und zündete sich eine durchnässte Zigarette an, die auf wundersame Weise trotzdem zu glimmen begann.

Wen versuche ich zu retten?, fragte er sich. Amanda ist bestimmt bereits tot. Die Aufnahme, die Farberg geschickt hatte, konnte ja schon alt sein. Statt hier zu stehen, könnte ich mit dieser Frau dort im Bett liegen.

»Ich werde dir neue Schuhe kaufen.«

»Ich will nichts von dir«, sagte sie mit Verachtung in der Stimme. »Wenn du mich nicht willst, ist mir all das andere auch egal.«

Sie ging weiter, ohne auf ihn zu warten.

»Verfluchtes Scheißland«, schimpfte sie vor sich hin.

Der Hof war sorgsam eingezäunt worden. Tommy erkannte jetzt, dass das Licht aus dem Hauptgebäude kam. Es war tatsächlich eine Petroleumlampe.

»Wie kommen wir wieder zurück?«, fragte Tatjana.

Tommy blieb ihr die Antwort schuldig. Er legte die Hand auf das massive, mit einer Kette verschlossene Tor.

»Ich hätte niemals mit hierherkommen dürfen«, sagte Tatjana.

Tommy bedeutete ihr mit erhobener Hand, still zu sein.

Vor sich im Dunkeln glaubte er irgendwo Stimmen zu hören. Dann kamen zwei riesige Hunde zum Vorschein.

Tatjana wich instinktiv zurück.

Die beiden Tiere sprangen gegen das Gatter und bellten wie wild.

Tommy legte seinen Arm um Tatjana und spürte, wie ihr Herz raste.

»Lass uns zurückgehen«, sagte sie.

Tommy hielt den Blick auf das Haupthaus gerichtet.

Durch den Regen und das Dunkel sah er eine Gestalt auf der Treppe stehen. Eine kräftige Taschenlampe warf einen Lichtstrahl in ihre Richtung.

14

Ragnar Gundersen oder das, was von ihm noch übrig war, hatte einen Klebestreifen über dem Mund und war an ein Stahlbett gefesselt worden.

Die in Bandagen gewickelten Handgelenke trieften vor Blut, und die Wundflächen an den Knöcheln glichen zwei Blutmonden. Die Blutspritzer hatten noch die Wand auf der anderen Seite der Wohnung erreicht.

Als sie die beiden am Boden abgestellten Füße sah, begann sich für Susanne einen Moment lang alles zu drehen. Wie ein paar Schuhe standen sie ordentlich nebeneinander am Fußende des Bettes.

»Das ist der, der die Frau im Hotel Fønix eingecheckt hat«, sagte sie zu Leif Monsen, der neben ihr stand. »Susanne Bechmann ist mir im Fønix um eine Minute entwischt. Vielleicht ist sie von dort direkt hierher und hat ihn umgebracht. Wenn sie nicht Jon-Olav Farberg dazu gebracht hat, das zu tun.«

Monsen hatte eine nicht angezündete Selbstgedrehte zwischen den Lippen und kratzte sich im Nacken, während er die Kriminaltechniker bei der Arbeit beobachtete.

»Er ist umgebracht worden, weil er ihr Gesicht gesehen hat«, konstatierte er. »Und ich denke, du hast recht. Der liegt hier sicher schon einen Tag.«

Und weil er ihre Stimme gehört hat, dachte Susanne und fragte sich, wie lange die Kollegen vom Kriminalamt brauchen würden, um die richtige Geschwindigkeit der Aufnahme zu ermitteln.

Warum durfte niemand Susanne Bechmanns Stimme hören? Was war daran so speziell?

Dann kam ihr in den Sinn, dass der Barkeeper in Kongsvinger auch auf die großen Hände der Frau mit dem Bernsteinarmband hingewiesen hatte.

Susanne wurde in ihren Gedanken unterbrochen, als noch mehr Polizeibeamte in die kleine heruntergekommene Einzimmerwohnung hereindrängten.

»Es sieht fast so aus, als wäre da ein Chirurg am Werke gewesen«, sagte Georg Abrahamsen, der Nestor der Kriminaltechnik. Er ging langsam um den Leichnam herum und sprach etwas in sein Diktiergerät. »Die Schnitte sind sauber. Er muss eine feine Säge benutzt haben.«

»Chirurg«, sagte Susanne vor sich hin.

Alexander Thorstensen?

Gleich darauf verließ sie die Wohnung.

Zu ihrer großen Verwunderung ging Alexander Thorstensen gleich ans Telefon. Er wirkte abwesend und gleichgültig, war aber nicht abweisend, wie sie es erwartet hatte. Entweder war er sehr müde oder aber betrunken, wenn nicht sogar mit Drogen vollgepumpt. Sie parkte den Wagen am Sportpark Voldsløkka und ging zu Fuß zu dem Haus, in dem Alexander Thorstensen eine Wohnung gemietet hatte.

Auf dem Weg zündete sie sich eine Zigarette an und redete sich selbst ein, dass sie keine Angst zu haben brauchte und auch nicht wieder mit dem Rauchen anfangen würde.

Sie versuchte ein weiteres Mal, den Barkeeper in Kongsvinger zu erreichen, aber er ging wieder nicht ans Telefon. Leif Monsen hatte der Einsatzzentrale bereits den Auftrag erteilt, sich mit der Polizei in Kongsvinger in Verbindung zu setzen. Der junge Mann aus dem Haus am Gjemselund Stadion war in akuter Gefahr.

Stattdessen rief sie Fredrik Reuter an, erhielt aber nur die Ansage, dass der Teilnehmer nicht erreichbar sei.

Für einen Moment hatte sie das Gefühl, mutterseelenallein gegen Windmühlenflügel anzukämpfen. Und dass nur sie in der Lage war, Amanda zu retten. Und Mathea. Tommy Bergmann würde mit seiner Selbstzentriertheit die Welt nicht retten können. Der beschäftigte sich wie alle Männer nur mit seinem Ego.

Als sie vor dem Haus stand, in dem Alexander Thorstensen wohnte, rief sie Bent an.

»Ist bei euch alles in Ordnung?«, fragte sie.

»Natürlich«, erwiderte er. »Vor Farberg brauchst du keine Angst zu haben. Der ist in Litauen. Und um diese Verrückte kümmern wir uns schon.«

Seine Stimme gab ihr Sicherheit.

»Farberg ist hier im Land«, sagte sie. »Aber er hat es nicht auf mich abgesehen. Ich bin nicht interessant für ihn. Es geht um Mathea. Ich will noch mehr Leute bei mir zu Hause haben, aber Fredrik ist in Litauen, und ich …«

Ihre Stimme versagte für einen Moment.

»Gib mir ein paar Minuten«, sagte Bent.

Alexander Thorstensen ließ sie ohne ein Wort ins Haus.

Auf dem Weg in die vierte Etage hörte sie, wie über ihr eine Wohnungstür geöffnet wurde, und dachte für einen Moment, dass sie eine Waffe hätte mitnehmen sollen.

Aber wie hätte sie das begründen sollen? Mit ihrer eigenen psychischen Angeschlagenheit?

Als sie den Treppenabsatz erreichte, hätte sie am liebsten wieder kehrtgemacht. Morten Høgda hatte ihr Alexanders Nummer mit größter Selbstverständlichkeit aufgeschrieben, er kannte sie sogar auswendig, und das konnte ja wohl nur bedeuten, dass Vater und Sohn weit mehr Kontakt hatten, als er sie glauben lassen wollte.

Versuchte er, seinen Sohn zu schützen?

Mit vorsichtigen Schritten ging sie weiter.

Alexander Thorstensen stand mit verschränkten Armen im Flur und wartete auf sie. Sein Gesicht erinnerte sie an Elisabeth, so sehr, dass ihre Schritte ins Stocken kamen. Sein glasiger Blick und sein Lächeln verrieten, dass er Drogen oder Medikamente genommen hatte.

»Sie haben mit Morten gesprochen?«, fragte er, als sie in der Wohnung waren.

»Sie wissen, dass ich das getan habe.«

Er nickte.

Susanne dachte, dass er für einen Mann Mitte dreißig ziemlich alt aussah. Seine früher sicher attraktiven Gesichtszüge strahlten nur noch Leere aus.

»Warum arbeiten Sie nicht mehr?«

»Ich wollte meinem Vater nahe sein«, sagte er und lachte leise vor sich hin. »Das war mir wichtiger als alles andere.«

Er führte sie ins Wohnzimmer. Der Raum wirkte aufgeräumt und durchdacht, aber auch unpersönlich und steril. Bestimmt hatte er die Wohnung möbliert gemietet. Sie setzte sich auf das IKEA-Sofa.

»Warum sind Sie hier?«, fragte er.

»Weil Sie sich versteckt haben. Das tun nur Menschen,

die etwas zu verbergen haben. Ich will Ihnen nur ein paar Fragen stellen. Über die Nacht, in der Kristiane verschwunden ist. Ich glaube, Sie haben da nicht die ganze Wahrheit gesagt.«

»Die Wahrheit ist subjektiv, meinen Sie nicht auch?«

Alexander Thorstensen knöpfte sein weißes Hemd ein kleines Stück auf und zündete sich eine Zigarette an, die er schweigend rauchte, wobei er sich am Unterarm kratzte.

»Jon-Olav Farberg hat seiner Exfrau gesagt, dass Kristiane in seiner Wohnung in Skøyen telefoniert hat. Ich glaube, sie hat zu Hause angerufen. Und da waren nur Sie.«

Alexander Thorstensen drückte die Zigarette aus. Sein Blick war wieder abwesend, als ginge ihn das alles nichts an.

»Ich bin in den letzten fünfzehn Jahren dreimal die Woche zum Psychologen gegangen«, sagte er. »Was schließen Sie daraus?«

Susanne antwortete nicht.

»Und dann versucht meine Mutter, Sie zu töten«, sagte er.

»Wer hat Ihnen gesagt, dass ich das Opfer war? Tommy Bergmann?«

»Es ist doch wohl so, oder? Sie sollten sich mal selbst hören. Jon-Olav Farberg hat dieses gesagt, Jon-Olav Farberg hat jenes gesagt. Was haben Sie eigentlich für eine Ausbildung? Eine Friseurlehre?«

»Wussten Sie schon zum Zeitpunkt von Kristianes Verschwinden, dass Morten Høgda Ihr Vater ist?«

»Was hat das mit Kristiane zu tun?«

Es schien so, als brächte der Name seiner Schwester seine Fassade zum Einsturz. Er beugte sich vor und verbarg das Gesicht in den Händen.

»Alle haben immer nur über Kristiane geredet. Alle. Ich habe sie dafür gehasst, verstehen Sie?«

Erst nach einer ganzen Weile ließ er die Hände sinken.

»Ich sitze hier rum. Außerstande zu arbeiten. Mit einem Vater in Thailand. Oder meinetwegen einem Vater in Aker Brygge. Sie wollen doch wohl nicht leugnen, dass er es auch bei Ihnen versucht hat?«

»Wie meinen Sie das?«

»Morten ist krankhaft besessen von Frauen. Er selbst hält das für Liebe. Sein Ziel ist es, so viele wie nur eben möglich flachzulegen, bevor er stirbt. Bei der Mutter, die er hatte, finde ich das ziemlich merkwürdig.«

Susanne nickte. »Was war mit seiner Mutter?«

»Ich war mit ihm bei ihr. In Kvænangen. Vor zehn oder zwölf Jahren. Als sie im Sterben lag. Wir wollten, das heißt, er wollte eine Art Fundament für unsere Vater-Sohn-Beziehung legen und mir zeigen, dass er nicht immer so reich war, sondern aus einfachen Verhältnissen stammte …«

Ihr Handy klingelte.

Svein.

»Tut mir leid«, sagte sie. »Aber ich muss da drangehen.«

»Mathea ist aufgewacht«, sagte er. »Sie ist traurig wegen dieses Bildes, das im Kindergarten verschwunden ist. Bist du fertig? Ich wollte nicht stören. Aber ich möchte, dass du nach Hause kommst. Ich habe auch einen Anruf wegen dieses armen Mannes in Haugerud bekommen. Komm nach Hause, Susanne.«

»Wir sind hier fertig«, sagte sie. »Gib mir mal Mathea.«

Sie wusste, dass sie sich unprofessionell verhielt, aber sie verlor lieber ihren Job als ihre Tochter.

»Alles wird gut«, sagte sie. »Morgen darfst du ein neues Bild malen, das verspreche ich dir.«

Alexander Thorstensen ließ sie nicht aus den Augen, während sie telefonierte. Plötzlich schien er ganz bei sich zu sein, als wäre dieser kleine Vorfall das Interessanteste in seinem Leben.

»Ich muss gehen«, sagte Susanne, nachdem sie das Gespräch beendet hatte. »Danke, dass Sie mich so kurzfristig empfangen haben.«

»Ihre Tochter?«, fragte er.

Sie antwortete nicht.

»Wie alt ist sie?«

»Sie geht noch in den Kindergarten.«

Er zündete sich eine weitere Zigarette an.

»Die sind in dem Alter so süß. Vielleicht hätte man einfach Kind bleiben sollen.«

15

Susanne parkte vor Bents neuem Audi und fragte sich, ob sie ihn nach Hause schicken sollte. Hatte sie vielleicht überreagiert?

Nein, dachte sie, als sie das Gartentor hinter sich schloss. Alexander Thorstensens Worte hallten ihr noch in den Ohren.

Die sind in dem Alter so süß.

Wie hatte er das gemeint? Wie alt war er gewesen, als Kristiane 1988 ermordet worden war?

Achtzehn.

Sie musste endlich aufhören, immer wieder daran zu denken, ermahnte sie sich selbst, steckte den Schlüssel ins Schloss und öffnete die Haustür.

Bent stand im Flur, die Hände um den Schaft der Waffe gelegt. Hinter ihm kam ein weiterer Zivilbeamter zum Vorschein, noch größer und kräftiger als Bent. Das Gesicht kannte sie, der Name des Mannes fiel ihr aber nicht ein.

Er lächelte sie an.

»*Better safe than sorry*«, begrüßte Bent sie.

Die beiden Beamten wirkten fast ein bisschen enttäuscht, als hätten sie sich Farberg oder dessen Komplizin und nicht sie gewünscht.

»Ich versuche nur, am Leben zu bleiben«, sagte Susanne.

Bent lachte.

»Und was machen wir jetzt?«, fragte er und nahm sie kurz in den Arm.

Als könnte er ihre Gedanken lesen, tauchte Svein in der Küchentür auf, ging auf sie zu und küsste sie väterlich auf die Stirn. Am liebsten hätte sie sich abgewendet, stattdessen versuchte sie mitzuspielen.

»Mathea schläft. Und ich muss jetzt auch ins Bett«, sagte er. »Lass uns morgen über die weiteren Schutzmaßnahmen reden. Ich bespreche das mit Fredrik, ich rufe ihn in Vilnius an.«

Susanne blieb ihm eine Antwort schuldig. Verstand er denn gar nichts?

Sie holte eine Decke für Bent, blieb dann aber noch eine Weile bei ihm sitzen. Er meinte, es sei besser, im Wohnzimmer zu schlafen als oben im Gästezimmer, wo sein Kollege sich für ein paar Stunden hingelegt hatte.

Susanne zündete die Kerze auf dem Couchtisch an und schenkte sich einen Schluck von Sveins Lieblingswhisky ein. Wären die Umstände nicht so gewesen, wie sie waren, hätte es ein netter Abend mit einem alten Kollegen werden können.

»Tommy weigert sich, Reuters Vergebung anzunehmen«, sagte Susanne. »Ich verstehe ihn gut. Auch wenn ich glaube, dass er sich damit nur selbst schadet. Wenn er nur akzeptieren könnte …«

Bent lachte leise. »Er ist so ein Starrkopf, er würde lieber sterben, als Amanda aufzugeben. Wenn du mich fragst, ist sie längst tot. Bestimmt schon seit Weihnachten.«

So viel zum Thema netter Abend, dachte Susanne.

»Ich nehme Mathea morgen mit auf die Arbeit«, sagte sie.

Bent nickte.

»Ich muss Farberg finden. Und wenn es das Letzte ist, was ich tue«, sagte sie und leerte ihren Whisky.

Sie ging ins Bad und blieb lange vor dem Spiegel stehen. War sie im Laufe dieses Tages wirklich so sehr gealtert?

Sie schob den Gedanken beiseite, spürte, dass ihr Unterbewusstsein auf der Spur von etwas war, es aber noch nicht greifen und an die Oberfläche ziehen konnte. Irgendwann gab sie das Warten auf.

Bevor sie ins Schlafzimmer ging, schlich sie in Matheas Zimmer und legte sich eine Weile neben sie, als wollte sie sich vergewissern, dass ihre Tochter wirklich in Sicherheit und am Leben war. Sie atmete gleichzeitig mit Mathea ein und aus, bis es sich anfühlte, als wären sie ein einziger Organismus, zwei körperlich miteinander verbundene Existenzen – so wie sie es früher tatsächlich einmal gewesen waren.

Sie war beinahe eingeschlafen, die Beine der Kleinen quer über ihrem Bauch, als ihr Handy einen Laut von sich gab.

Eine SMS.

Sie zog es aus der Tasche ihrer Hose und dachte, dass nur Tommy ihr so spät noch etwas schreiben konnte.

Sie starrte lange auf die ersten Zeilen der Nachricht, die Nummer des Absenders konnte sie nicht gleich zuordnen.

Mir ist gerade wieder das Bild von diesem Fröding eingefallen, das Farberg zu Hause hatte. Er hat mir mal gesagt, dass er das von irgendwem bekommen hat, ich weiß aber nicht mehr, von wem. Vielleicht ist das auch nicht wichtig. Tut mir leid, dass ich heute etwas neben mir stand. Das alles wühlt mich so auf. Beste Grüße, Morten

Fröding, dachte sie. Tommy hatte behauptet, das Bild sei

umgehängt worden. Farberg hatte es also von jemandem bekommen und nicht selbst gekauft.

Sie schlich aus Matheas Zimmer und ging noch einmal ins Bad, wo sie lange stehen blieb, die Finger am Handy und kurz davor, Høgda zurückzurufen.

Stattdessen wählte sie Tommys Nummer, erhielt aber wieder nur die Ansage, dass der Teilnehmer im Moment nicht zu erreichen sei.

Nachdem sie eine Stunde wach im Bett gelegen hatte, fasste sie einen Entschluss. An Schlaf war nicht zu denken, und Mathea war in Sicherheit. Was hatte sie zu verlieren? Im Gegensatz zu Bent war Susanne sich ziemlich sicher, dass Amanda am Leben und die Kassette mit der verzerrten Stimme gerade erst aufgenommen worden war. Warum hätte man ihr eine alte Kassette zuspielen sollen? Und warum hatte sie die überhaupt bekommen?

Um den Wahnsinn zu stoppen?, fragte sie sich. Oder nicht? Wollte Farberg, dass jemand seinem verrückten Treiben endlich ein Ende bereitete?

Sie wird ihn erlösen, hatte auf dem Spiegel gestanden.

Susanne konnte den Gedanken nicht verdrängen, dass mit »sie« in Wahrheit Mathea gemeint war.

Sie stand auf und zog sich schnell an. Svein wurde garantiert erst am Morgen wach, und bis dahin wäre sie längst zurück. Bent stellte das größere Problem dar.

Sie schloss die Tür des Schlafzimmers, so leise sie konnte, lief über den Flur und warf einen Blick in Matheas Zimmer, als wollte sie sich vergewissern, dass sie nicht träumte und Farberg sie nicht längst geholt hatte.

Um ihre Schuldgefühle zu besänftigen, warf sie auch einen Blick in Markus' Zimmer. Manchmal hatte sie den Eindruck, als wäre sie auch für ihn verantwortlich und nicht sein Vater – der egozentrische Staatsanwalt, dem sie nicht hatte widerstehen können.

Sie hatte gerade die Stiefel angezogen, als sie einen Laut aus dem Wohnzimmer hörte.

Bent strich sich die langen Haare nach hinten. Er stand mit bloßem Oberkörper da. Er wirkte drahtig und durchtrainiert, und die Tattoos auf seinem Arm sahen im Dunkeln wie Schlangen aus, die sich an seinem Arm emporwanden.

»Und was hast du jetzt vor?«, fragte er.

»Ich muss mal für einen Moment raus.«

Seine Augen wurden schmal. Lautlos kam er auf sie zu.

»Raus?«, fragte er und sah sie mit einem unergründlichen Lächeln an. »Um diese Uhrzeit?« Er hob den Arm und warf einen Blick auf seine Uhr.

»Mit jeder Stunde, die vergeht, ist Amanda dem Tode näher.«

»Farberg war im Kindergarten und hat ein Bild von Mathea mitgenommen«, sagte Bent. »Vielleicht ist das eine Warnung. Und du willst mir nicht sagen, wohin du jetzt willst?«

»Ich will zu Farbergs Haus auf Malmøya«, sagte sie. »Ich muss da was überprüfen. Etwas, was ich vergessen habe.«

»Ich komme mit. Oder Jørgen.« Der großgewachsene Kollege sah aus der Küche zu ihnen herüber. Es roch nach Zigarettenrauch.

Sie schüttelte den Kopf.

»Nein, auf keinen Fall. Du bleibst hier. Ihr beide bleibt hier. Sonst werde ich euch das nie vergeben. Gebt mir eine Waffe, mehr brauche ich nicht.«

Sie notierte die Adresse auf einem Notizblock neben dem Telefon.

Bent kaute einen Moment auf der Innenseite seiner Wange herum.

»Ich bin in zwei Stunden zurück, spätestens«, sagte sie.

»Warte«, sagte er und lief aus dem Haus.

Susanne hörte draußen auf der Straße eine Autotür zufallen.

Eine Minute später war er wieder da.

»Hast du mit so einer schon mal geschossen?«, fragte er und zeigte ihr eine Glock-Pistole.

Sie nickte. Andererseits wusste sie, dass sie seit Weihnachten keine Waffe mehr abgefeuert hatte, und sie hoffte inständig, dies auch nie wieder tun zu müssen.

16

Es war bei der großen Distanz nicht leicht zu erkennen, Tommy glaubte aber, dass der Mann, der auf sie zukam, etwa so groß wie er selbst sein musste. Tommy sah sich nach einem Stock oder einem Brett um, irgendetwas, womit er sich gegen die Hunde wehren könnte. Tatjana suchte hinter seinem Rücken Schutz.

Der Mann schrie irgendein Kommando in die Dunkelheit, und die zwei Hunde verstummten unmittelbar, drehten sich um und liefen langsam zu ihm zurück.

Tommy versuchte, die Gesichtszüge des Mannes zu erkennen, aber es war unmöglich, das grelle Licht der Taschenlampe blendete ihn.

Er wusste nicht, was er erwartet hatte, aber die Stimme des Mannes überraschte ihn. Sie klang mild und freundlich, als er etwas auf Russisch oder Polnisch sagte. Tommy verstand nur, dass es nicht Litauisch war.

»Er will wissen, ob wir uns verlaufen haben«, sagte Tatjana. Sie tat Tommy fast leid, wie sie in ihren nassen, verdreckten Schuhen und mit der durchnässten Lederhose dastand und seinen Arm umklammerte.

»Frag ihn, ob er Rostow ist.«

Tatjana fragte, aber der Mann antwortete nicht gleich. Er richtete den Lichtschein der Taschenlampe auf sie und musterte erst Tommy und dann Tatjana. Dann sagte er, so übersetzte jedenfalls Tatjana: »Ihr seht aus, als würdet ihr frieren«, und an Tommy gewandt: »Warum reden Sie eigentlich nicht?«

Tatjana sah zu ihm hoch.

»Sag ihm, dass ich aus Norwegen komme. Und dass ich seine Hilfe brauche, um einen Mann zu finden, der viele junge Mädchen getötet hat. Einen Mann, von dem ich glaube, dass er ihn getroffen hat. Ich muss wissen, wo dieser Mann ist.«

Tatjana zögerte.

»Sag es. Vielleicht kann er mir helfen, das Leben des Mädchens zu retten.«

Es war im Dunkeln nicht gut zu erkennen, aber Tatjana schien zu weinen. Ihre Unterlippe zitterte. Ihre Angst hinderte sie daran zu reden.

Der Mann senkte zum ersten Mal die Taschenlampe, und Tommy erkannte die Konturen seines Gesichts.

»Sind Sie Herr Rostow?«, fragte Tommy auf Englisch und trat einen Schritt vor. Einer der Hunde sprang sofort gegen den Zaun, so dass das Gatter ein paar Sekunden lang wackelte.

Der Mann hob die Taschenlampe an und schlug dem Hund auf den Rücken. Dann kniete er sich ins nasse Gras und packte das große Tier an Hals und Schnauze. Die Taschenlampe fiel auf den Boden und leuchtete nach hinten in Richtung des Hauptgebäudes, wo eine weißgekleidete Gestalt im Türrahmen stand, in der Hand eine Petroleumlampe. Alle Fenster des Hauses waren jetzt dunkel.

Der Hund winselte, bis er schließlich ganz still wurde.

Tommy roch etwas Verbranntes in der regenschweren Luft. Vielleicht hatten sie drüben im Haus einen Kamin oder Ofen. Trotzdem beunruhigte ihn der Geruch, er verband damit weder Gemütlichkeit noch Wärme. Es roch eher nach einem Verbrennungsofen. Wie der im Nydalen, dachte Tommy. Der, in dem Farberg angeblich verbrannt war.

Der Mann erhob sich, hob die Taschenlampe vom Boden auf und kramte einen Schlüssel aus der Tasche.

»Das ist nun wirklich eine Schande, neue Gäste auf diese Art willkommen zu heißen«, sagte er auf Englisch. Er schloss das Vorhängeschloss auf und nahm die Kette ab.

Tommy sah erst jetzt, dass der Mann eine Art Lodenmantel und weite Hosen trug, die nur mit einem Strick zusammengehalten wurden. Er hatte halblange Haare, die ihm ins Gesicht fielen, und einen ausladenden Bart.

Neue Gäste, dachte Tommy. Lass dich von der vermeintlichen Freundlichkeit nicht täuschen.

Das Gatter ging auf, und das Knirschen der alten Scharniere drang durch das Prasseln des Regens.

»Rostow ist mein heidnischer Name«, sagte der Mann. »Diese Zeit habe ich hinter mir gelassen.«

Tommy legte den Arm um Tatjana, aber sie setzte sich zur Wehr.

»Ich gehe zurück«, sagte sie leise.

Rostow klemmte die Taschenlampe unter den Arm und streckte ihnen die Handflächen entgegen. Wie ein Prophet oder Erlöser, der ihnen Frieden signalisieren wollte. Tommy glaubte ein großes gebogenes Messer unter dem Strick erkennen zu können, den der Mann um die Hüften trug.

Rostow sagte leise etwas zu Tatjana.

»Was hat er gesagt?«, wollte Tommy wissen.

Er spürte, dass auch er zu zittern begonnen hatte. Das Wasser war längst in seine Schuhe eingedrungen, und die nassen Klamotten klebten ihm an der Haut.

»Er hat gesagt: Zurück? Sie würden unterwegs nur den Tod finden«, antwortete Tatjana.

Tommy begegnete dem Blick des Mannes, der jetzt weniger als einen Meter vor ihm stand.

Die Taschenlampe hielt er in der linken Hand, die rechte ruhte auf dem Griff des großen Messers.

17

Wenn sie nachts im Polizeipräsidium war, überkam sie immer das Gefühl, sich in einem Science-Fiction-Film zu befinden. Vermutlich insbesondere wegen der gläsernen Aufzüge, die oberhalb der großen menschenleeren Lobby leblos in der Luft hingen.

Die Schlüssel lagen dort, wo sie sie beim letzten Mal hingelegt hatte, in der obersten Schublade des Archivschranks. Susanne öffnete den Briefumschlag, auf dem *Farberg, Malmøya* stand, zog die nachgemachten Schlüssel heraus und nahm einen Satz roter Polizeisiegel mit.

Ehe sie das Licht ausschaltete, nahm sie das Foto von Mathea von ihrem Schreibtisch und sah es sich lange an.

Unten in der Garage zog ein kalter Lufthauch durch die halboffene Anlage. Sie ging mit raschen Schritten zum Wagen. Es war sonst niemand zu sehen, die einzige Bewegung kam von zwei blinkenden Leuchtstoffröhren unter der Decke.

Alle Streifenwagen waren unterwegs.

Weit entfernt hörte sie eine Sirene.

Dann ein scharfer Laut hinter ihr, ein Knallen.

Sie blieb wenige Meter vor dem Auto stehen und lauschte auf Schritte.

Hier? In der Tiefgarage des Polizeipräsidiums?, dachte sie. Reiß dich zusammen.

Trotzdem legte sie die Hand auf die Pistole, die sie unter der Jacke trug, und drehte sich langsam um, um zu sehen, ob ihr jemand folgte.

Sie setzte sich in den Wagen, verschloss die Türen mit der Zentralverriegelung und las noch einmal die SMS von Høgda. Was hatte es mit diesem Fröding-Bild nur auf sich?

Sie fuhr aus der Garage, ohne sich Zeit zum Nachdenken zu nehmen.

Im Schneckentempo rollte Susanne über die Brücke auf die Insel mit ihren alten, großen Häusern, die jetzt still im Dunkeln lagen. Farbergs Haus lag fast am Ende der Straße auf der anderen Seite der Insel. Sie sah keine Wagen am Straßenrand stehen. Nirgendwo ein Lebenszeichen.

In der geschotterten Einfahrt schaltete sie den Motor aus, blieb im Auto sitzen und beobachtete das verlassene Haus. Das Licht über der Haustür brannte, während drinnen alles dunkel war.

Natürlich ist da keiner, dachte sie. Warum sollte Farberg ausgerechnet hierher zurückkommen? Sowieso war das Risiko, erkannt zu werden, für ihn in Oslo zu groß, dafür war sein Gesicht in der Stadt viel zu bekannt.

Ein paar Wolken zogen über den dunklen Himmel und schoben sich für einen Moment vor den Vollmond. Unterhalb des Hauses lag der Fjord, still und glatt.

Sie entschloss sich, erst einmal um das Haus herumzugehen, und schlich mit gezückter Waffe um die Hausecke. Das Mondlicht fiel auf die Hauswand und die Terrasse. Es war so hell, dass Susanne sogar die Häuser auf der anderen Seite des Wassers erkennen konnte.

Die Terrassentür war verschlossen.

Sie huschte auf die rückwärtige Seite des Hauses. Zweige und Blätter knackten und raschelten unter ihren Schuhen, so dass sie nicht hören konnte, ob ihr jemand folgte.

Zweimal blickte sie über die Schulter, ehe sie die Treppe zur Kellertür hinunterging.

Auch diese Tür war verschlossen, nichts deutete auf einen Einbruch hin. Rasch ging sie zurück nach oben und merkte erst jetzt, wie sehr ihr Puls raste. Sie konnte kaum klar denken.

Als sie wieder vor dem Haus stand, blieb sie eine Minute stehen, um ihren Atem wieder unter Kontrolle zu bekommen. Sie steckte die Pistole in die Innentasche ihrer Jacke.

Weit entfernt – irgendwo oben an der Straße – hörte sie einen Wagen und sah das Licht von Scheinwerfern.

Der Wagen bremste und setzte zurück.

Sie wartete, aber nichts geschah.

Bestimmt hatte sich da nur jemand verfahren.

Schließlich ging sie die Treppe zur Haustür hoch und suchte den Schlüssel heraus.

Tommy hatte die Tür nach seinem letzten Besuch im Haus neu versiegelt, so dass sie das Siegel erst brechen musste. Im Windfang sah es so aus, als ginge das Leben im Haus noch immer seinen gewohnten Gang. Farbergs Jacke hing an der linken Wand an einem Haken, die Schuhe seiner toten Frau standen im Schuhregal.

Als Sicherheitsvorkehrung schloss sie die Haustür hinter sich ab.

Die verglaste Tür zum großen Flur stand halb offen. Durch das Glas war zu erkennen, dass von irgendwo im Haus ein schwacher Lichtschein kam.

Dabei hatte sie doch nirgendwo Licht brennen sehen, dachte sie.

Sie zückte die Pistole und entsicherte sie. Ein leises metallisches Klicken war zu hören.

Sie stieß die Tür mit dem Fuß auf, gab ihr aber zu viel Schwung, so dass sie mit einem lauten Knall an die Wand schlug. Ein Zittern breitete sich in Susannes Brust und in ihren Armen aus, schließlich erreichte es auch die Beine.

Die Holzdielen im Flur gaben mit jedem Schritt etwas mehr nach.

Das schwache Licht kam aus der Bibliothek. Dort schien irgendwo eine Lampe zu brennen. Hatte sie das wirklich übersehen?

Ihr Kurzzeitgedächtnis lag mit einem Mal im Nebel. Ihr Körper wurde nicht mehr von ihrem Hirn, sondern von ihrem wild hämmernden Herzen gesteuert.

Sie schlich nach links in Richtung Bibliothek, blieb vor der Türschwelle stehen, atmete einmal tief durch und betrat den Raum.

Ein rascher Blick reichte, um sie zu beruhigen. Die Leselampe hinter dem Ohrensessel war angeschaltet. Aber es war niemand dort.

Sie legte den Zeigefinger auf den Abzug der Glock und richtete die Waffe auf die dunkle Fensterscheibe.

Dann ließ sie die Pistole sinken, ging in die Mitte des Raums und versuchte, den Gedanken an Farberg zu verdrängen. Die Couchgarnitur erinnerte sie aber daran, dass sie dort mit Farberg gesessen hatte, als sie ihn vor Weihnachten vernommen hatte. Damals hatte sie mit dem Rücken zum Fjord gesessen. Das Bild von Fröding hatte auf ihrer linken Seite gehangen.

Sie drehte sich um.

An der Wand zwischen den großen Regalen hingen jetzt nur zwei Zorn-Lithographien.

Tommy hatte recht: Das Bild von Fröding war verschwunden.

Laut Tommy hing es jetzt im Arbeitszimmer.

Sie ging noch einmal in den dunklen Flur, es dauerte etwas, bis sie einen Lichtschalter fand. Eine Designerlampe an der Decke ging an und blendete sie. Linker Hand lag die Küche, dort führte auch die alte, gewundene Holztreppe nach oben.

Susanne erinnerte sich an die Tatortbegehung nach Weihnachten. Das Arbeitszimmer zweigte auf der rechten Seite vom Flur ab. Vor der geschlossenen Tür blieb sie noch einmal stehen.

Das Haus war vollkommen still. Nur ein leises, unbestimmbares Geräusch drang durch die Wände. Sicher der Wind, versuchte sie sich zu beruhigen und schob die Tür, die mit einem leisen Knacken antwortete, vorsichtig auf.

Nachdem sie auch hier das Licht eingeschaltet hatte, ging sie zu dem Schreibtisch, der vor dem Fenster stand.

Aus einem silbernen Rahmen strahlte ihr das Gesicht von Jon-Olav Farberg entgegen. Ein Porträtfoto aus seiner Zeit als Lehrer.

Der Gedanke daran, dass sie in diesem Haus hätte ermordet werden können, als sie Farberg vernommen hatte, trieb sie zur Eile an. Am liebsten wäre sie gleich wieder gegangen, aber sie durfte das Haus noch nicht verlassen.

Das Bild von Fröding hing rechts an der Wand. Sie spürte, dass sie beim Anblick des geisteskranken Dichters eine Gänsehaut bekam. Oder wegen der Tatsache, dass jemand dieses Foto umgehängt hatte? Jemand, der es hier passender fand?

Farberg musste noch einmal hier gewesen sein.

Sie nahm das Handy aus der Jackentasche und rief die SMS von Morten Høgda auf. *Er hat mir mal gesagt, dass er das von irgendwem bekommen hat, ich weiß aber nicht mehr, von wem.*

Wer hatte Farberg das Fröding-Bild geschenkt?, fragte sie sich.

Einem Impuls folgend, legte sie die Glock auf den Schreibtisch und nahm das Bild von der Wand. Der Metallrahmen war kalt. Sie studierte das Gesicht des kahlen, bärtigen Mannes und dachte an die Worte, die Farberg in seinem Brief an Tommy gerichtet hatte: *Aber sorge dich nicht um mich, mein Freund, denn ich habe bereits die Hölle offenliegen gesehen.*

Dann drehte sie das Foto um.

Ein kleiner Aufkleber oben auf der Rückseite zeigte, dass das Porträt auf einer Hofauktion in Magnor gekauft worden war.

Fast wäre ihr das Bild aus der Hand gefallen, als sie die Fotografie bemerkte, die zwischen der Rückseitenpappe und dem Rahmen klemmte.

Für Jon-Olav von seinen Hüttenkameraden, stand mit Kugelschreiber ganz unten auf der Pappe.

Susanne zog die Fotografie unter dem Rahmen hervor. Sie schien schon älter zu sein. Drei Personen standen lächelnd vor einer in die Jahre gekommenen Hütte, umgeben von dichtem Wald.

Es dauerte ein paar Sekunden, bis sie die Gesichter erkannte, vor allem das letzte.

»Oh nein«, sagte sie zu sich selbst.

Ihre Finger lockerten sich, und das Bild rutschte ihr aus der Hand, während ihr Blick noch einmal über die Gesichter von Anders Rask und Jon-Olav Farberg glitt.

Der Rahmen schlug auf ihren Füßen auf, das Glas zerbrach.

Sie legte den Kopf in den Nacken, sah an die weiß gestrichene Decke und redete sich selbst ein, dass das alles doch nur ein großer Irrtum sein konnte.

Als das Klirren verstummte, hörte sie einen anderen Laut. Erst glaubte sie, das Geräusch käme von oben, von den Dielen im ersten Stock.

Stilettos.

Sie hob den Fuß an, um den zerbrochenen Rahmen loszuwerden, und das erneute Klirren übertönte die Schritte. Oder hatte sie sich geirrt?

Sie versuchte zu lauschen, aber ihr Puls schlug so hart, dass sie kaum etwas hörte.

Nein, dachte sie.

Das Geräusch kam nicht von oben.

»Susanne«, sagte eine Stimme hinter ihr.

Sie fuhr herum.

Mitten im Türrahmen stand eine Person, bei deren Anblick sie instinktiv einen Schritt zurückwich.

Sie hatte blonde, halblange Haare und trug einen schwarzen Umhang. Mehr nahm Susanne nicht wahr.

Dann glitt ihr Blick vom Gesicht nach unten auf das Messer. Eine lange, dünne Klinge. Ein Stilett, um dessen Schaft sich ein schwarzer Handschuh straffte.

Es waren zwei Meter bis zu dem Schreibtisch, auf den Susanne die Waffe gelegt hatte.

Sie wagte einen ersten Schritt, doch noch ehe ihr Fuß wieder den Boden berührte, wusste sie, dass es zu spät war. Dünner, kalter Stahl bohrte sich in ihren Bauch und erstickte jeden Gedanken. Susanne stürzte und prallte mit dem Kopf heftig gegen die Tischkante. Die Haut platzte auf, aber das war nichts im Vergleich zu dem Gefühl, vom Unterleib bis zum Kopf aufzureißen.

Die Person beugte sich rasch zu ihr hinunter, presste ihr die Hand auf den Mund und stieß ihr das Messer mit aller Kraft unter die Rippen.

Susanne schrie, aber der Handschuh erfüllte ihren ganzen Mund.

Noch einmal.

Und noch einmal.

Dann wurde ihr Arm angehoben und etwas auf ihr Handgelenk gepresst.

Es wurde still. Ganz still.

Es war Sommer und heiß.

Sie sah ein vertrautes Gesicht auf sich zurennen. Der kleine Körper rannte, so schnell er konnte. Susanne hockte sich hin und breitete die Arme aus.

»Ich werde dich niemals allein lassen«, hörte sie jemanden sagen und roch Matheas Duft.

Teil 4

1

Die weißgekleidete Gestalt ging ein paar Treppenstufen hinunter. Ob es ein Mann oder eine Frau war, konnte Tommy nicht erkennen. Er hatte den Arm um Tatjana gelegt und schleppte sie mehr oder weniger über den nassen Boden. Rostow ging dicht hinter ihnen, gefolgt von den beiden riesigen Hunden.

Als sie endlich das Hauptgebäude erreichten, sah Tommy, dass die Person auf der Treppe eine Frau war. Sie lächelte freundlich, dabei aber auch irgendwie verwirrt, als wüsste sie nicht recht, wo sie war.

Tatjana und er blieben vor der Treppe stehen. Das Haus war aus Holz, dessen Patina zeigte, dass es über Jahrhunderte der Witterung ausgesetzt gewesen sein musste. Tommy versuchte, sich einen Überblick über das ganze Anwesen zu verschaffen, was bei dem Regen aber kaum möglich war.

Er spürte Tatjanas Widerwillen, das Haus zu betreten. Sie war angespannt und setzte sich zur Wehr, als er sie mit dem Arm leicht nach vorne schob.

Die weißgekleidete Frau sagte etwas zu ihnen.

Tatjana antwortete.

»Gehen Sie nur rein«, sagte Rostow hinter ihnen.

Die Frau öffnete die Tür mit der Hand, in der sie die Petroleumlampe hielt. Erst in diesem Moment erkannte Tommy, dass die andere Hand amputiert worden sein musste.

Auf der Treppe drehte er sich noch einmal um und schaute zum Gatter zurück.

Es war zu weit.

»Gehen Sie nur rein«, sagte Rostow noch einmal und sah ihm prüfend in die Augen, als hätte er längst verstanden, was Tommy dachte.

Tommy schob Tatjanas schlanken Körper vor sich her und weiter die Treppe hoch. Als sie an der weißgekleideten Frau vorbeikamen, die in dem Licht der Petroleumlampe seltsam kränklich aussah, trat diese einen Schritt zurück, um ihnen Platz zu machen. Dabei glitt ihr rechter Arm aus dem Ärmel, und Tommy starrte direkt auf den Stumpf des Handgelenks. Die Brustpartie konnte er nicht erkennen, dafür waren die Kleider zu weit. Er nahm aber an, dass ihr auch die Brüste amputiert worden waren.

Der große Raum war abgesehen von zwei brennenden Kerzen, die in einer Wandhalterung steckten, vollkommen dunkel. Der verbrannte Geruch war drinnen noch stärker. Tommy konnte sich nicht von dem Gedanken frei machen, dass der Mann, der hinter ihnen gerade die Tür schloss, irgendwo auf dem Gelände menschliche Körperteile verbrannte.

Tatjana lehnte sich zitternd an Tommy. Ihre Kleider waren ebenso durchnässt wie Tommys, Lidschatten und Mascara hatten sich aufgelöst und zogen sich wie die Kriegsbemalung eines Urvolkes als schwarze Streifen über ihre Wangen.

Ein Urvolk wie dieses hier, dachte Tommy und sah zu einer Tür auf der anderen Seite des Raumes hinüber, die geöffnet wurde.

Drei weitere weißgekleidete Frauen kamen der Reihe nach zum Vorschein. Sie erinnerten an Nonnen.

Einer der Frauen fehlten beide Hände. Dem gerundeten Bauch nach zu urteilen, war sie schwanger.

Wenn es ein Ritual war, in dem Rostow den Frauen jeweils eine Hand amputierte, musste diese eine besondere Schuld auf sich geladen haben. Aber von wem konnte man hier schwanger werden?, fragte Tommy sich. War Rostow der einzige Mann an diesem Ort?

Tommy schlug den Blick nieder und dachte, dass sie irgendwie versuchen mussten, hier wieder wegzukommen, und dass er dann die Polizei in Švenčionys dazu bringen musste, diesen Ort hier zu räumen.

Aber wie sollten sie Rostow entkommen? Musste er ihn dafür töten?

»Sie muss mit den Frauen gehen«, sagte Rostow und nickte in Richtung Tatjana. »Sie werden ihr Kleider geben.« Er legte den Strick ab, den er um die Hüften gewickelt hatte, und löste die Messerscheide. Dann zog er den grauen Lodenmantel aus und reichte ihn der Frau ohne Hände. Sie hielt ihn mit den Stümpfen fest und reichte ihn an eine der anderen Frauen weiter. Tommy begegnete ihrem Blick. Er hatte erwartet, ein Flehen zu sehen, einen Hilferuf, sie von hier wegzubringen, aber das Gesicht der verstümmelten Frau strahlte nur Ruhe und Frieden aus, als lebte sie in einem Himmelreich auf Erden.

»Lass mich nicht allein«, bat Tatjana.

»Du brauchst trockene Kleider.«

»Die Frauen werden Ihnen helfen. Haben Sie keine Angst«, sagte der Mann und fügte dann etwas in einer Sprache hinzu, von der Tommy nicht wusste, ob es Russisch oder Polnisch war.

»Sind Sie Russe?«, fragte Tommy.

Rostow sah ihn mit unzufriedener Miene an. Er hatte eine Hand auf die Messerscheide gelegt, die andere auf den Schaft.

Tommy hob die Hände und signalisierte, dass er nicht weiter fragen würde.

»Geh«, sagte er zu Tatjana, beugte sich zu ihr hinunter und flüsterte ihr ins Ohr: »Ich werde dich niemals verlassen. Vertrau mir, geh jetzt mit ihnen.«

Die Frau ohne Hände wies Tatjana den Weg. Erst schüttelte sie nur den Kopf, setzte sich schließlich aber doch in Bewegung.

»Tommy«, sagte sie nach wenigen Schritten und drehte sich noch einmal um.

»Alles wird gut«, sagte er und nickte in Richtung der Tür hinter ihr.

Sie schnitt eine Grimasse und drehte sich um. Die vier Frauen nahmen sie in ihre Mitte und geleiteten sie weiter.

Dann schloss sich die alte Tür mit den verblichenen Rosenmotiven langsam hinter ihnen.

»Kommen Sie, mein Freund.« Rostow legte Tommy leicht die Hand auf die Schulter, trotzdem spürte dieser die Kraft in den Armen des Mannes. Rostows Körper verströmte einen herben Geruch, als lebte er draußen, arbeitete hart und duschte nur selten.

Mit der freien Hand nahm er die Petroleumlampe, die wieder an der Decke hing, und führte Tommy zu einer Tür auf der linken Seite des Raumes.

Der angrenzende Raum war kleiner. Ein Kamin spendete ein wenig Wärme, aber trotz des Feuers roch es hier weniger verbrannt. Zwei alte Sofas und ein Tisch standen unter einem Fenster. Tommy glaubte draußen zwei oder drei andere Gebäude zu erkennen. Er zählte mindestens drei Lichtpunkte, vermutlich von weiteren Petroleumlampen.

»Die Männer wohnen dort drüben«, sagte der Mann und deutete mit dem Kopf in Richtung Fenster.

Tommy nickte.

»Und die Frauen?«

Rostow antwortete nicht, sondern bedeutete Tommy, Platz zu nehmen.

»Was führt Sie her? Für gewöhnlich ist das hier kein Ort für Touristen.«

»Wir sind keine Touristen.«

»Die Frau kann bleiben. Wir werden sie von ihren Sünden befreien. Aber Sie, Sie werden nur Ärger bringen.«

Tommy schüttelte den Kopf.

»Sie ist nicht hergekommen, um erlöst zu werden. Sie begleitet mich nur.«

Rostow nahm auf dem anderen Sofa Platz. »Wir werden verfolgt«, sagte er. »Lassen Sie mich ehrlich sein. Ich fürchte, dass Sie uns nichts Gutes wollen.«

»Es ist mir egal, was Sie hier machen.«

»Gut. Ich hatte nach dem Fall der Sowjetrepublik auf Religionsfreiheit gehofft, aber nein ... wie es scheint, werden die Verfolgten immer verfolgt werden.«

Das kommentierte Tommy nicht.

»Also, was führt Sie her?«, wiederholte Rostow.

»Ich bin Polizist, ich komme aus Norwegen. Tatjana ist meine Lebensgefährtin«, sagte Tommy.

Der Mann setzte an, etwas zu sagen, ließ es dann aber bleiben.

»Ich suche nach einem Mann und einem Mädchen, und ich hoffe, dass Sie mir helfen können, Rostow.«

Der Mann schnitt eine Grimasse, kaute kurz auf seiner Unterlippe herum und fuhr sich dann mit der Hand über den Bart.

»Ich wusste, dass mich das noch mal heimsuchen würde«, sagte er leise und streichelte mit den Fingern über die Messerscheide, die er sich auf den Schoß gelegt hatte.

»Was wird Sie heimsuchen?«

»Fahren Sie fort«, bat Rostow.

»Drei Männer«, sagte Tommy und legte die Arme auf den kleinen Tisch zwischen ihnen. Der Blick des Mannes fiel auf seine Hände. Tommy zog die Hände schnell wieder in den Schoß.

»Drei Männer«, wiederholte Rostow. Sein Gesicht war in dem schwachen Licht kaum zu sehen.

»Im Juni letzten Jahres haben drei Männer zusammen im Restaurant Totorino in Vilnius gegessen.«

»Weiter.«

»Einer dieser Männer ist Norweger. Wie ich. Er hat viele junge Mädchen getötet. Alle halten ihn für tot. Ich glaube, er ist noch am Leben. Er mordet noch immer. Erst neulich hat er eine Frau in Norwegen getötet und ihr die Hände abgetrennt.«

Rostow starrte auf die Tischplatte.

Tommy schwieg.

Der andere fuhr sich mit der Hand noch einmal über den Bart, ehe er seine Hände auf die Messerscheide legte.

»Und wie heißt dieser Mann? Dieser Mörder?«

»Farberg. Jon-Olav Farberg.«

Rostow schüttelte den Kopf.

»Der Name des zweiten Mannes beginnt mit R. Das sind Sie. Von dem letzten Mann kenne ich den Namen nicht.«

»Woher wissen Sie, dass es drei Männer waren?«

»Sie haben recht, das ist nur eine Annahme«, sagte Tommy. Schließlich konnte auch die Frau, die sich Susanne Bechmann nannte, die dritte Person sein.

»Vielleicht ist es eine Frau«, sagte Rostow. »Sie reden über Frauen. Und Männer. Aber hier gibt es weder Männer noch Frauen. Gott hat die Sünde erschaffen, damit wir selbst einen Weg finden, uns von ihr zu befreien. Ich helfe den Menschen nur, ihre Sünden hinter sich zu lassen.«

»Sie können den Leuten helfen, wie auch immer Sie wollen. Aber Sie haben an diesem Essen mit Jon-Olav Farberg teilgenommen. Das leugnen Sie nicht, oder? Wer war die dritte Person?«

Rostow machte keine Anstalten zu antworten.

»Ich glaube, Sie wissen, wo Farberg ist«, sagte Tommy. »Ich muss ihn finden. Ist er hier auf dem Gelände?«

Der Mann hob eine Hand, lehnte sich auf dem abgewetzten Sofa zurück und zog das große Messer aus der Scheide.

Er hielt es vor Tommy in die Höhe. Die Klinge war blitzsauber und dünn wie ein Blatt Papier.

»Vor gar nicht so langer Zeit habe ich hier im Lande eine Klinik betrieben, die beste, die es gab.«

Er ist Chirurg, dachte Tommy und hielt den Blick auf die Klinge gerichtet.

»Mein Klient hatte einen Wunsch. Ich bin vor vielen Jahren in Russland erlöst worden, und ich bin seiner Bitte nachgekommen und habe ihm gesagt, wodurch man Erlösung finden kann. Wir wurden Freunde, wenn man das so sagen kann. Ich mag es, Menschen zur Erlösung zu führen. Der Klient war unsicher und hielt an seinem Wunsch fest.«

»Was hat der Klient sich gewünscht?«

»Was glauben Sie?«, fragte Rostow. »Was glauben Sie, dass ich getan habe?«

»Ich weiß es nicht.«

»Ich wusste, dass mich das heimsuchen würde. Ich habe gesagt, dass er kommen soll, dass ich ihm helfen könne. Man sollte besser auf mich hören. Verstehen Sie, was ich meine? In Russland wurden wir verfolgt. Hier werde ich weitestgehend in Frieden gelassen. Weil sie Russland hassen. Man sollte mehr auf mich hören. Meinen Sie nicht auch? Sie leben mit Ihrer russischen Freundin in Sünde.«

Tommy sagte nichts.

»Ich bin ein Mann des Friedens«, sagte Rostow. »Aber manchmal muss man Menschen mit Gewalt Erlösung bringen.«

»Ist jemand hier, der zur Erlösung gezwungen wurde?«, fragte Tommy und stand vom Sofa auf. Er spürte, dass die Wärme des Kamins ihn schläfrig machte. Der merkwürdige verbrannte Geruch, vermischt mit dem Teergestank der Holzwände, wirkte wie eine Art Opiat. Es würde ihn zunehmend betäuben, bis er irgendwann gegen seinen Willen einschlief. Und am nächsten Tag würde er dann besser gar nicht mehr aufwachen. Kastriert und um eine Hand erleichtert.

Auch Rostow stand auf und ging in Richtung der Tür, durch die sie den Raum betreten hatten.

Tommy trat ans Fenster.

Er würde es bis nach draußen schaffen, doch da würde er dann von den Hunden angefallen werden, kaum dass er den Boden berührt hätte. Außerdem würde er dann Tatjana hierlassen müssen.

»Was für eine Klinik hatten Sie?«

Rostow antwortete nicht. Das Licht des Kaminfeuers fiel auf sein Gesicht.

»Sie sind hierhergekommen, um mich zu verurteilen«, sagte er. »Der besagte Klient hatte schlimme Sünden begangen. Als ich ihn nach seiner Motivation für die Operation gefragt habe …« Rostow hielt inne.

»Was sagen Sie da? Motivation für was für eine Operation?«

»Kurz darauf bin ich verhaftet worden. Sie haben mir verboten, meine Klinik weiter zu betreiben. Dabei war ich der Beste … Ich hatte die beste Lösung für meinen Klienten. Eine göttliche Lösung, verstehen Sie?«

Der große Mann wirkte für einen Moment niedergeschlagen.

»Seit Hunderten von Jahren belächelt man uns. Aber wenn das Ende naht, müssen wir einhundertvierundvierzigtausend sein. Verstehen Sie?«

Rostow ging langsam auf Tommy zu. In der Hand noch immer das große Messer. Tommy schätzte seine Möglichkeiten ein, aber sie waren nicht besser geworden. Er wich nach hinten zum Fenster zurück und tastete mit den Händen nach der Verriegelung.

Der Lichtschein des Kaminfeuers fiel auf die sich nähernde Gestalt.

»Im Matthäusevangelium heißt es, dass man sich Glieder abschneiden soll, um der Versuchung zu widerstehen. Nur so kann man sich der Sünde widersetzen und Erlösung finden. Für diesen Mann reicht das aber nicht.«

Rostow stand jetzt weniger als einen Meter entfernt vor Tommy, der ruhig zu atmen versuchte. Spielte er seine Karten jetzt nicht richtig aus, musste er kämpfen, wenn er nicht zu einem der Auserwählten werden wollte, den Rostow mit in sein Himmelreich nehmen konnte, wenn Armageddon Wirklichkeit wurde.

»Was muss dieser Klient dann tun?«

Rostow fuhr sich mit der einen Hand langsam durch den langen Bart, seine Augen schienen im Dunkeln beinahe zu leuchten. Ein vorsichtiges Lächeln huschte über seine Lippen.

»Der Klient muss sie hierherbringen, wenn sie rein geworden ist. Sie muss im Zeichen des Widders geboren sein. Gelingt dem Klienten die Beschneidung selber, wird er erlöst werden, wenn ich ihn und die beschnittene Jungfrau weihe.«

»Ich kann mich nicht daran erinnern, dass bei Matthäus etwas von Astrologie steht«, sagte Tommy. »Oder von Menschenopfern.«

Erst jetzt wurde ihm bewusst, dass Farberg Amanda möglicherweise am Leben gehalten hatte, während er an älteren, zufällig ausgewählten Frauen geübt hatte.

»Sie darf noch keine vierzehn Jahre alt sein«, sagte Rostow. »Ist sie älter – und sei es nur einen Tag –, wird er keine Erlösung finden.«

»Amanda«, sagte Tommy. »Sie wird am Montag vierzehn.«

»Morgen ist Freitag«, sagte Rostow. »Montag muss er ein neues Mädchen finden, sollte es ihm bis dahin nicht gelungen sein.«

Mathea, dachte Tommy. Wenn Susanne nur nicht recht hatte.

»Das weiß ich schon«, sagte Tommy. »Ich habe mit Professor Garulaitas gesprochen, aber der hat gesagt, dass es Ihre Sekte nicht mehr gibt.«

»Garulaitas«, sagte Rostow. »Er glaubt nicht wirklich an die Erlösung. Aber der Tag wird kommen, an dem auch er davon überzeugt ist. Er hat hier einen eigenen Raum. Und Ihre Freundin … Garulaitas wird sie mögen.«

Er ließ den Satz in der Luft hängen.

»Mein Freund«, fuhr Rostow fort. »Sie sollten sich auf die dritte Person konzentrieren. Nur ist es dafür jetzt zu spät, was schade ist, denn ich mochte Sie.«

Es dauerte ein paar Sekunden, bis Tommy begriff, was Rostow da gerade gesagt hatte. Im gleichen Moment nahm er die Handbewegung des Mannes wahr und sah das Messer aufblitzen.

Tommy konnte nicht klar denken, alles geschah instinktiv. Er bewegte sich rasch, zu rasch für Rostow, trotzdem schienen Minuten zu vergehen, bis sein nach hinten gezuckter Kopf wieder nach vorne schnellte und seine Stirn auf Rostows Nasenrücken schlug. Alle Sinneseindrücke vermischten sich, die geteerten Wände, das Knistern im Kamin, Rostows blaue Augen, der verbrannte Geruch, der Tommy an ein Krematorium erinnerte, das Knacken des Nasenrückens, der in Rostows Schädel gedrückt wurde, und das Blut, das ihm über das Gesicht bis in die Mundwinkel rann.

Rostow rutschte das Messer aus der Hand.

Es fiel mit dem Schaft voran auf den Boden.

Der große Mann fasste sich an die gebrochene Nase und kippte nach hinten. Er zeigte keinen Reflex, sich mit den Händen abzustützen.

Als er auf dem Boden aufschlug, begann er zu heulen wie ein angeschossener Wolf.

Tommy wischte sich das Blut vom Gesicht und spuckte auf Rostow. Dann ließ er sich langsam auf die Knie sinken.

»Dachten Sie wirklich, dass Sie mich so einfach töten können?«, fragte er und drehte den großen Mann um.

Rostow versuchte, Widerstand zu leisten, aber Tommy packte ihn an den Haaren und schlug seinen Kopf mit aller Kraft ein-, zwei-, dreimal auf den Boden. Die Haut an der Stirn platzte bei jedem Mal weiter auf.

Dann bog er Rostows Arme auf den Rücken. Zuerst drückte er den linken Arm hoch, bis er spürte, wie der Ellenbogen nachgab, dann den rechten.

Rostow lag regungslos am Boden. Nur das Zucken, als die Ellenbogen brachen, zeigte, dass er noch am Leben war.

»Haben Sie wirklich geglaubt, mich töten zu können?«, wiederholte Tommy.

Er drehte Rostow abermals um. Das zerschmetterte Gesicht leuchtete im Licht des Kamins dunkelrot. Tommy packte ihn am Hals und drückte zu. Er spürte, wie Rostows Kehlkopf unter seinen Daumen zermalmt wurde.

»Keiner tötet mich«, keuchte Tommy. »Keiner. Ich bestimme selbst, wann ich sterbe. Haben Sie das verstanden?« Es war, als würde sich all die Wut, die sich in seinem Körper aufgestaut hatte, all die Verachtung, die er für sich selbst empfand, mit einem Mal ausschließlich auf Rostow richten.

Er hob den Kopf des Mannes an und schlug ihn noch einmal mit aller Kraft auf den Boden. Er wollte nichts anderes mehr, als den Schädel des Mannes zu zertrümmern, bis die Gehirnmasse von den Wänden dieses Höllenhauses tropfte.

Schließlich gelang es Tommy aber doch, sich zu zügeln.

Rostows Kopf war zur Seite gefallen. Aus einem seiner Ohren und aus dem geöffneten Mund rann Blut.

»Wir sehen uns in der Hölle«, sagte Tommy, stand auf und steuerte mit unsicheren Schritten das Messer an, das noch immer auf dem Boden lag.

Der Geruch im Zimmer war unerträglich, und auf seinen Lippen schmeckte er Rostows Blut. Für einen Moment hatte er das Gefühl, sich über dem toten Körper erbrechen zu müssen.

Er taumelte aus dem kalten Zimmer und musste sich in der dunklen Halle für eine ganze Weile an der Wand abstützen, bis er sich wieder gesammelt hatte. Schließlich legte er die Finger fest um den Schaft des Messers und begann, die anderen Räume zu durchsuchen.

Der erste war leer. Der nächste ebenso.

Im dritten fand er endlich Tatjana. Sie wirkte betäubt und lag vollkommen nackt auf einer Art Himmelbett. Ihre Kleider waren am Boden verstreut, Arme und Beine mit einem groben Strick gefesselt. Die Frau ohne Hände stand apathisch in der Mitte des Raumes, während eine andere Tatjana wusch.

»Weg mit euch!«, sagte Tommy und hob das Messer an.

Zu seiner eigenen Verwunderung taten die Frauen, was er verlangte. Sie stellten sich an die Wand, ohne Widerstand zu leisten.

Er durchtrennte die Stricke, mit denen Tatjana gefesselt war, und bemühte sich, ihr die Kleider überzuziehen.

Schließlich legte er sie sich über die Schulter und taumelte in Richtung der massiven Tür, durch die sie das Haus betreten hatten.

Auf den nassen Treppenstufen rutschte er fast aus, konnte sich dann aber wieder fangen und ging vorsichtig in Richtung Gatter. Tatjana war beinahe leblos.

Erst jetzt sah er die Scheinwerfer mehrerer Autos auf dem Weg, über den auch sie gekommen waren.

Die vordersten Lichter wurden ausgeschaltet.

Hinter ihm kamen die Hunde angerannt, aber sie hatten es nicht auf ihn abgesehen, sondern stürmten in infernalischem Tempo in Richtung Gatter.

Mehrere Schüsse fielen, und irgendwo vor ihm gingen die Tiere zu Boden.

»Tommy!«, hörte er jemanden rufen.

Tommy erkannte die Stimme. Sie ließ ihn auf die Knie gehen. Dann sah er Lichter von Taschenlampen durch die Dunkelheit zucken und versuchte, wieder aufzustehen.

Vor ihm stand der verfluchte Wessel-Hansen und sah ihn besorgt an, und hinter ihm schüttelte Fredrik Reuter den Kopf wie ein betrübter Schulmeister beim Anblick eines ungehorsamen Schülers.

»Was zum Teufel machst du hier nur?«, fragte Reuter und leuchtete Tommy mit der Taschenlampe direkt in die Augen.

»Wie hast du mich gefunden?«, fragte Tommy.

»Unser kleiner Professor hat allem Anschein nach kalte Füße bekommen«, sagte Wessel-Hansen. »Garulaitas hat mich am frühen Abend angerufen und gesagt, dass Sie in Gefahr sein könnten. Er hat seine Geschichte dann auch dem Polizeipräsidenten von Vilnius erzählt, und der scheint nicht so korrupt zu sein, dass er von einem Mann wie Rostow Geld angenommen hätte.«

Einer der litauischen Polizisten packte Tatjana unter den Armen und versuchte, sie auf die Füße hochzuziehen.

Sie nahm Tommys Hand und sagte etwas auf Russisch, dann auf Englisch: »Tommy, die dürfen mich nicht wegbringen.«

Tommy stand auf und taumelte in Richtung des Polizisten, zu dem sich jetzt zwei weitere gesellt hatten. Fredrik Reuter hielt ihn zurück. Noch in seinen Armen sackte Tommy wieder auf die Knie und schaffte es dann nicht einmal mehr, den Kopf zu heben.

»Keine Sorge«, sagte Reuter. »Du siehst sie in Vilnius wieder. Irgendwann.« Er hockte sich vor Tommy hin.

Die beiden Männer sahen einander in dem schwachen Licht der am Boden liegenden Taschenlampen an.

»Wann hörst du nur damit auf, die Welt im Alleingang zu retten?«

Tommy antwortete nicht. Er stand auf, drehte sich zu dem Gatter um und sah gerade noch, wie die Polizisten Tatjana in ein Auto zu schieben versuchten.

»Irgendwann?«, fragte Tommy.

»Erst musst du mit nach Hause kommen«, sagte Reuter. »Das Resultat der DNA-Analyse aus Tuzla ist vor einer Stunde gekommen.«

»Ja? Und?« Tommy packte Reuter ungeduldig am Kragen.

»Jon-Olav Farberg ist tot. Es war er, der da in dem Ofen verbrannt wurde.«

Tommy wusste nicht, was er sagen sollte. Oder fühlen.

Er schüttelte nur ungläubig den Kopf.

»Das sind verdammt schlechte Neuigkeiten. Ich verstehe das nicht.«

Reuter schnitt eine Grimasse. Er sah aus wie jemand, der zu lächeln versuchte, innerlich aber lieber weinen würde.

»Ich fürchte, ich habe eine noch schlechtere Nachricht.«

2

Freitag, 15. April 2005

Hier war ich schon mal, dachte Tommy, als die Türen des Aufzugs sich vor ihm öffneten.

Es war der einzige klare Gedanke, den er nach der schlaflosen Nacht auf dem Flughafen von Kopenhagen fassen konnte.

Eine Sache war, was mit Susanne geschehen war.

Aber wenn man Farbergs Tod nun amtlich festgestellt hatte, dann wusste er nicht mehr, was richtig und was falsch war.

Morten Høgda hatte Tommy von sich aus angerufen, als die Medien am späten Donnerstagabend darüber berichtet hatten, dass Susanne Bech grausam attackiert und lebensgefährlich verletzt worden war. Er hatte mit einer Klage gedroht, sollte er jetzt keinen Polizeischutz bekommen. Høgda war möglicherweise der Letzte, der mit Susanne geredet hatte. Er war sich deshalb sicher, das nächste Opfer zu sein. Høgda meinte, sie sei nach dem Treffen mit ihm zu Alexander Thorstensen gefahren. Dieser war seither wie vom Erdboden verschluckt, in ganz Skandinavien wurde nach ihm gefahndet.

Anne-Britt Farberg Torgersen war die ganze Nacht über in Kongsvinger vernommen worden, ohne dass dabei aber etwas herausgekommen war.

Tommy hatte stundenlang die Ziffern 2 4 0 0 angestarrt.

Er wusste, dass Susanne recht gehabt hatte. Der Name Magnor war ihm ins Gedächtnis geschrieben, er verstand nur nicht, warum, und es gelang ihm auch nicht, Reuter davon zu überzeugen, ganz Magnor auf den Kopf zu stellen.

Er klingelte an der Tür der Intensivstation und atmete die Krankenhausluft ein. Leben und Tod rochen hier drinnen gleich – klinisch und scharf.

Das Gefühl des Déjà-vu bestätigte sich, als er dieselbe Ärztin traf, die im letzten Herbst das Leben der litauischen Prostituierten, Daina, zu retten versucht hatte. Sie nahm seine Hand, und er dachte, dass er sie nicht loslassen durfte.

Für einen Moment wirkte es so, als bewegten sich die Türen auf beiden Seiten des Ganges auf ihn zu, als ginge er nicht langsam über einen Flur, sondern als führe er in rasender Geschwindigkeit eine dunkle Allee entlang.

Als er das Ende des Korridors erreichte, sah er Mathea in einem Pausenraum sitzen. Sie beugte sich über einen Zeichenblock.

Svein Finneland kam auf den Flur und schloss die Tür hinter sich.

»Mathea will nicht nach Hause gehen. Wir haben heute Nacht hier geschlafen. Sie …«

Tommy legte ihm die Hand auf die Schulter.

»Es tut mir leid, dass ich Ihnen nicht geglaubt habe«, sagte Svein Finneland.

»Da gab es nichts zu glauben«, sagte Tommy. »Aber Sie müssen mir mit Magnor helfen. Ich brauche zehn bis fünfzehn Mann, um noch einmal das alte Material des Rask-Falls durchzugehen. Wir könnten da etwas übersehen haben. Ich muss …«

Er brach ab, hörte selbst, wie sinnlos das alles klang.

Mathea riss die Tür auf. »Redet ihr über Mama?«

Finneland brachte kein Wort heraus.

Tommy musterte das bald sechsjährige Mädchen eine ganze Weile. Ihre Bewegungen, wie sie die Haare hinter die Ohren schob, genau wie Susanne. Sie hatte ein Krankenhausbett gezeichnet, eine Frau mit langen blonden Haare, einen Infusionsständer, unzählige Schläuche und eine kleine Gestalt neben dem Bett, die die Arme ausstreckte.

Er versuchte, etwas zu sagen, blieb aber stumm.

»Sie können zu ihr reingehen«, sagte die Ärztin.

»Kann sie mich hören?«, fragte er.

Die Ärztin schüttelte den Kopf. »Nein.«

Er ging mit der Ärztin ein paar Meter von Finneland weg.

»Sie wird nicht überleben, oder?«, fragte er leise.

Die Ärztin sagte nichts, sondern hielt ihm stattdessen Haarnetz, Mundschutz und Schuhhüllen hin.

»Ich habe genug gesehen«, sagte er und verließ das Gebäude, so schnell er konnte.

Draußen wehte ein warmer Föhnwind über den Parkplatz. Es war ein Frühlingsabend, wie man ihn nur hier oben im Norden erleben konnte. Ein Abend, der den Menschen Leben einhauchte, Kraft, die sie auch den nächsten Winter überleben ließ.

Tommy umklammerte das Lenkrad, so fest er konnte, und sah zu der Etage hoch, auf der Susanne lag. Für einen Moment versuchte er, das Steuer loszureißen.

Er fuhr nach Hause nach Lambertseter und hoffte auf einen Brief im Postkasten, der ihm weiterhalf.

Wer hatte die Karten aus Vilnius geschrieben?

Konzentrieren Sie sich auf die dritte Person, waren dies nicht Rostows Worte gewesen?

Verdammt, dachte Tommy. Wäre Rostow noch am Leben, könnte ich die Antwort aus ihm herausprügeln.

Und Alexander Thorstensen? Der konnte es doch nicht gewesen sein?

Tommy schloss die Tür seiner Wohnung auf und wartete einen Moment, bevor er das Licht einschaltete.

»Magnor«, sagte er vor sich hin. Warum dachte er jetzt daran?

Aber die Zweifel blieben, und außerdem, wen glaubte er noch retten zu können? Die Aufnahme auf der Kassette konnte tatsächlich schon älter sein. 2 4 0 0 war bestimmt eine falsche Fährte.

Er ging systematisch durch seine Wohnung, es war aber nichts gestohlen oder an einen anderen Ort gestellt worden. Bei dem neuen Sicherheitsschloss müsste man auch wirklich ein Geist sein, um hier hereinzukommen.

Er trat an das Regal, auf dem das Foto seiner Mutter gestanden hatte, und fuhr mit der Hand über die leere Stelle.

Dann ging er duschen und schaltete danach den Fernseher ein. Versuchte sich zu konzentrieren. Er wollte wissen, ob er an etwas anderes denken konnte als an Mathea, wie sie im Pausenraum saß und ihre sterbende Mutter malte.

Schließlich nahm er das Handy und suchte Tatjanas Nummer heraus. Vielleicht half ihre Stimme ihm, sich besser zu fühlen, vielleicht hatte er sogar ein paar tröstende Worte für sie.

Es klingelte unglaublich lange, aber niemand nahm ab.

Für einen Augenblick überlegte er, zur Klinik zurückzufahren, nur um an Susannes Seite zu sein, sollte sie wach werden.

Stattdessen packte er seine Trainingssachen und fuhr nach Sandaker.

Dafür, dass es so ein milder Frühlingsabend war, herrschte in der Boxhalle ziemlich viel Betrieb.

Für einen Moment vermisste er das Handballtraining, das er direkt nach Weihnachten abgegeben hatte. Er ließ sich von einem der Marokkaner mit dem Boxtape und den Handschuhen helfen und begann dann an einem freien Boxsack mit kurzen Geraden seiner Führhand. Nach ein paar Minuten wechselte er zu rechten und linken Haken und legte mehr und mehr Kraft in seine Schläge. Er erhöhte das Tempo, bis es in seinen Ohren zu klingeln begann und sein Puls raste. Seine Gedanken trugen ihn fort.

Er wusste nicht, ob er geschrien hatte, auf jeden Fall fand er sich irgendwann auf dem Boden wieder, wo er dem zurückschwingenden Boxsack nur knapp hatte ausweichen können.

»Ruh dich aus«, sagte der Alte, der sich plötzlich über ihn beugte. Die Lippen des Mannes bewegten sich weiter, aber Tommy hörte nichts mehr.

»Gundersen«, murmelte er vor sich hin. All seine Gedanken kreisten um das Gespräch, das er am Morgen nach Rasks Selbstmord mit dem Anwalt geführt hatte.

Der Alte sagte etwas, aber Tommys Ohren verweigerten noch immer den Dienst.

»In welcher Gemeinde liegt Magnor?«, fragte Tommy.

»Was faselst du da?«, fragte der Alte.

Tommy rappelte sich so schnell auf, dass er dem alten Trainer beinahe einen Kopfstoß verpasst hätte.

»Zieh mir die aus«, sagte er. »Ich weiß jetzt, wo ich suchen muss, ich weiß es!«

»Hör mal«, sagte der Alte. »Du musst mit jemandem reden, verstehst du das?«

Tommy hob die Arme und bereute, dass er immer auf altmodische geschnürte Boxhandschuhe setzte. Er sollte längst unterwegs sein.

»Wenn du am Leben bleiben willst, hilfst du mir jetzt, verstanden!«

Für einen Moment hatte er Probleme, seine Finger zu kontrollieren, als er Gundersens Nummer zu wählen versuchte.

Es meldete sich direkt der Anrufbeantworter. Tommy fluchte so laut, dass die halbe Boxhalle innehielt und die Schläge für einen kurzen Moment verstummten.

Tommy trug noch immer seine Trainingsklamotten, als er die Treppen des Präsidiums bis in die vierte Etage hinaufstürmte.

Reuters Tür stand offen.

Er gelangte ungesehen ins Büro und an den Computer, wo er den umfangreichen Ordner des Falls Anders Rask öffnete. Zum Glück waren alle Daten mittlerweile digitalisiert worden. Er begann mit der letzten Zusammenfassung und blätterte sich von dort weiter nach vorn.

Nur zehn Minuten später fand er, wonach er suchte.

Die Beweisführung im Verfahren 1994.

Ein Mädchen, das er an der Schule in Bryn vergewaltigt hatte, hatte etwas von einer Hütte im Wald erzählt. Rask hatte später eingeräumt, dass einige der Übergriffe in seiner Hütte in Magnor stattgefunden hätten.

Erneut versuchte er, Gundersen zu erreichen.

Hatte der Anwalt nicht gesagt, dass er versuchen wollte, Rasks Hütte in der Hedmark zu verkaufen? Sie konnte kaum schon weg sein.

Dieses Mal ging der Anwalt gleich ans Telefon.

»Ja?«, sagte er, etwas überrascht.

»Rasks Hütte«, begann Tommy. »Steht die schon zum Verkauf?« Er gab sich Mühe, so gleichgültig wie nur möglich zu klingen.

»Nein …«, sagte der Anwalt etwas zurückhaltend.

»Ich brauche die Adresse, die exakte Adresse.«

»Darf ich fragen, warum?«

»Nein.«

Eine Viertelstunde später stand er vor Bents Haustür in Karlsrud. Die anscheinend perfekte Fassade einer bürgerlichen, glücklichen Familie passte so gar nicht zur Wirklichkeit, dachte Tommy.

Sein früherer Partner wich seinem musternden Blick aus.

Tommy dachte, dass er ein paar tröstende Worte finden sollte, blieb aber stumm.

»Komm mit«, bat er dann. »Nimm deine Waffe und Munition mit, alles, was du hast.«

»Tommy …«

»Das bist du mir schuldig.«

»Ich sollte nicht …« begann Bent, verstummte dann aber wieder.

Tommy hörte langsame Schritte im Haus.

Bents Lebensgefährtin Maiken kam mit der Kleinen auf dem Arm zum Vorschein.

»Ich weiß nicht, was wir finden werden«, sagte Tommy und dachte: Wenn wir denn überhaupt wieder zurückkommen.

Bent ging ins Haus und schloss die Tür.

Fünf Minuten später war er wieder da.

»Die Schrotflinte«, sagte Tommy. »Ich brauche auch die Schrotflinte. Wir gehen auf die Jagd.«

Bent schüttelte den Kopf. »Nein. Ich darf meinen Job nicht verlieren.«

»Aber ich«, sagte Tommy und drückte sich an ihm vorbei.

3

Er hielt an und tippte auf dem Navi herum. Eine flackernde Neonröhre beleuchtete das Schild des kleinen Supermarkts. Ein vergessenes rostiges Fahrrad klammerte sich an einen Fahrradständer. Altes Herbstlaub wirbelte in einer plötzlichen Böe auf und drehte sich schneller und schneller wie in einem dunklen Mahlstrom in die Höhe.

Tommy schaltete die Innenbeleuchtung des Wagens aus und studierte eine ganze Weile die Anzeige des Navigationsgerätes.

Er war im Zentrum von Magnor. Es waren noch sechs Kilometer bis zur Hütte.

Er zündete sich eine Zigarette an und legte den Revolver auf den Beifahrersitz.

Beide Innentaschen waren voll Patronen, und auf dem Rücksitz lag die Remington 870, die er aus Bents Waffenschrank genommen hatte.

Er rauchte die Zigarette zu Ende, stieg aus und setzte sich auf den Rücksitz. Mühsam fütterte er die Schrotflinte mit sieben Patronen.

Ein Auto hielt oben an der Hauptstraße. Der Fahrer schien Tommys Wagen einen Moment lang zu betrachten und verschwand dann in die Richtung, in die auch Tommy musste.

Tommy legte die Schrotflinte auf den Beifahrersitz und rauchte eine weitere Zigarette.

Es könnte seine letzte sein.

Und er musste in Minuten denken.

Die Wahl, vor der er stand, war entscheidend für den Rest seines Lebens.

»Magnor«, flüsterte er vor sich hin. »Warum habe ich nicht gleich an Rasks beschissene Hütte gedacht?«

Weil es nur eine Person in diesem Land gab, die sich erinnerte.

Und nur eine Person, die diesen Wahnsinn ein für alle Mal beenden konnte.

Er fuhr zurück auf die Hauptstraße und sah weit vor sich die Rücklichter eines Wagens.

Eine Unzahl von kleinen Straßen zweigte von der Hauptstraße ab, so dass er langsam fahren musste, um die richtige nicht zu verpassen.

Er hatte keine Wahl, er musste dem Navi vertrauen. Straßenlaternen gab es keine, und das nächste Haus war inzwischen weit entfernt.

Nach gut zwei Kilometern bog er nach links in einen Waldweg ein.

Die hohen Nadelbäume standen dicht an dicht, als konkurrierten sie um einen Platz. Er schaltete das Fernlicht aus und rollte langsam nur mit Standlicht weiter.

An der ersten Weggabelung hielt er an und sah auf seine Armbanduhr. Er bereute es, unten im Zentrum angehalten zu haben, vielleicht hatte Amanda diese Pause das Leben gekostet.

Aber in Wahrheit war er nicht hier, um Amanda zu retten.

Er war hier, um sich selbst zu retten.

Vielleicht hatten all die Frauen, die seinen Lebensweg gekreuzt hatten, recht: Die einzige wahre Liebe, die er spürte, war die Liebe zu sich selbst. Alles andere war nur zerstörerisch.

Das Navi führte ihn nach rechts über einen noch schmaleren Weg, fast einen Pfad. Rasks Hütte sollte jetzt nur noch knapp fünfhundert Meter entfernt sein.

Das dauert zu lang, dachte er, viel zu lang.

Er schaltete das Fernlicht wieder ein und beschleunigte. Die Steine, die auf dem Weg lagen, schlugen an den Unterboden des Wagens, aber das alles trieb ihn nur zu noch größerer Eile an. Rechts und links schossen schwarze Fichten vorbei.

Schließlich machte der Weg eine enge Kurve, und noch bevor Tommy reagieren konnte, befand er sich auf einer Art Hofplatz mitten im finsteren Wald.

Die Scheinwerfer strahlten direkt auf eine alte, heruntergekommene Hütte.

Vor dem Haus stand ein Mercedes, aber die Fensterläden der Hütte waren geschlossen. Kein Licht brannte.

Er schaltete den Motor aus, ließ den Schlüssel aber im Schloss stecken.

Mit einem Mal war alles um ihn herum vollkommen dunkel.

Er nahm den Revolver und spannte den Hahn.

Blieb er zu lange sitzen, war er eine einfache Zielscheibe.

Er steckte die Waffe in die Jackentasche, nahm den Ladegriff der Flinte und stieg aus, ohne daran zu denken, dass er keine Deckung hatte. Sollte er hier in dem dunklen, einsamen Wald an der schwedischen Grenze sterben, war das halt sein Schicksal. Vielleicht war das alles von Anfang an so vorgesehen gewesen.

Er rannte geduckt zum Eingang der Hütte hinüber. Schlich sich an der Wand entlang zur Tür.

Sie war unverschlossen.

Er stieß sie weit auf und schlüpfte in den Windfang.

Nahm die kleine Maglite aus der Jacke. Wenn er nichts sah, hatte er auch keine Chance, mit dem Leben davonzukommen.

Auf dem Boden lag ein Mantel oder eine Art Umhang.

Daneben eine blonde Perücke, wohl aus echten Haaren.

Er bewegte die Waffe hin und her und leuchtete nach vorn. Lauschte auf Geräusche, hörte aber nichts. Schließlich steckte er sich die Maglite in den Mund, trat zwei Schritte vor und stieß die Tür vor sich auf.

Eine seltsame Ruhe erfüllte ihn.

Keine Angst, keine Wut, nur die Gewissheit, dass alles, was kam, unausweichlich war.

Sein Blick fiel auf ein zerwühltes Bett.

Er bewegte sich rasch, duckte sich immer wieder, zuckte mit dem Oberkörper von rechts nach links, so dass das Licht der Taschenlampe alle Ecken ausleuchtete.

Ein Esstisch und ein paar Stühle kamen rechter Hand zum Vorschein.

An der Wand auf der anderen Seite standen zwei große Hundekäfige. Auf dem Boden neben den Käfigen lagen zwei alte Matratzen, verschmiert von Kot und etwas Schwarzem. Zwei Ketten waren hinter jeder Matratze an der Wand befestigt.

Blut, dachte er, geronnenes Blut.

Erst jetzt nahm Tommy den speziellen Geruch wahr. Verbranntes Fleisch, Kot, Urin.

Es roch nach Tod.

Waren Amanda und die ermordete Frau hier gefangen gehalten worden? Tommy trat an den Kaminofen in der Ecke des Raumes, der die einzige Wärmequelle der Hütte zu sein schien.

Neben dem Kaminofen stand ein Blecheimer. Er leuchtete mit der Taschenlampe auf den Rand des Eimers, beugte sich vor und hätte vor Schreck fast die Taschenlampe verloren und den Abzug der Waffe betätigt.

Am Boden des Eimers lagen zwei kleine Hände, mehr blau als weiß, die Reste der Nägel schwarz.

Tommy brachte es nicht über sich, den Rest im Eimer genauer zu untersuchen. Er wusste, was das war, und hoffte, dass sie wenigstens schnell gestorben war.

Oben auf dem Ofen stand ein alter Aluminiumtopf.

Tommy nahm vorsichtig den Deckel ab.

Der Geruch war seltsam, fast wie Asphalt. Er leuchtete hinein, sah aber nur eine zähe schwarze Masse.

Öl, dachte er. Kochendes Öl, um die Blutung nach der Amputation zu stoppen.

Hinter ihm knallte die Tür zu.

Tommy ließ die Taschenlampe zu Boden fallen, wirbelte herum und feuerte in Richtung Ausgangstür. Dann lud er nach und hätte fast ein zweites Mal geschossen.

Der Knall des Schusses war so laut, dass er für einen Moment glaubte, seine Trommelfelle wären geplatzt.

Die Taschenlampe warf einen schmalen Streifen Licht über die Dielen in Richtung Matratzen, ansonsten war alles dunkel.

Er hielt die Waffe im Anschlag, starrte ins Dunkel und versuchte, durch den Mund zu atmen. Der Gestank der abgetrennten Körperteile war unerträglich.

Als er sich selbst davon überzeugt hatte, dass nur der Wind die Tür zugeschlagen hatte, hob er die Taschenlampe wieder auf. Der Ofen strahlte noch einen Rest Wärme aus. War die letzte Verstümmelung von Amanda erst heute vorgenommen worden?

Tommy war in zwei schnellen Schritten durch die Tür und draußen im Windfang. Gerade als er ins Freie stürmen wollte, fiel sein Blick auf einen zusammengefalteten Zettel, der mit einem Nagel an die Tür geheftet worden war.

Er riss ihn herunter, faltete ihn auseinander und ließ ihn fallen. Das Porträt seiner Mutter segelte zusammen mit dem Zettel zu Boden.

Es kam ihm wie eine Ewigkeit vor, bis er sich endlich hinuntergebeugt hatte, um das Foto und den Zettel aufzuheben.

»*Lieber Tommy*«, las er laut.

Wahrscheinlich weißt du es schon lange. Ich habe gesagt, dass ich deine Mutter kannte. Mütter, was soll man mit ihnen anstellen? Ich hoffe, dass ihr eine bessere Beziehung hattet. Sie war ein nettes Mädchen, deine Mutter. Ich ließ sie am Leben. Vielleicht empfindet deshalb jemand so etwas wie Gnade für mich. Eine bessere Beziehung, Tommy. Schon das Wort Beziehung macht mir Probleme. Ich war ein dreckiges Schwein, das dreckigste von allen. Verurteile mich nicht zu hart. Ich weiß, was ich will und wohin ich will. Ich wollte ein anderer sein, wollte eine Frau sein, die Leben schenkt, und kein Mann, der Leben nimmt. Aber es hat nicht sollen sein.

In seinen Ohren begann es zu dröhnen. Er schüttelte den Kopf.

Glaub nichts davon, sagte er zu sich selbst.

Kein Wort.

Er öffnete die Tür und taumelte in die frische Luft hinaus. Die Bilder und Erinnerungen an sie wollten ihn nicht loslassen, sie mischten sich mit den Buchstaben auf dem Papier. Er knüllte das Blatt zusammen und versuchte, nicht zu weinen.

Dann nahm er das Feuerzeug aus seiner Tasche und zündete die Papierkugel an. Das Foto seiner Mutter steckte er in die Innentasche seiner Jacke.

Ein paar Sekunden betrachtete er das brennende Papier, dann trat er es aus, als wäre es gefährlich.

Kleine Lichtpunkte tanzten vor seinen Augen, als er sich von der Hütte abwandte und gen Osten in Richtung der schwedischen Grenze blickte.

Nein, dachte er.

Er drehte sich um und warf erneut einen Blick auf die Reste des Papiers.

Keine Lichtpunkte.

Noch einmal sah er gen Osten.

Dort war nur dichter schwarzer Wald.

Abgesehen von einem schwachen tanzenden Licht, so weit entfernt, dass er es kaum mehr erkennen konnte.

Tommy begann zu rennen, als wäre es das Letzte, was er in diesem Leben tun sollte.

4

Seine Beine trugen ihn schneller als jemals zuvor. Er sah sich selbst als Indianer zwischen den Bäumen hindurchhasten, das Gewehr schwingend wie einen Tomahawk.

Der schmale Pfad, dem er folgte, war gerade breit genug für ihn, und mit jedem Zweig, der ihm ins Gesicht schlug, rannte er nur noch schneller.

Das Licht, das er vor sich zwischen den Nadelbäumen sah, musste von einer alten Batterielampe kommen. Je näher er kam, desto heller wurde es.

Tommy ließ sich von den Zweigen das Gesicht peitschen und spürte, dass er aus einer Wunde an der Wange blutete. Er war wieder in den Wäldern südlich von Oslo, wo er dem Licht von Kåre Gjervans Taschenlampe folgte. Die Stiefel tief im Matsch versunken, sah er das weiße Gesicht von Kristiane Thorstensen, wie es gewesen war und wie *er* es zugerichtet hatte.

Der Lichtpunkt vor ihm kam näher und näher. Als wäre die Person stehen geblieben.

Das Geräusch seiner raschen Schritte mischte sich mit dem Pochen seines Herzens.

Dann war das Licht plötzlich aus.

Tommy blieb nach ein paar Metern stehen und hörte Geräusche hinter sich.

Autotüren.

Hunde.

Plötzlich ging das Licht vor ihm wieder an.

Keine hundert Meter entfernt.

Tommy begann wieder zu laufen. Niemand sollte ihn daran hindern, niemand.

»Tommy!«, hörte er irgendwo hinter sich.

Fredrik Reuter.

Verdammt, Bent, dachte Tommy und fluchte. Hättest du nicht einmal deinen Mund halten können? Hast du nicht schon genug Schaden angerichtet?

Auch aus der entgegengesetzten Richtung hörte er jetzt ein Geräusch, Tommy brauchte aber ein paar Sekunden, bis er es den Rotorblättern eines Hubschraubers zuordnen und ausschließen konnte, dass es nicht nur das Dröhnen in seinem Kopf war.

Plötzlich wurde ein Suchscheinwerfer eingeschaltet.

Tommy hob die Arme, um nicht geblendet zu werden. War ein Scharfschütze an Bord, hätte er ihn auf der Stelle niederstrecken können. Der Hubschrauber war direkt über ihm.

Er rang nach Atem und hätte in dem kräftigen Wind der Rotoren fast das Gleichgewicht verloren. Der Suchscheinwerfer huschte über den Wald.

Und da, kaum fünfzehn, zwanzig Meter vor ihm, stand Morten Høgda in einem Kleid, das einmal weiß gewesen sein musste. Die Schminke lief ihm über die Wangen. Über der Schulter trug er ein nacktes Bündel mit bandagierten Handgelenken. Von einem Arm baumelte die Batterielampe herunter.

Tommy ging mit gezückter Waffe einige Schritte auf Høgda zu.

Der Helikopter stieg in die Höhe, der Scheinwerfer blieb aber auf Høgda und das Mädchen gerichtet.

Høgda bog Amandas Kopf bedrohlich weit zurück und drückte ein Stilettmesser an ihren Hals.

Tommy war nur wenige Meter entfernt.

»Lass sie gehen«, sagte Tommy.

»Nicht näher«, sagte Høgda. »Sie lebt, Tommy.«

»Es reicht jetzt«, sagte Tommy.

»Weißt du noch, dass ich dich gefragt habe, warum Iago so böse ist? Diese Frage kann niemand beantworten, Tommy. Ist das nicht schrecklich? Ihr armen Polizisten verwendet eure Leben darauf, irgendwelche Motive zu finden. Ich will einen Prozess, Tommy, einen verfluchten Prozess. Dann werde ich euch alles erklären. Absolut alles. Glaubst du, dass sie mir dann vergeben werden? Wenn ich sage, dass meine Mutter immer ein Mädchen wollte? Und wer, glaubst du, ist dein Vater? Wer, Tommy? Du musst gegen mich aussagen. Gegen deinen eigenen Vater.«

Tommy ging einen Schritt auf Høgda und Amanda zu. »Du bist nicht mein Vater«, sagte er mit ruhiger Stimme. »Wie hast du Farberg gefunden?«

»Er hatte Kristiane gevögelt. Ich habe sie an diesem Samstagabend bei ihm abgeholt. Kristiane hat zu Hause angerufen, und Alexander hat sich dann bei Elisabeth im Hotel gemeldet, aber das weißt du sicher schon längst. Jon-Olav war ein feiger Hund. Er wusste, dass Elisabeth und ich Kristiane ermordet hatten, hatte aber eine panische Angst, dass herauskommen könnte, dass er mit Kristiane ins Bett ging, seit sie vierzehn Jahre alt war. Ich musste ihm gar nicht damit drohen, ihn umzubringen, damit er den Mund hielt. Farberg hätte mich schon vor langer Zeit verraten können, er hat es aber nicht gewagt. Ich habe Kristianes Tagebücher zu Hause. Du würdest nicht glauben, was alles darin steht. Stattdessen wurden Jon-Olav und ich so etwas wie Freunde.«

»Und dann habt ihr herausgefunden, dass Rask die Schuld auf sich nehmen könnte?«

»Bravo, du bist vielleicht doch nicht so dumm, wie ich dachte. Wir drei hatten gemeinsame Interessen, Tommy. Kannst du dir denken, was für welche? Oder fehlt dir dazu die Phantasie? Bist du wirklich nie auf die Idee gekommen, dass ich mir die Karten aus Vilnius selbst geschickt haben könnte?«

»Leg die Waffe auf den Boden, Tommy«, hörte er hinter sich.

Fredrik Reuter rang nach Atem. Tommy sah ihn nicht, hörte aber die Schritte hinter sich. Mehr und mehr Polizisten und Hunde schlossen zu ihnen auf, und über ihnen knatterte noch immer der verdammte Hubschrauber.

»Sag mir, dass das alles nicht wahr ist«, rief Tommy.

Høgda antwortete nicht.

»Ich sage es nur noch einmal: Sag mir, dass das nicht wahr ist!«

»Wenn mir jemand helfen kann, dann du, mein Junge.«

»Lass das Mädchen los«, sagte Tommy. »Dann werde ich dir helfen. Ich glaube dir.«

Høgda hielt sich an Amanda fest, als wäre sie die letzte Hoffnung, die er auf dieser Welt hatte.

»Versprichst du es?«

»Ja«, sagte Tommy. »Ich verspreche es.«

Høgda bog Amandas Kopf noch weiter zurück, das Messer lag an ihrer Kehle.

»Hiermit habe ich deine Freundin getötet, Tommy.«

Amandas Hals war jetzt so weit überdehnt, dass Tommy ernsthaft befürchtete, ihr Genick würde brechen.

Plötzlich ließ Høgda los und warf sie nach vorn. Sie fiel mit dem Gesicht voran auf den Boden, ohne den Sturz mit den Armstümpfen aufzufangen, und blieb regungslos am Boden liegen.

Høgda hob die Hände, als wollte er sich ergeben. Das Messer hielt er nur noch lose in seiner linken Hand. Der kleine rote Laserzielpunkt ruhte auf seiner Brust.

Einer der Polizisten hinter Tommy lief an ihm vorbei zu Amanda. Er hob sie hoch, als wöge sie nichts.

»Ich will ein Verfahren«, sagte Høgda und begann zu weinen. Er fiel auf die Knie und verbarg das Gesicht in den Händen, das Messer ließ er trotzdem noch nicht los. »Rostow hat gesagt, dass er mir helfen kann. Verstehst du, Tommy? Alles sollte gut werden. Mutter wollte ein Mädchen, Tommy. Tommy, hilf …«

»Komm her, ich werde dir helfen«, rief Tommy.

Er winkte ihn zu sich, als wären sie jetzt Freunde. Als hätte er sein eigenes Schicksal akzeptiert.

Høgda stand langsam auf und ließ das Stilettmesser zu Boden fallen.

Fredrik Reuter war mit gesenkter Waffe auf dem Weg zu Høgda.

»Verschwinde, Fredrik«, fauchte Tommy.

Fredrik Reuter kam auf der rechten Seite in sein Blickfeld.

»Gib mir das Gewehr«, sagte er ruhig.

Tommy ließ sich die Schrotflinte abnehmen. Reuter sagte noch etwas, aber das Knattern der Rotoren über ihnen übertönte jetzt jeden Laut.

Gleich darauf begann der Hubschrauber wieder zu steigen, Høgda blieb aber noch im Fokus des Scheinwerfers.

Reuter wandte sich für eine Sekunde ab und sah nach oben. Tommy nutzte den Moment, steckte die rechte Hand in die Jackentasche und zog den Revolver.

Der Hahn war bereits gespannt.

Høgda trat aus dem Spot des Scheinwerfers und machte einen Schritt auf Tommy zu.

Der Widerstand des Abzugs gab nach.

Fredrik Reuter warf sich seitlich auf den Boden und rollte sich herum.

Morten Høgda verstand erst nicht, was geschehen war.

Er sah misstrauisch auf das jämmerliche Kleid und fasste sich an die Schulter.

Reuter stand auf. Wild mit den Armen fuchtelnd und mit weit aufgerissenem Mund kam er auf Tommy zugerannt. Tommy schlug seinen Kollegen mit dem Ellenbogen zu Boden. Jetzt war er nur noch einen Meter von Høgda entfernt.

Er hörte sich selbst sagen: »Ich werde dir helfen.«

Die Mündung des Revolvers war nur wenige Zentimeter von Høgdas Gesicht entfernt. Er zielte auf das linke Auge, und eine Sekunde später gab es dieses Auge nicht mehr. Høgdas Hinterkopf folgte dem Projektil und breitete sich wie ein Fächer im Lichtkegel aus.

Tommy spürte Reste des Mannes auf seinem Gesicht, bevor sich jemand auf ihn warf.

Er ging zu Boden, spürte eine Rippe brechen und den Kopf auf dem weichen Moos aufschlagen. Den Revolver hielt er trotzdem noch immer in der Hand.

Ein paar Sekunden blieben sie liegen und kämpften um die Kontrolle über die Waffe.

Er hörte jetzt ganz deutlich seine eigenen Herzschläge.

Die Stimmen über ihm verschwammen zu einem Brei, wie ein Kassettenrekorder mit zu geringer Geschwindigkeit, wie Høgdas Stimme auf dem Band.

Tommy war stärker als der Polizist, der sich auf ihn geworfen hatte, so dass er mit der kalten Hand, die zu Boden gedrückt wurde, den Abzug zu fassen bekam.

Wieder und wieder drückte er ab, bis das Gesicht von Morten Høgda nicht mehr existierte und es irgendwann nur noch das helle weiße Licht gab und eine Gestalt, die etwas Katzenhaftes an sich hatte, und nasses Moos an seiner Wange.

Die norwegische Originalausgabe erschien 2016
unter dem Titel *Blod i dans*
bei Vigmostad & Bjørke, Oslo

MIX
Papier aus verantwortungsvollen Quellen
FSC® C083411
FSC www.fsc.org

List ist ein Verlag
der Ullstein Buchverlage GmbH

ISBN: 978-3-471-35150-5

Gesetzt aus der Caslon
Satz: Pinkuin Satz und Datentechnik, Berlin
Druck und Bindearbeiten: CPI books GmbH, Leck
Printed in Germany